탐정, 수정

배연우 지음

탐정, 수정

DETECTIVE, REVISE

배연우 지음

엘릭시르

등장인물

수정

G대학의 추리소설 감상 동아리 '사인도'의 부부장. 음침해 보일 정도로 타인과의 교류가 적은 물리학과생. 새까만 쇼트커트, 언제나 비슷한 무채색 옷차림 등이 트레이드마크. 밀실, 클로즈드 서클, 잘린 머리와 신원 바꿔치기 등 '올드한' 미스터리 취향을 가지고 있다. 그런 만큼 기준이 완고한 미스터리 애호가.

한유성

'대학생 탐정'으로 불리는 G대학의 명탐정이자, '사인도'의 부장. 전공은 수학. 어릴 때부터 아는 사이인 수정과는 달리 밝고 부드러운 인상의 소유자. 수정과 마찬가지로 미스터리 취향은 '올드한' 쪽이라, 이쪽 화제에 관해서는 평소와는 달리 상당히 엄격해진다.

명아현

수정과 한유성의 고등학교 후배로, 당시 두 '이상한' 선배와 교류하는 것을 제법 즐겼다. 한동안 먼저 졸업한 선배들과 연락이 끊겼다가, 최근 우연한 사건을 계기로 다시 연락하기 시작했다. 추리소설뿐 아니라 수사 드라마 등도 즐겨보는 편.

신예진

사인도의 부원. 신소재공학과. 학과 대표를 맡을 정도로 성격이 쾌활하다. 수정과 한유성의 '게임'에 몇 번 휘말리며 두 사람의 관계가 '탐정과 조수'같다는 인상을 받았다. 미스터리 취향은 스릴러 쪽.

차례

탐정, 수정	009
탐정, 지목	059
탐정, 도서	139
탐정, 제시	209
탐정, 서술	257
작가 후기	309
추천의 글	313

탐정, 수정

G대학의 보안은 철저하다. 모든 건물은 출입증을 찍어야만 들어갈 수 있으며 대부분의 공간은 CCTV의 시야에 잡힌다. 그렇다 해도 사각지대는 존재하기 마련인데, 성민의 사체는 바로 그런 곳에서 발견되었다. G대학 서쪽 끝에 있는 자연과학동. 주로 강의실로 이용하는 화학A관의 뒤편은 대학 부지와 외부를 구분하는 담벼락을 바로 면하고 있다. 담벼락과 건물 외벽 사이의 거리는 나무 한 그루 바로 옆에 샛길 하나가 겨우 날 정도. 그러니까 3미터가 채 되지 않는 공간으로, 가로등도 CCTV도 없다. 그만큼 으슥한 곳이라 평소처럼 담배를 피우러 들어갔던 학생이 시신을 발견했고, 경찰이 출동하면서 난리가 난 것이 바로 어제 오전의 일이었다.

아직 사건인지 사고인지도 밝혀지지 않았지만 아무튼 같은 학교에 다니는 학생이 교내에서 죽었다. 소식을 들은 학생들은 그저 시신이 발견된 곳이 어디인지 궁금하다는 이유로, 혹은 그를 추모하고 싶다는 이유로 자연과학동 주변을 서성였다. 그들이 만들어낸 어수선한 공기가 어제부터 자연과학동 건물들을 감쌌다. 그리고 화학A관에서 별로 멀리 떨어지지 않은 물리B관 3층에 '사인도'의 동아리실이 있다.

"좀 많이 소란하지?"

유성은 멀찍이 앉은 수정을 바라보았다. 추리소설 감상 동아리―어째서인지 '사인도'라는 섬뜩한 이름이지만―라는 명목으로 얻어낸 동아리실. 곳곳에 놓인 빈백 의자는 책을 들고 눕기에 딱 좋았고, 동아리실엔 볕도 잘 들었다. 기숙사에 잘 들어가지 않고 동아리실에 살다시피 하는 유성은 자신의 생활공간이나 다름없는 동아리실을 각별히 여겼다. 동아리실의 바닥과 책장은 유성 덕분에 언제나 깔끔하게 관리된다. 다만 오늘은 창문을 통해 어수선한 분위기가 흘러들어오는 듯했다.

"네가 돌아오고 일주일도 안 됐는데 이런 사건이 발생해서 정신없겠네. 시차 적응은 잘 되어가?"

부드러운 미성이 들려오자 컴퓨터 책상 앞에 앉아 있던 수정은 의자를 빙글 돌렸다. 단정하게 자른 새카만 앞머리, 그 아래로 전형적인 모범생 상이라기엔 음침한 그늘과 테 없는 안경이 드리워진 하얀 얼굴이 보인다. 반면 유성은 머리카락도 산뜻한 갈색인데다 눈동자 색도 연한 편이다. 색조도 색조지만 언제나 짓고 있는 여유로운 미소가 유성의 인상을 더욱 밝게 만든다. 자신과는 확연히 톤이 다른 얼굴을, 수정은 대답 없이 응시했다.

수정의 무반응이 익숙하다는 듯, 유성은 짐짓 안타깝다는 표정을 지어 보이며 이야기를 이었다.

"케임브리지대 수업은 그럭저럭 즐거웠다며."

유성의 말에 수정은 이틀 전을 떠올렸다.

교환학생으로 케임브리지대에 방문했다가 한국으로 돌아온 지 일주일이 넘었지만 G대학 기숙사로 돌아온 건 이틀 전 아침이다. 수정은 그날 저녁이 되어서야 사인도의 동아리실에 기어들어왔다. 누가 봐도 시차 적응중이라 피곤한 얼굴로 들어온 수정을 향해 유성은 새벽 내내 추리소설이나 읽자며, 근래 출판된 추리소설 하나를 권했다. 유성이 가리킨 빈백 옆으로 시선을 돌리니 끝부분이 살짝 젖은 유키 하루오의 『방주』가 있었다. 그날 새벽, 비가 내리는데도 산책을 다녀온 유성 때문이었다. 유성의 옷에서 흘러내린 빗물이 책에 똑똑 떨어지자 수정은 그를 나무랐다. 수정에겐 친구의 옷이 젖든 말든 책이 우는 것이 더 중요한 문제였다.

짧은 회상을 마친 수정은 여전히 빈백에 누워 멀뚱하게 자신을 올려다보는 유성에게 툭 내뱉었다.

"너야말로…… 내가 없는 반년 동안 상당히 즐거웠을 것 같은데."

유성은 찔리는 게 있는 사람처럼 안경을 고쳐 썼다.

"대학생 탐정 한유성."

한국에서도 탐정이 합법화되었다곤 하나 대부분의 업무는 민간인이 조사하기 어려운 교통사고 목격담을 수집하는 정도다. 흥신소보다는 평판이 낫지만, 사건의 증거를 수집하고 논리적으로 추리해 범인이나 숨겨진 진상 따위를 지적하는 소설 속 탐정과는 거리가 멀어도 한참 멀다는 의미다. 그러나 유성에게 붙은 '대학생 탐정'이라는 별명이 주는 이미지는 그야말로 소설 속 탐정이나 다름없었다.

"소문도 빠르네."

"진짜 탐정처럼 기숙사 무단침입사건을 해결했다…… 범인은 인근 고등학교에서 실습중인 교생이었다던가. 내가 에타◆도 동기들 단톡도 잘 보진 않지만, 그렇게 유치한 소문을 모를

◆ 대학생을 대상으로 한 애플리케이션 '에브리타임'의 줄임말.

정도는 아니야."

 유성은 눈썹을 구기며 쓴웃음을 지었다. '현실에 탐정이 어디 있느냐'고 말하는 듯한 얼굴이던 수정은 다시 표정을 지우고 유성을 바라보다 모니터로 고개를 돌렸다. 더이상 대화를 이어가지 않겠다는 의지의 표명이었다.

 동아리실의 문을 두드리는 소리가 난 것은 수정의 깊은 한숨에 유성이 막 어깨를 움츠린 순간이었다.

 같은 동아리 부원이라면 노크 따위는 하지 않는다. 그리고 부원이 아니라면 동아리실에, 그것도 '추리소설 감상 동아리'라는 인기 없는 동아리에 찾아올 이유는 많지 않다. 의아해진 수정이 가만히 문을 바라보고 있자니 곧 문이 슬그머니 열렸다. 유성은 빈백에서 일어나 옷매무새를 다듬었지만 수정은 관심없다는 듯 시선만 살짝 돌려 문틈을 바라볼 뿐이었다.

 "여기 '한 탐정' 있지?"

 정말로 탐정 소리를 듣고 있는 건지, 문 뒤에서 슬그머니 머리를 내민 남학생은 애매한 미소를 지으며 유성을 그렇게 불렀다. 유성은 곤란하다는 듯한 기색을 띠면서도 그 남학생을 안으로 들였다.

 "저번 학기에 세경사 들은 뒤로는 오랜만이네."

 "네가 요번 학기에는 전공으로만 시간표를 꽉꽉 채워뒀잖아.

하긴, 수학과는 빡세니까."

올해로 수학과 2학년인 유성은 본격적으로 전공 수업에 들어가고 있었다. 1학년 때는 문학이니 세계사니 심리학이니 다양한 교양을 듣는 것 같더니, 그 여파로 2학년이 되어서는 전공만 들어야 하는 처지에 놓이고 만 것이다.

유성의 안내로 동아리실에 들어선 남학생의 이름은 박환용. 유성이나 수정처럼 대학교 2학년이고 현역으로 입학했으니 세 사람은 모두 스물한 살로 동갑이었다. 다만 환용의 전공은 경영학이라 유성과의 인연은 '세계경제사학'이라는 교양 강의뿐이었다. 환용이 말한 '세경사'란 그 강의를 줄여 부르는 명칭이다.

"음, 나 여기 있어도 괜찮아?"

환용이 약간 목소리를 낮추며 컴퓨터 앞에 앉은 수정을 곁눈질했다. 목을 살짝 덮을 정도의 쇼트커트, 새하얀 셔츠 위로는 느슨한 후드집업. 게다가 동아리실에 모르는 사람이 들어왔는데도 무심하게 할일을 하는 모습에 환용은 아리송한 얼굴을 했다. 유성은 희미한 웃음소리를 냈다.

"아, 괜찮아. 나랑 친하거든."

"근데 내가 지금 하려는 얘기가 좀……"

"어쩌다 들은 이야기를 어디서 얘기하고 다닐 친구는 아니니까 걱정하지 마. 아마 지금도 우리 대화는 거의 안 듣고 있을 걸. 뭐 하나에 집중하면 다른 소리는 못 듣는 편이라."

 유성이 여보란 듯 찡긋거리며 말하자 환용은 '네가 그렇게 말한다면야'라고 말하고픈 듯 어깨를 으쓱했다.

 이윽고 유성이 환용을 안으로 안내했고, 두 사람은 동아리실 한쪽 귀퉁이에 놓인 책상 앞에 나란히 앉았다. 유성이 책상 중앙에 놓인 과자를 권하자, 환용은 자연스레 쌀과자 하나를 집어 포장지를 까며 이야기를 시작했다.

 "한 탐정 없느냔 소릴 하면서 찾아온 건, 네가 좀 도와줬으면 하는 일이 있어서 그래."

 바삭, 소리와 함께 흰 부스러기가 떨어졌다.

 "그 호칭은 좀 부끄럽지만 왜 나한테 왔는지는 알겠어. 너, '그 사람'이랑 좀 친했었지?"

 환용은 '그 사람'이 어제 오전 시신으로 발견된 김성민임을 금방 알아들었다. 줄곧 애매한 미소를 띠고 있던 환용은 금세 입술을 일자로 다물었다.

 "그래…… 성민이랑은 고등학교 동창이었으니까."

 죽은 대학생, 김성민은 환용과 같은 고등학교를 나온 산업디자인과 2학년 학생이었다. 유성은 환용이 그와 자주 같이 다녔음을 기억하고 있었다.

"그 녀석 부모님이랑도 친해. 어제는 잠깐 같이 있어드리기도 했어."

"고생했겠네."

"고생은 무슨. 앞으로 일어날 일에 비하면 그런 건 고생 축에도 못 껴."

그렇게 말하며 환용은 어깨를 움츠렸다. 일그러진 얼굴에는 분노와 짜증이 뒤섞여 있다.

"……성민이는 분명 살해당한 거야."

'살해'라는 말에, 시간이 멈추기라도 한 것처럼 동아리실에 있던 모두의 행동이 멎었다. 창문으로 들어온 햇볕만이 자유롭게 부유하는 먼지를 따사로이 비추고 있었다. 입술을 짓씹던 환용이 말을 이었다.

"그런데, 사고사로 결론나려 한다고."

많은 감정이 담긴 목소리에 간간이 자판을 두드리던 수정마저 잠시 작업을 멈추자 실내가 조용해졌다.

양 팔꿈치를 책상에 올려둔 채 심사숙고하듯 천천히 숨을 고르던 유성은 무언가 결심한 듯 환용에게로 몸을 돌렸다. 안경알 너머로 눈이 진지하게 빛나고 있었다.

"'살해'라니 무슨 소리야?"

"성민이 부모님이랑 같이 있으면서 경찰들한테 대충 이야기

들었어. 나는, 젠장, 그 녀석 시체까지도……"

 죽은 사람을 본 경험은 처음이었는지 환용은 전날을 회상하며 어깨를 부르르 떨었다. 동아리실에 들어올 때까진 침착해 보였지만 기억을 되짚을수록 다시금 현실감이 느껴지기 시작한 모양이었다.

 "목뼈가 부러졌고, 머리에서 세게 부딪힌 상처가 발견됐대. 그밖에 눈에 띄는 외상은 없고. 경찰 말로는 화학A관 옥상에서 추락한 것 같다는 거야. 죽은 성민이 곁에서 담배꽁초가 같이 발견됐고, 혈중알코올농도도 꽤 높았다면서."

 경찰은 술에 취한 대학생이 혼자 옥상에 올라갔다가 불행한 사고를 당했다고 추측했으리라. 유성의 예상을 뒷받침하려는 듯 환용이 말을 이었다.

 "추락한 것으로 추정되는 날 밤에는 비가 많이 내린데다가 옥상에 몸싸움 흔적 같은 게 남아 있지도 않았으니까, 혼자 옥상에서 담배를 피우다가 취기에 넘어진 거 아니냐고, 안타까운 사고라서 유감이라고…… 경찰이 그렇게 편리한 소리나 해도 되는 거야?"

 하지만 타살 정황이 없다면 경찰의 입장에서는 그것이 합리적인 판단이다.

 "근데 내가 괜히 이러는 게 아니야. 본 게 있어서 그래."

환용은 이틀 전 밤의 기억을 길게 털어놓았다.

경영학과인 환용이 화학A관을 방문한 것은 화학과 친구를 만나기 위해서였다. 밤 아홉시 무렵, 환용은 급한 과제만 끝내고 나오겠다는 친구를 맞이하려고 맥주 두 캔과 과자를 들고 건물 앞에 있는 정자에서 기다렸다. 마침내 과제를 마치고 나온 친구와 한참을 떠들던 환용은 화장실이 가고 싶어졌고, 당연히 가장 가까운 건물인 화학A관으로 들어갔다. 그런데 현관에서 학생증을 찍고 어두운 복도를 지나 1층에 있는 화장실에 갔더니 공사중이라고 닫혀 있는 게 아닌가. 그래서 환용은 어쩔 수 없이 2층으로 올라갔고, 칵테일 동아리실 앞을 지나다 안쪽에서 울리는 높은 언성을 들었다. 호기심이 일어 문에 난 작은 창으로 안을 슬쩍 들여다보니, 김성민과 이찬진이 말싸움을 하는 건지 인상을 찌푸린 채 서로에게 뭐라고 소리치고 있었다. 환용은 탁자에 빈 잔이 있었으니 둘 다, 혹은 성민이 혼자 술을 마신 것 같다고도 덧붙였다.

"이찬진 알지? 세경사 같이 들었잖아."

"아, 기억나."

세계경제사학을 듣던 학생 중에 이공계 학생은 유성을 포함해 둘뿐이었다. 수학과인 유성과 신소재공학과인 이찬진. 조별과제도 한 번 같이 했으니, 별로 친하진 않았어도 그를 기억하고 있었다. 유성의 머릿속에 잠깐 수업을 같이 들었을 뿐인 동기의 얼굴이 흐릿하게 그려졌다.

"아무튼 싸우는 것 같긴 했는데, 금방 일단락됐는지 각자 자리에 가서 앉더라고. 내가 참견할 일도 아니고, 친구도 밖에서 기다리고 있으니까 난 화장실만 갔다가 다시 정자로 돌아갔어. 그래선 안 됐는데……"

환용의 설명이 이어졌다.

정자에서 자정이 넘도록 떠들고 있었는데 어느샌가 비가 내리기 시작했고, 새벽 한시쯤에는 갑자기 퍽, 소리와 함께 주변 가로등을 포함해 화학관 전체의 불이 나갔다. 친구와 함께 귀신이 들린 것 아니냐고 호들갑을 떨며 낄낄대다보니 삼십 분쯤 뒤에 전기가 들어왔다.

"정전 때문에 그 삼십 분 동안에는 CCTV 영상이고 뭐고 남은 게 없대. 경찰은 정전됐던 그 시간에 성민이가 옥상에 올라갔다가 떨어진 것 아니냐고 하는데, 내 생각엔 분명 그때 살해당한 것 같단 말이야."

환용은 이미 성민이 살해당했다고 단정하고 있다. 유성은 신중하게 질문했다.

"정전된 시간과 사망추정시각은 비슷해?"

"사망추정시각 범위에는 들어 있지만 비가 내리는 바람에 체온이 빨리 식었을 거라 사망 시간을 정확히 추정하기는 힘들다나 뭐라나. 새벽 한시에서 세시 사이였을 거래."

두 시간 정도라면 사실 법의학적으로는 상당히 정확한 추정이다. 비전문가의 입장에선 그렇게 받아들여지지 않겠지만.

"아무튼, 난 두 사람이 같이 옥상에 올라가서 싸움을 이어가다 한 명이 밀어버린 게 아닐까 싶어서."

"이 얘기 경찰한테도 했어? 그런 정황이 있었다면, 같이 옥상에 갔던 이찬진이 성민이를 살해했을지도 모른다는 얘기에 귀기울여줄 법한데."

"……좀 문제가 있어. 그래서 널 찾아온 거야. 내 머리로는 도저히 경찰들을 설득할 수가 없어서."

환용은 숨을 작게 들이마시더니, 진지하게 유성을 바라봤다. 왠지 놀림당할까봐 걱정하는 듯한 표정이었다.

"밀실이었어. 이찬진이 있던 그 동아리실 말이야."

'밀실이라니, 추리소설도 아니고.'

수정이 앉은 책상 쪽에서 툭, 뭔가가 부딪치는 소리가 났다. 환용이 흠칫하며 바라보니 수정이 바닥에 떨어진 볼펜을 줍고 있었다. 환용은 수정이 듣고 있을지도 모르겠다고 생각했는지 애매한 표정을 지었다. 유성은 말을 멈춘 그를 재촉했다.

"좀더 자세히 말해봐."

"얘기가 좀 긴데, 일단 요점은 두 가지야. 첫째, 이찬진은 성민이가 죽었을 시간에 그 동아리실에서 나올 수 없었다. 둘째, 동아리실 바로 아래층 과실에 있던 화학과 애가 새벽에 창문 너머로 뭔가를 봤다."

생각보다 복잡해지는 이야기에 유성은 책상 구석에 있던 종이와 볼펜을 끌어왔다. G대학의 탐정은 간단하게 화학A관의 모습을 그렸다. 총 오 층짜리 건물. 유성이 죽은 성민이 발견된 정확한 위치를 묻자 환용은 동아리실로부터 수직 방향이라고 설명했다. 위에서부터 성민이 추락한 것으로 추정되는 옥상, 2층에 있는 동아리실, 문제의 목격담이 있던 1층의 과실이 일직선상에 있는 것이다.

모든 것을 간단히 그려낸 유성은 잠시 턱을 괴고 그림을 바라보았다.

"계속 말해봐."

"칵테일 동아리실 문이 고장났었대. 이찬진 말로는 취한 성민이가 헛소리를 해서 잠깐 말다툼한 건 맞는데, 정전됐을 때 성민이가 방을 나가면서 문을 세게 닫았다던가? 그러고서 전기가 들어와서 자기가 나가려 했을 땐 도어록이 고장나서 안 열렸다는 거야. 성민이가 세게 닫으면서 고장난 것 같다고 그러더라. 그래서 아침까지 동아리실에 갇혀 있다가 관리인분이 오신

다음에야 겨우 도어록을 따고 나올 수 있었대. 그러니까 성민이 녀석 시체가 발견되고 나서야 동아리실에서 나올 수 있었다는 거지."

"그동안 도어록이 계속 잠겨 있던 건 확실해?"

"안타깝게도 그래. 나도 의심돼서 컴공과에 아는 녀석 불러다가 도어록을 뜯어보게 했거든?"

'하루 만에 그런 짓까지 했다는 건가.'

유성은 내심 감탄했다.

"그랬더니 정말로 정전 직후부터 아침까지 한 번도 열린 적이 없다는 거야. 그러니까 새벽 한시 십오분부터 아침까지 말이야. 녀석이 증언한 대로 정전된 시간대에 딱 한 번 열렸다가 닫힌 기록만 있었고. 게다가 녀석의 말을 뒷받침하는 증언까지 나왔어. 사건이 일어난 시간이 확정되었거든."

아까 말한 두번째 요점인가. 유성은 환용의 말이 이어지길 기다렸다.

"아까 말한 화학과 학생 말이야. 과제 때문에 과실에서 밤새우다가 겨우 눈 붙이려고 하던 차에 밖에서 뭔가 쿵 떨어지는 소리가 나더래. 그래서 바로 창밖을 보니까 검은 인영 같은 게 창문 아래로 훅 사라졌대. 창문이 반투명한데다 폭우도 내리고, 과실은 밝은데 밖은 어두워서 확언할 순 없지만, 추락하는 모습을 본 것 같다고. 사실 그땐 가위눌린 줄 알고 다시 잠들었는데 아침에 경찰이 온 걸 보고 너무 놀랐다더라. 그게 새벽 두시쯤이었대."

"그 시간대에 이찬진은 동아리실에 갇혀 있을 수밖에 없었다는 거네."

유성은 가만히 생각을 정리했다.

이찬진은 아침이 되어서야 동아리실에서 '구조'되었다. 김성민이 추락한 시간에 이찬진은 동아리실 안에 있던 것이 확실하다. 그리고 이찬진이 동아리실에 갇혀 있는 동안에 김성민이 떨어지는 것을 봤다는 화학과 학생의 증언이 거짓되거나 잘못되었을 가능성은 낮다. 경찰은 사고 시각을 정확히 추정할 수 있는 증언들을 몇 번이고 검증했을 것이고, 화학과 학생이 확실하지 않은데도 새벽 두시쯤이라고 거짓으로 증언했을 이유나 가능성도 없다. 유성은 그 시각이 실제 사망추정시각에도 해당하니 일단은 진실이라고 보는 것이 옳다고 결론지었다. 정말로 풀 수 없는 모순이 발생한다면, 해당 증언은 그때 의심하면 된다.

추리소설 속에서 밀실이라 하면 보통은 피해자가 잠긴 방에 갇혀 있는 것이지만, 범인이 밀실에 갇힌 채로 피해자를 살해하는 트릭이라니. 합리적으로 생각하면 이찬진은 김성민의 사망과 무관하다고 생각하는 것이 옳다.

그러나.

"아침에 이찬진이 동아리실에서 나올 때 젖은 곳 하나 없었대. 그것도 녀석이 결백하다는 증거라는 거야. 폭우가 내리는 날 밤에 피해자를 살해하면 젖지 않았겠냐는 거지. 하지만, 젠장, 2층 동아리실에서 떨어져도 재수없으면 죽을 수 있지 않아? 그럼 녀석이 비에 젖을 필요도 없었을 거 아냐."

환용이 욱하며 중얼거렸다.

"사실 둘 다 동아리실에서 나간 적 없고, 한 사람이 다른 사람을 창문으로 밀어버렸을 수도 있는 거잖아. 도어락이 한 번 열렸다가 닫힌 건 녀석이 살인을 저지른 후 성민이가 동아리실을 나갔다고 위장하기 위해 벌인 공작이고."

불가능한 이야기는 아니다. 그렇게 생각하면서도 유성은 고개를 설레설레 내저었다. 환용의 눈에 실망감이 차올랐다.

"2층에서도 머리부터 떨어지면 충분히 죽을 순 있지만, 경찰이 옥상에서 추락한 거라고 콕 집어 결론을 내렸다면 그것도 근거가 있을 거야. 머리에서 발견된 상처 때문 아닐까?"

"상처?"

환용이 되묻자 유성은 잠시 안경테에 손을 대고 눈을 감았다. 무언가를 고민하는 듯한 눈치였다.

"잘 들어, 환용아. 지금부터 내가 말해주는 건 어디까지나 하나의 가능성이야. 난 경찰도 아니고 직업이 탐정인 것도 아니지. 그러니까 내가 지금부터 무슨 이야기를 하든 진실이라고 무조건 믿지는 말아줘. 그저 경찰에게 의혹을 제기해볼 수 있겠다 싶은 정도의 가설이니까. 알겠지?"

유성의 말에 환용은 무겁게 고개를 끄덕였다. 살인사건은 기숙사 무단침입사건과는 차원이 다르다. 유성이 신중하게 접근하는 것도 당연한 일이었다. 이해해, 조심스러울 수밖에 없지. 환용은 속으로 그렇게 중얼거리며 눈앞의 친구에 대한 신뢰도를 높였다.

"화학A관 뒤편 바닥은 부드러운 흙이야. 돌밭이었다면 2층에서 떨어지더라도 세게 부딪힌 상처가 머리에 남는 게 가능하겠지. 하지만 비가 와서 진흙처럼 물러진 흙바닥이라면 경추 골절은 말이 되어도 머리에 심한 외상이 남긴 힘들어. 강한 충격이 가해지지 않은 이상 말이야. 그래서 옥상에서 추락했을 거라고 결론내린 거지."

"그럼 네 말은 역시 옥상에서 사고로 떨어졌다는 거야?"

"그게 아니야. 강한 충격을 받는 이유에 추락만 있는 건 아니라는 거지."

환용은 안경알 너머 날카로운 유성의 시선에 찔린 것처럼 저도 모르게 어깨를 움츠렸다. 유성은 나직하게 숨을 내쉬더니 볼펜으로 2층 동아리실에 동그라미를 몇 번이고 그렸다. 흰 이마를 덮은 밝은 갈색 머리칼이 창문으로 들어온 바람에 흔들렸다.

"이찬진은 동아리실을 나갈 수 없었다. 성민이는 이찬진이 동아리실에 갇혀 있는 동안에 사망했다. 하지만 이찬진이 성민이를 해쳤다…… 이 가설을 뒷받침하려면 동아리실 안에서 죽였다고밖에 생각할 수 없어, 네 말대로."

"하지만 2층에서 민다고 머리에 그런 상처가 생기는 건 아니라며."

"그래. 그러니까 창문 밖으로 떠민 게 아니라, 둔기로 머리를 내려친 거지."

환용의 눈이 커졌다.

"싸우던 중 홧김에 머리를 친 거야. 도어락의 기록은 네 말대로 위장이거나, 나가려던 사람이 도로 들어오는 바람에 생긴 기록이겠지. 이런 전개 아니었을까? 성민이가 말다툼 끝에 지쳐서 나가려 해. 그런데 이찬진이 도발하듯 한마디를 덧붙이지. 나가려던 성민이는 도로 들어오며 문을 세게 닫았고 도어락이 고장났어. 그후 두 사람은 동아리실에서 싸움을 이어나가다가…… 이찬진이 충동적으로 근처에 있던 무언가를 집어 성민이 머리를 내려친 거야."

환용은 그 순간을 직접 보기라도 한 것처럼 주먹 쥔 손을 부들부들 떨었다. 어쩌면 그날 두 사람이 싸우는 모습을 목격하고도 아무것도 하지 않은 자신에 대한 후회 때문일지도 몰랐다.

"당황은 했겠지만 어떻게든 숨기고 싶었겠지. 그래서 범인은 한 가지 시나리오를 세워. 마침 방금 전 도어락에 드나든 기록도 생겼겠다. 지금부터 이 방에서 나가지 않기로 하고 성민이가 혼자 옥상에 갔다가 떨어진 것 같은 상황을 꾸미기로 한 거지. 도어락이 고장까지 난 건 범인의 의도가 아니었겠지만 훨씬 설득력 있는 상황이 되었어. 일부러 나가지 않은 거라면 의심받을 수도 있었겠지만 고장나서 못 나갔다고 하면 더 자연스러우니까. 범인에게는 운이 좋았던 셈이지."

"그 자식……"

"아무튼 둔기로 머리를 내리치자 피해자는 기절하거나 빈사 상태가 되거나 했을 거야. 즉사했다고 생각하지 않는 이유는, 만약 그랬다면 경찰이 이미 경추 골절이 사후에 생긴 것임을 눈치채고 의심했을 테니까. 여기까지 이해했어?"

종이에 사람의 모습을 그린 뒤 목 부근에 체크 표시를 하며 유성은 중얼거리듯 말했다. 탐정의 혼잣말 같은 소리에도 환용은 고개를 끄덕였다.

"음, 머리에서 피가 얼마나 났을지는 모르겠다. 하지만 그 정도 순발력이 있는 범인이라면 피가 많이 흐르기 전에 천으로 막거나 했을 것 같네."

"그다음은, 창문 밖으로 밀어버린 건가?"

"그렇게 간단하진 않아."

유성은 얕은 한숨을 쉬며 2층에서 1층 추락 위치까지 일직선을 곧게 그었다. 지익. 볼펜 긋는 소리가 고요한 동아리실 안에 울려퍼졌다.

"충동적으로 범행을 저지른 입장에선 피해자의 사망 여부를 정확히 판단할 수 없었을 거야. 맥이 아주 약하게 뛰었을 수도 있지만, 그걸 알아채는 건 일반인 입장에선 어렵거든. 그런데 만약 피해자가 이미 사망한 상태였고, 그 상태에서 창밖으로 던져버린다면 사후에 골절이 생겨. 피해자가 추락하기 전에 살해당했음이 드러나겠지. 범인이 우려한 건 이 점이었을 거야."

"그럼 경추 골절은 뭐야? 둔기로 내려쳤을 때 생긴 거야?"

유성은 단호하게 한 손을 들었다.

"아니, 홧김에 휘두른 둔기에 경추 골절까지 생길 순 없어."

환용은 조금 아리송해진 눈으로 유성을 바라보았다.

"내 생각에 피해자는 빈사 상태였을 거야. 일단 이걸 전제로 깔고 진행해볼게. 우리가 살펴보는 건 정확한 진상 지목이 아니라 가능성뿐이니까."

정말 괜찮지? 그렇게 묻듯 환용을 바라보던 것도 잠시, 유성은 마저 말을 이었다.

"범인은 고민했을 거야. 어떻게 해야 피해자가 혼자 옥상에 갔다가 추락한 것처럼 보일까? 칵테일 동아리니까 술을 마셨을 거고, 그렇다면 담배를 피우러 나갔다가 죽은 거로 하든지 하면 되겠다…… 정도의 발상을 했겠지. 그래서 피해자의 품 안에서 담배를 찾아내 불을 붙였다가 끈 다음 피해자의 입에 물려주었어. 자, 여기서 짚고 넘어가야 할 건 과실에 있던 화학과 학생의 증언이야. 그 학생, 분명 뭔가 떨어지는 소리를 들은 다음 사람 그림자를 봤다고 했지? 그거 뭔가 이상하지 않아?"

그 말에 환용은 잠시 눈살을 찌푸리다가 알겠다는 듯 입을 살짝 크게 벌렸다. 유성이 희미한 미소를 지으며 의자 등받이에 몸을 기댔다.

"그래. '소리가 들린 다음에야 그림자가 보인다'는 건 이상하지. 창문 밑으로 사라지는 인영이 보인 다음에 소리가 들리는 게 정상이야. 그럼 그건 대체 뭐였을까? ……난 여기서 떠올렸어. 아, 범인은 피해자가 추가로 부상을 입지 않도록 '천천히' 추락시켰겠구나."

이번엔 종이 위에 아까보다 구체적으로 생긴 칠등신의 사람

모습이 그려졌다. 유성은 자신이 그린 사람의 목에 끈을 그려 넣었다. 끈의 끝은 2층 동아리실로 쭉 뻗었다.

"동아리실에는 보통 뭔가를 포장하기 위한 노끈 정도는 있기 마련이야."

사인도의 동아리실에도 책을 포장하는 용도로 구비해둔 노끈이 한 뭉텅이 있다. 환용의 시선이 자연히 동아리실 구석에 놓인 노끈 뭉치로 향했다.

"범인은 피해자의 목에 노끈을 건 다음 2층 창문을 통해 아래층으로 천천히 내린 거야. 팔힘이 제법 강해야 했겠지. 목에 교살을 암시하는 흔적이 남는 것도 곤란하니까, 피해자의 옷을 끌어당겨 목을 살짝 감싼 다음 끈을 걸지 않았을까. 하지만 그렇게까지 했더라도, 처음에 창문에서 아래로 떨어뜨리면서 피해자의 목에는 지속적으로 강한 압력이 가해질 수밖에 없었을 거야. 교수형처럼. 교수형은 알지?"

"보통은 사형수가 딛고 있는 바닥을 제대로 떨어뜨려야 경추가 순간적으로 골절돼서 고통 없이 죽는다고 들었어."

친구의 목이 줄에 걸려 꺾이는 상상이라도 한 건지, 환용은 인상을 찌푸렸다.

"성민이의 경우엔 지속적으로 가해진 압력과 지면까지 내려가는 과정에서 생긴 흔들림으로 경추가 골절됐을 거야. 그 시점에 사망 상태가 됐겠지. 범인은 창밖으로 팔을 뻗은 채⋯⋯ 아, 이찬진은 젖은 곳이 없었다고 했지? 소매를 잠시 걷거나 상의를 벗어두지 않았을까? 그다음엔 잠시 몸을 말리고 다시 옷을 입으면 되니까. 몸의 물기 정돈 아침까지 다 마르겠지."

환용의 눈이 붉게 충혈되고 있었다. 유성은 환용의 상태를 잠시 살피더니 말을 이어갔다.

"아마 피해자를 천천히 내리는 과정에서 창문이나 벽에 피해자의 몸이 부딪혔을 거야. 과실에 있던 학생은 그 소리를 들은 거고, 그다음 목격한 그림자는 바닥으로 내려지던 피해자의 마지막 모습이었겠지."

말을 오래한 탓에 목이 말랐는지 유성은 헛기침을 한 번 하더니 빙긋 미소 지은 얼굴로 양손을 모았다.

"이제 마지막 단계야. 무사히 시체를 내린 범인은 줄을 당겨 회수하고 아침에 누군가 문을 열어줄 때까지 기다려. 그러고선 범행에 쓰인 도구들을 숨겨서 유유히 방을 나왔겠지. 노끈이나 피가 묻은 흉기 같은 거. 그걸 처분할 시간은 충분했을 거야. 곧장 기숙사 쓰레기장으로 가거나 우리 학교 밖에 있는 강에 버릴 수도 있었을 테니까."

"그 녀석이⋯⋯ 그래, 내가 어제 아침에, 컴공과 애랑 칵테일 동아리실에 갔을 때 분명 창문 하나가 열려 있었어. 창틀도

젖어 있었고. 분명 밤중에 창문을 열어두고……"

"폭우가 내리는 밤에 창문을 열 이유는 별로 없으니까."

"게다가 그때 그 동아리실 안에선 담배 냄새까지 났다고. 제기랄, 성민이가 담배를 피우다 죽은 것처럼 꾸미려고 동아리실 안에서 담배를 태웠다는 거잖아. 왜 난 아무것도 눈치채지 못했지?"

머리를 싸매는 환용을 유성은 물끄러미 바라보았다.

"하지만 환용아."

나직한 목소리가 당장이라도 동아리실에서 뛰쳐나갈 기세인 환용을 붙잡았다. 유성은 다정한 빛을 띤 눈으로 환용을 바라보았다.

"처음에도 말했지만 이건 하나의 가능성이야. 진상은 전혀 다를 수도 있어. 그리고……"

"내겐 살해당했을지도 모른다는 그 가능성이 중요해."

절박한 목소리였다. 유성은 잘 알고 있다는 듯 가만히 고개만 끄덕였다. 환용은 제자리에 잠시 돌처럼 굳어 있나 싶더니 천천히 자리에서 일어났다. 그러곤 유성을 바라보았다.

"성민이네 부모님에겐 말하지 않을게. 나 혼자 경찰을 찾아가겠어. 이야기 들어줘서 고마워. 네가 이런 추리를 했다고도 하지 않을게. 이찬진이 너한테 앙심을 품을지도 모르니까."

"별말씀을."

유성은 희미한 미소를 지으며 눈을 내리감았다.

"아니, 넌 진짜 탐정 같아. 수학과는 다 그렇게 논리적인가?"

"경우의 수 따지기를 좋아할 뿐이야."

"너답네" 하는 한마디와 조금 후련해진 미소를 남기고서, 환용은 동아리실을 나섰다. 유성은 추리를 마친 안락의자 탐정처럼 양손을 카디건 주머니에 찔러넣으며 등받이에 몸을 기대고 고개를 툭 뒤로 젖혔다. 한숨을 삼켜내듯 목울대가 움찔했다.

달칵. 사인도 동아리실의 문이 닫혔다.

수정은 환용이 '밀실'이라는 단어를 입 밖에 낸 뒤부터 자판에서 손을 뗐지만 여전히 컴퓨터를 바라보고 있었다. 유성은 책상에서 일어나 원래 앉아 있던 빈백 의자로 돌아갔다. 그가 풀썩 눕는 소리가 나고서야 수정은 의자를 돌렸다. 곧 서슬 퍼런 시선이 유성에게 꽂혔다.

잠시 두 사람 사이에 싸늘한 공기가 흘렀다. 수정은 아무 말도 하지 않았다. 유성도 말이 없었다. 다만 유성은 수정이 무슨 반응을 보일지 알 수 있었다. 그렇기에 힘 빠진 웃음소리를 냈다.

"너무 그렇게 보지 마."

"유성아."

잠시 피로한 눈을 하고 있던 유성은 입술로 매끄러운 호선을 만들며 수정을 바라보았다. 아무것도 읽히지 않을 정도로 무감정한 검은 눈동자가 자신을 내려다보고 있었다.

"내가 널 어디까지 봐줘야 하니?"

유성의 입꼬리가 파르르 떨렸다.

"네가 이렇게까지 봐줄지 몰랐어. 분명 중간에 뭐라고 할 줄 알았는데."

"사람이 죽는 일은 무단침입사건 따위와는 차원이 달라."

"알아."

유성의 목소리는 당당했다. 동시에 왠지 모르게 떨렸다. 모순적인 감정이 깃든 유성의 태도에 수정은 참담함을 느꼈다.

"……하아."

무미건조하던 눈에 그제야 성가시다는 듯한 감정이 깃들었다. 수정의 입술 새로 깊은 한숨이 흘러나왔다. 푹신한 빈백에 기대고 있던 몸을 꼿꼿하게 세운 유성은 마치 설명을 기다리는 학생처럼 명료한 빛을 띤 눈으로 수정을 바라보았다. 유성이 그럴수록 수정은 컴퓨터 의자에 몸을 깊숙이 묻었다.

"경찰은 바보가 아니야. 끈에 걸린 충격으로 인한 경추 골절과 추락으로 인한 경추 골절을 구분하지 못할 리 없잖아. 아무리 천 따위를 덧댄다 한들 골절이 일어날 정도의 충격이면 목에 흔적이 남게 되지. 게다가 시체가 건물 벽에 부딪히지 않게 내려놓으려면 끈 길이를 천천히 조절해야 해. 사후 흔적이 생길 수밖에 없다는 뜻이야."

"응, 현대 법의학 수준이 그 정도도 못 알아낸다면 세상엔 불가능 범죄가 넘쳐났겠지. 간단한 검시만으로도 들통날 거야."

수정의 지적에 유성은 즐거워하는 기색이 되었다. 당연하다는 듯 자기 주장의 비논리성을 인정하면서도 망설임은 없었다.

"비논리적인 부분은 한두 군데가 아니지만 눈에 띄는 것만 말할게."

"기왕이면 다 해주면 좋겠는데. 그게 공정하니까."

수정은 혀 한번 차지도 않고 유성을 응시했다. 더 토를 달면 가만두지 않겠다는 것 같았다.

"첫번째는 방금 했어. 경찰이 고작 그 정도도 구분 못하겠느냐는 거. 그래, 백 번 양보해서 아직 시체가 발견되고 이틀밖에 지나지 않아 검시만 하는 바람에 어이없게 놓쳤을지도 모른다고 해보지. 그래도 너의 추리는 말이 안 돼. 너는 너의 추리를 하나의 가능성이라고 말했지만 사실 가능성조차 될 수 없어."

"왜? 내가 보기엔 충분히 가능한데. 게다가 첫번째 문제는 정이 네 입으로 변호까지 해줬잖아. 검시를 간단히 하는 바람에 어이없게 놓쳤을지도 모른다고."

수정은 잠깐 일주일 전까지 자신이 머물던 케임브리지대를 떠올렸다. 그곳에 한유성은 없었다. 수정은 그곳에 좀더 오래 머물 걸 그랬다고 살짝 후회했다. 그랬으면 이런 성가신 일에 신경쓸 필요도 없었을 텐데.

"두번째는 범인이 그런 시나리오를 생각해낼 수 없었으리라는 점이야."

"현실의 범인은 그렇게 복잡하게 생각할 수 없다고?"

"아니, '불가능'했다고."

수정의 눈이 날카롭게 뜨였다.

"밖에 폭우가 내리고 정전이 된 것까지야 이찬진이 알 수도 있었겠지. 하지만 정전이 얼마나 지속될지, 이 건물 전체의 일인지 아니면 동아리실에서만 발생한 건지 같은 건 이찬진 입장에선 절대 알 수 없어."

수정의 머릿속에 화학A관의 모습이 떠올랐다. 화학A관 뒤편은 대학 부지 바깥쪽을 면하고 있다. 그렇기에 김성민의 시신도 CCTV가 없는 곳에서 발견된 거고.

"박환용은 건물 밖에 있었으니 건물 전체의 불이 나가고 가로등까지 꺼진 걸 알 수 있었지만, 동아리실 안에 있던 이찬진은 그런 상황을 파악할 수 없어. 복도 불은 원래 밤에는 꺼져 있고. 그러니 정전이 CCTV까지 영향을 미쳤을 거라고 확신할 방법은 어디에도 없지."

정전이 건물 전체에 일어났다는 걸 아는 박환용의 입장에선 범인이 운좋게 정전을 이용했다고 받아들이는 것이 자연스럽다. 하지만 잘 생각해보면 동아리실 안에 갇힌 인물은 정전의 정황을 정확히 파악할 수 없다. 심지어 도어락이 고장난 채 갇혀 있었다면.

"이찬진이 멍청해서 거기까지는 생각을 못했지만, 그저 운이 좋았을 뿐이라면 어때? 아니면 애들 단톡방 같은 데 '지금 화학A관인데 정전됐다'는 식으로 상황을 파악할 수 있을 법한 메시지가 올라왔을지도 모르잖아."

"그랬을 경우에도 마찬가지야. 여전히 옥상까지 가는 계단까지 모두 정전되었으리라 확신할 수는 없어. '화학A관 전체에 정전이 났다'고 정확한 정보를 전해줄 녀석이 몇이나 되겠어. 게다가 그렇게까지 정확한 정보를 전해줄 수 있는 녀석이 있었다면, 그건 정보 제공자가 화학A관 주변에 있다는 뜻이 돼. 무슨 수작을 부리다간 그 녀석에게 목격당하기 십상이지. 마지막으로, CCTV가 꺼지지 않은 상태에서 트릭을 썼다간 피해자가 동아리실을 나간 적 없다는 게 밝혀질 테니 애초에 무용지물이야. 네가 말한 트릭이 그만큼 허술하단 거야."

"이찬진이 생각보다 더 멍청했다면? 방금 사람을 죽여서 깊게 생각할 수 없었다든지. 이런 이야기는 추리소설에서도 많이 나오잖아? 아니면 어차피 이대로라면 범행이 들킬 거라 판단한 끝에 도박을 했다든지."

유성은 피식거리는 웃음소리와 함께 농담조로 말했다. 수정은 크게 반응하지 않았다.

"세번째로 넘어가지. 이찬진은 젖은 곳이 없었고, 동아리실의 창문이 하나 열려 있었으며, 젖은 흔적까지 남았다는 점. 그리고 담배 냄새가 났다는 점."

"응. 이찬진이 비에 맞은 흔적이 없었다는 건 이미 내가 설명했고, 나머지는 내 추리가 옳다는 증거가 됐지. 환용이가 기억력이 상당히 좋더라. 잠깐 칵테일 동아리실에 들렀을 뿐인데 그렇게 세세하게 기억하다니, 대단하지 않아? 덕분에 설득력이 생겼네."

제멋대로 떠들어대는 유성의 말을 수정의 단호한 목소리가 가로막듯 끊었다.

"그 반대야."

수정은 느릿하게 자리에서 일어나더니 천천히 창문으로 다가갔다. 겨우 바람이 들어올 정도로만 열려 있던 창문이 드르륵, 소리를 내며 완전히 열렸다. 흰 창틀에 투명한 유리. 사인도의 동아리실이 있는 자연과학동 물리B관의 창문은 모두 투명하다.

"몸의 물기는 금방 마른다고 해도 피해자의 시체를 바닥까지 내리는데 머리가 안 젖었을 리 없잖아. 게다가 몸이든 머리든 젖은 상태로 동아리실에 머물렀다면 어딘가에 물기가 남을 수밖에 없어. 옷이나 수건으로 물기를 닦았다고 말할 거라면 접어둬라. 그거야말로 눈에 띄는 증거가 되었을 테니까. 아니면 밤사이에 뭐든 다 말랐을 거라고 말할 셈인가?"

유성은 장난꾸러기처럼 웃는 얼굴로 어깨를 으쓱였다.

"불가능해보이진 않는데?"

"좋을 대로 해라…… 그건 그렇다 쳐. 하지만 시체를 내리는 동안 창문을 열고 있었다면 동아리실 안으로 비가 엄청나게 들이쳤을 거야. 그것도 새벽 중에 말랐을 거라고 말할 거면 그냥 입 다물고."

수정의 말대로 유성은 입술을 꼭 다물었다.

"환용은 창틀은 조금 젖어 있었다고 했어. 하지만 그건 창문을 열어서 비가 들이친 게 아니라, 비가 그친 뒤에 열었더니 조금 스며든 빗물이 보였을 뿐이겠지. 무엇보다도, 창문을 열고서 트릭을 쓴 범인이 여전히 창문을 열어뒀다는 건 이상하지 않나? 보통이라면 창문을 꼭 걸어 잠그고 한 번도 연 적 없는 것처럼 위장이라도 해두는 게 정상이겠지."

"아, 정말 밀실처럼?"

밀실 이야기가 다시 나오자 수정은 질색하듯 고개를 가로저었다.

"그렇게까지는 말하지 않았어. 적어도 대놓고 열어두진 않았을 거란 말이야."

"그럼 담배 냄새는?"

슬슬 귀찮아지기 시작했다는 듯 수정은 작게 혀를 찼다.

"그게 무슨 문제가 된다는 거야? 이찬진이 피운 담배겠지. 걔도 흡연자잖아?"

'흡연자가 맞긴 하지' 하고 수긍하듯 유성은 고개를 두 번 끄덕였다.

"새벽 내내 동아리실에 있어서 답답했던 나머지 동아리실 안에서 담배를 피웠다. 그러고서 비가 그친 뒤 아침에 창문을 열어 냄새를 뺐다. 창문이 열려 있던 건 그래서고. 고작 그 정도겠지. 물론 이것도 가능성 중 하나일 뿐이지만, 적어도 그 정황이 너의 이상한 추리에 보탬이 될 증거는 아니라는 건 증명할 수 있어."

"그렇게 이상한가? 난 그럭저럭 미스터리다웠다고 생각했는데. 하긴 네 취향은 좀 까다로우니까."

유성은 어깨를 으쓱하며 수정이 줄곧 작업하고 있던 컴퓨터 화면을 바라보았다. 사인도 활동의 일부인 단편 추리소설 집필 프로젝트였다. 이제 도입부를 시작했는지 스크롤바가 길었다.

"요번에 쓰는 건 뭐야? 본격 미스터리? 네 취향은 올드하잖아. 밀실, 클로즈드 서클, 잘린 머리와 신원 바꿔치기. 그런데 왜 내 추리를 그렇게 맘에 안 들어하는지 잘 모르겠네. 엉터리 추리라 그래?"

"올드할수록 엄격한 법이야."

성가셔하던 것과 별개로 이번엔 토론하는 듯한 말투로 답한 수정은 화면에 띄워놓았던 한글 파일을 닫았다.

"그럼 진상은 뭐야? 경찰들의 말대로 CCTV가 꺼진 사이에 김성민이 옥상으로 올라가서 담배를 피우다가 혼자 넘어져 추락했다?"

"앞으로 이렇다 할 증거가 새로 발견되지 않는다면 그게 맞겠지."

"뭔가 시시하네."

불과 몇 분 전까지 친구 앞에서 탐정처럼 떠벌리던 건 잊기라도 했는지 유성은 극히 가벼운 투로 중얼거렸다. 그 모습을 바라보던 수정은 의문을 표하지 않고 다소 뜬금없는 질문을 던졌다.

"그보다 너, 다음주에 이 교수님 따라서 캐나다 학회에 다녀온다고 했던가."

"응? 맞아. 추리소설 읽다가 흘러가듯 말한 건데 구체적으로 기억하네."

유성은 안경 너머로 눈을 동그랗게 떴다. 유성의 머릿속에 빗소리가 가득했던 새벽이 떠올랐다. 이틀 전 밤부터 새벽 내내 각자 추리소설을 읽던 그때, 유성은 자신의 일정에 대해 가볍게 언급했다. 유성은 아직 2학년인데도 교수님들과 사이가 좋았다. 수학과 동기라면 모두 유성이 졸업 직후 지도교수의 연구실에 들어갈 거라고 반쯤 확신할 정도였다.

수정은 유성을 가만히 바라보더니 알 만하다는 듯 한숨을 내쉬었다.

"너 말이야…… 그날 새벽에 외출했었지."

수정은 이틀 전 새벽, 그러니까 사건이 일어났을 때를 떠올렸다. 그때 두 사람은 각자 읽고 싶은 추리소설을 읽고 있었다. 자신은 『방주』를, 유성은 이소민의 『영원의 밤』을. 그러다 중간에 유성이 바람을 쐬고 오겠다며 우산을 들고 밖으로 나갔다. 유성은 비가 오든 눈이 오든 산책을 즐기는 사람이었다. 그래서 수정은 유성의 행동을 이상하다 여기지 않았고, 아마 유성 역시 그 시점에는 어떤 계획이나 생각을 가지고 있지 않았을 것이다…… 수정은 그렇게 결론지었다.

"산책을 다녀온 직후 내게 곧 세미나에 간다는 이야기를 했었지. 그래, 산책이 끝난 그때 전부 계획했구나, 너."

안경 너머로 보이는 수정의 눈빛이, 부쩍 서늘해졌다.

"이 가짜 추리를."

물리B관과 화학A관 모두 자연과학동이라는 큰 묶음 안에 있다. 두 건물의 거리는 그리 멀지 않다. 우산을 쓰고 잠깐 갔다 오는 것쯤이야 어렵지 않다.

"왜 그렇게 생각했어?"

유성은 느긋한 투로 물으며 빈백에 편하게 드러누웠다. 줄곧 열린 창문 앞에서 신선한 공기를 쐬던 수정은 창문을 닫으며 유성이 누워 있는 빈백으로 한 발짝 다가갔다.

"네가 주는 단서는 너무 뻔해."

"응?"

"취향이 올드한 건 너도 마찬가지라는 소리야. 전형적이잖아. '목격자나 범인이 아닌 이상 알 수 없는 단서를 실수로 발설'한다는 건."

수정의 말에 유성은 어쩔 수 없다는 표정이 되어 작게 웃음을 터뜨렸다.

"너는 시체를 직접 본 적 없는 사람이고, 그저 박환용에게서 이야기를 전해들은 안락의자 탐정 포지션이었어. **그런데도 아**

까 추리를 하던 중 범인이 피해자의 입에 불을 붙인 담배를 물려주었다는 이야기를 했지. 박환용은 시체와 담배가 함께 발견되었다고 했을 뿐인데."

"그야, 경찰이 피해자가 담배를 피우다가 죽었다고 추측했다잖아. 당연히 범인도 피해자 입에 담배를 물리는 게 더 설득력 있다고 생각하지 않았을까? 그래서 그렇게 추리한 건데?"

"아니……"

수정은 스스로의 목을 조르듯 아래턱에 손을 가져다댔다.

"옥상에서 추락하는 사람이라면 놀란 나머지 이를 악물어서 담배를 물고 있었을지도 모르지. 다른 가능성은 분명 존재해. 하지만 이미 죽은 사람이 담배를 문 채로 바닥에 얌전히 누울 수 있을 리 없잖아. 그것도 교수형당하듯 목에 줄이 매여서 내려지고 있었다면 더더욱. 잇새가 벌어지고 담배는 입에서 떨어져나오는 게 당연해. 무엇보다 가장 올드한 건……"

안경 너머, 수정의 무감한 눈이 가늘게 유성을 쏘아봤다.

"너는 내게 단서를 주기 위해 굳이 할 필요 없는 말을 했다는 거야. '범인이 피해자와 함께 담배꽁초를 떨어뜨렸다'고 해도 될 걸, 굳이 '입에 물렸다'고 했지. **너는 '시체를 직접 목격한 적 있다'는 사실에 대한 단서를 일부러 흘린 거야.** 박환용 들으라고 한 말이 아니라, 나 들으라고 한 말이었던 거지."

"마실래?"

길게 말을 이어가던 수정에게 유성은 빈백 옆에 놓여 있던 오렌지주스 병을 건넸다. 냉장고에서 꺼낸 지 얼마 되지 않았는지 물이 맺혀 있었다. 수정은 가만히 병을 받아들었다.

"날 고생시킨다는 자각은 있나보네."

"오늘 저녁 사줄게. 그보다, 내가 시체를 목격했을 거라는 근거는 그것뿐이야?"

"성격이 급하군. 그 기묘한 목격담은 낙하한 시체가 아니라 너를 봤던 거였겠지."

"아, 정답."

유성은 차분한 퀴즈쇼 진행자처럼 한쪽 손을 가볍게 들며 대답했다.

"이건 내 상상이지만, 너, 산책하다가 옥상에서 담배 피우는 김성민을 본 거 아냐? 왜 빗속에서 저러고 있나 올려다보던 차에 비틀거리던 녀석이 바닥으로 추락했고, 넌 시체를 살피려 가까이 접근했다가 과실에 불이 켜져 있기에 급히 몸을 숙였어. 그게 바로 '소리가 들린 다음 창문 밑으로 사라지는 인영'의 정체지."

"금방이라도 떨어질 것처럼 아슬아슬하게 난간에 붙어 서 있더라. 딱 봐도 떨어질 것 같아서 주변에서 잠깐 기다려봤지."

순순히 인정하듯, 아니 기다렸다는 듯 덧붙이며 유성은 고개를 끄덕거렸다. 수정은 그날 산책을 마치고 돌아온 유성이 은근히 기분좋아 보였던 이유가 이거였나보다 짐작하며 창문을 살짝 짚었다. 유리가 차가워 손끝이 식었다.

동요는 하지 않는다.

익숙하다.

그러니 수정은, 녀석의 악취미에는 신경을 기울이지 않는다.

"넌 낙하한 시체를 목격했어. 직접 살펴보기까지 했지. 그 시체가 담배를 물고 있으며 머리에 상처가 났고 경추가 골절되었다는 사실을 알게 됐어. 흙에 남은 네 발자국 같은 건 어차피 비에 지워질 테니 신경쓸 필요 없이 편하게 시체를 살필 수 있었겠지. 누군가에게 목격당하면 그때 경찰에 신고해도 되는 거고. 하지만 운좋게도 그 상황을 제대로 목격한 사람이 없었고, 너는 칵테일 동아리실에 불이 켜져 있는 걸 알았어…… 그래서 적당히 계획을 세웠겠지."

"내가 그때부터 모든 걸 계획했다고? 난 두 사람이 싸웠다는 것도 몰랐는데."

"되면 좋고, 안 될 것 같을 경우엔 실행하지 않으면 그만이니까. 넌 몇 가지 단서를 내게 미리 주는 정도로만 움직였어. 네가 산책을 다녀왔고, 곧 외국에서 열리는 학회에 갈 거라는 단서를."

"그게 무슨 단서가 되는데?"

"네가 진상을 날조해도 아무런 불이익을 당하지 않을 거란 단서. 넌 계산적인 인간이니까, 사고를 살인사건으로 날조하는 대담한 짓을 어떤 안전장치도 없이 저지를 리가 없어."

유성은 옛날부터 그랬다.

수정은 초등학생 시절의 한유성을 떠올렸다. 유성에게는 또래와는 다른 무언가가 있었다. 유치한 악동 같은 짓은 하지 않았다. 늘 어른에게 공손했고 교우관계는 원만하며 성적도 상위권인 모범생이었다. 게다가 대부분의 갈등 상황에서 유성은 조율자이자 해결사였다. 하지만 잘 뜯어보면 유성의 주변에서 일어난 일들은 보통이라면 인생에 한두 번 겪을까 말까 싶은 기묘한 사건들이었고, 유성은 늘 그걸 화려하게 해결하는 인물이었다.

기숙사 무단침입사건이나 이번 사고처럼.

"박환용이 네가 말한 추리를 바탕으로 경찰에 항의를 한들 상황이 크게 달라지진 않겠지. 시체 부검이나 칵테일 동아리실의 추가 조사가 이루어지는 것 정도가 한계야. 게다가 그렇게 되면 타살이 아닌 사고사라는 것만 더 확실해지겠지. 그럼 이 과정에서 무슨 일이 일어날까. 박환용은 너의 추리를 떠벌리고 다니지 않겠다고 약속했지만, 대학은 소문이 빠르잖아? 단순히 조사만 이루어져도 학생들은 이게 살인사건이지 않을까 의심하게 돼."

그리고 한번 심어진 의심은, 의혹은, 가능성은 쉽사리 사라지지 않는다.

사람들은 늘 간단한 문제보단 복잡하고 자극적인 문제에 열광한다. 하지만 그것을 해결하는 게 자신은 아니길 바란다. 누군가 나타나서 극적인 해결을 하길 바란다. 마치 추리소설의 탐정처럼.

"그러다 보면 김성민이 사건 당일 이찬진과 싸웠다는 것도 금방 알려지겠지. 애초에 박환용이 컴공과 친구라는 놈과 각테일 동아리실 도어락을 조사한 것부터가 그래. '와, 걔네 그래서 그 도어락 조사한 거야?' 같은 말부터 시작해서 타살설에 가십이 붙겠지. '걔네 원래 사이 안 좋았다더라' '이찬진은 원래 잔인한 영화 좋아하더라' 같은 것들."

"그래봤자 조사하면 결백하다는 게 밝혀진다며?"

유성은 느긋하게 입꼬리를 올렸다.

'뻔뻔하긴.'

수정은 한숨을 내쉬었다.

"너의 추리가 거기서 빛을 발하지…… 아니, 빛을 발한다는 건 너무 긍정적인 표현이군. 네 추리가 사람들을 선동할 거야."

 이런 걸 추리라도 불러도 되는 걸까. 수정은 잠시 고민하느라 말을 멈췄다.

 "박환용이 네가 추리한 거라고 직접 말하고 다니진 않아도, 다들 김성민의 유족과 가장 친했던 박환용에게 묻기 시작할 거야. 타살일 수도 있다는 소문이 사실이냐는 식으로. 그럼 박환용은 어쩔 수 없이 설명하게 되겠지. 웃긴 건, 환용은 네가 한 추리를 모두 기억하진 못할 거란 점이야. 조금씩 각색되고, 편집되는 중에도 결론은 '타살일 가능성이 있다'가 되겠지. 누군가 모순을 지적하려 해도 애초에 애매모호한 이야기니까 검증은 불가능해. 애초에 보통 사람들은 추리소설에나 나올 법한 변태적인 가능성 따위 검증하지 않으니까 그 어설픈 이야기에 타당성이 있는지도 깊게 생각 안 할 거고. 아, 인터넷에서 화제가 되면 미스터리 마니아들은 붙잡고 늘어질지도 모르겠네.

 아무튼, 이찬진의 결백함이 증명되어도 학생들 사이에서 걔는 준살인자나 다름없어. 의혹은 지워지지 않겠지. 다들 머리로는 '그렇게 추리소설 같은 일이 진짜일 리 없다' '경찰의 의견이 옳다' 정도까지만 생각하겠지만, 적어도 살인자일지도 모른다는 소문이 난 녀석과 가까워지려는 사람은 없을걸. 게다가 이 학교에는 이미 추리소설 같은 일이 한 번 일어났잖아?"

기숙사 무단침입사건.

그 사건을 추리소설처럼 해결한 대학생 탐정.

"이찬진은 휴학할 수 있는 기간을 꽉 채워서 학교를 떠나 있어야 할 거야. 아니면 군대에 가려나?"

수정의 말투에 어쩐지 자조적인 감정이 깃들기 시작했다.

"'인터넷의 미스터리 마니아'는 네 얘기야?"

"중요한 건, 그런 일들이 벌어지는 동안 너는 모든 성가신 과정으로부터 벗어날 수 있다는 거지."

수정은 유성의 질문을 무시하며 할말을 이었다.

"너는 다음주면 캐나다로 가. 한 달 정도 머무른댔지."

"응, 그랬지."

"한 달이면 경찰의 추가 조사가 끝나고, 학생들 사이에 소문이 한 바퀴 돌고도 사그라지기 딱 좋은 시간이야. 아무리 자극적인 사건이어도 경찰이 학교에 돌아다니지 않으면 관심은 금방 식는 법이지.

만약 네가 해외로 나가지 않는다면 너는 학교에 있는 내내 시달렸을 거야. '한 탐정'이라고 소문이 나 있으니까, 너도나도 네게 찾아와서 그게 진짜냐고, 시원하게 추리해달라고 달라붙겠지. 그러다보면 네 가짜 추리의 허점이 드러날 수도 있어. 네가 한 추리는 그저 타살일지도 모른다는 인상을 주기 위한 허울 좋은 이야기일 뿐 진상을 구하기 위한 게 아니니까. 하지만 뭐, 네가 해외에 나가 있으면 대학 지인의 연락을 아예 안 받아도 이상할 게 없고…… 학회에서 돌아왔을 때쯤엔 모두의 관심이 식어 있겠지. 이찬진도 지쳐서 휴학을 신청한 상태일 가능성이 크고."

거기까지 말한 수정은 그제야 오렌지주스 병뚜껑을 따고 한 모금 들이켰다. 갈라진 소리를 내기 직전이었던 목이 진정되었다.

"그렇기에 넌 박환용에게 네 가짜 추리를 당당히 말할 수 있었어. 그리고…… 동기는 두 가지."

한 모금 더 마신 주스의 병뚜껑을 닫은 수정은 그것을 유성에게 거칠게 내던졌다. 유성은 주스병이 바닥에 떨어지지 않게 가볍게 받아들며 멀뚱멀뚱하니 미소했다. 수정은 저 순진해 보이는 얼굴은 초등학교 다니던 때와 조금도 달라지지 않았다는 걸 새삼 느꼈다.

"첫번째는 내게 문제를 내기 위해서야. 일부러 올드한 단서를 남긴 것도 그래서지. 내가 여기까지 추리할 수 있도록 공정한 게임을 한 거야."

"그럼 두번째는?"

"너, 이찬진한테 억하심정 있냐?"

수정의 물음에 유성은 멋쩍은 듯 웃었다.

"이찬진을 골탕 먹이는 일인 건 둘째 치고, 이런 식으로 시끄러워지는 건 성민이 유족이나 친구들한테도 좋은 일은 아니야. 타살이었을지도 모른다는 가능성을 가슴에 품고, 살인자도 아닌 사람에게 원망과 의심을 가지고 살아가야 한다는 건 괴로운 일이지. 머릿속으로는 사고라고 생각하면서도 '혹시'라는 생각이 스스로를 괴롭힐 거라고. 그걸 감수하면서까지 이찬진을 살인자로 매도한 이유가 뭐야?"

"아, 뭐…… 별거 아냐."

갈색 머리칼 끝을 만지작거리던 유성은 느긋한 미소를 짓더니, 안경을 고쳐 썼다. 순진한 얼굴에 삐진 어린아이처럼 뾰로통한 표정이 떠올랐다.

"그 녀석, 저번 학기 조별 과제에서 내게 자료 조사를 전부 떠넘겼거든."

고작 조별 과제.

"그게 맘에 안 들었어."

수정은 잠시 말을 잃었다. 유성은 이제 속이 시원하다는 듯 입을 살짝 벌리며 웃음소리를 냈다.

PPT에서 이름 빼는 정도로 만족할 것이지. 수정은 쯧, 작게 혀를 찼다.

그래, 그랬던가. 초등학교 때도 유성은 자신이 빌려준 지우개를 조금 거칠게 썼다는 이유로 같은 반 학생이 담임에게 크게 혼나도록 유도한 적이 있었다. 옛날부터 그랬지…… 수정은 잠시간 눈을 지그시 감았다 떴다.

"그런데 정아, 나도 궁금한 게 하나 있는데."

"시답잖은 질문이면 대답하지 않겠어."

"왜 환용이 앞에서 말하지 않은 거야?"

초등학교 때 일은 유성도 잘 기억하고 있었다. 중학교 때도, 고등학교 때도. 그리고 대학에 와서도 두 사람은 함께였다. 딱히 절친이라고 할 정도로 붙어다닌 건 아니었지만 늘 적절한 거리에서 서로를 관찰할 수 있었다. 유성은 많은 짓을 저질렀고, 수정은 그걸 잘 알고 있었다. 이번처럼 본격적으로 문제를 낸 적은 거의 없었지만, 수정은 언제나 모든 걸 꿰뚫고 있었다는 사실을 유성도 알았다. 처음에 수정이 말했던 것처럼, 수정은 늘 유성을 봐주고 있었다. 언제든 유성의 평판과 인생을 저 낭떠러지 아래로 떨어뜨릴 수 있었음에도.

그런데도 수정은 늘 침묵했다.

"……현실에 탐정 같은 건 없으니까."

수정은 창문 앞을 떠나 다시 컴퓨터 앞으로 돌아갔다. 끼익,

컴퓨터 의자에 무게가 실리는 소리가 났다.

'나는……'

'나는 네가 모든 걸 인정한 지금 이 순간에도 나의 추리를 확신할 수 없다.'

자신의 추리를 진실이라 믿으면서도, 수정은 탐정이 될 수 없었다. 누군가의 앞에서 말할 수 없었다. 오직 유성의 앞에서만 말할 수 있었다. 그의 존재 자체가 거짓을 말하는 탐정이기에.

무엇보다 그를 봐주고 있는 쪽은 수정 자신이니까.

"난 탐정 노릇은 하지 않겠어."

유성을 등지고 선 수정의 뒷모습은 단호했다.

"하지만 널 봐주는 것도 이 정도까지야. 이찬진은 이번 일로 법적 처벌을 받진 않겠지. 그러니까 그냥 지나가겠지만……"

'만약 네가 누군가의 인생을 진정으로 망가뜨리게 된다면.'

그리고 유성이 그런 짓을 저질렀다는 것을 수정 자신만 알게 된다면.

"……그땐 봐주지 않아."

'나는 탐정이 되어야 한다.'

수정은 눈을 질끈 감았다가, 작업하던 한글 파일을 열었다. 탐정이 자신만만한 태도로 첫 장면에서부터 '이 사건은 밀실

범죄입니다' 같은 소리를 떠들고 있었다.

  수정의 등뒤에서 시작된 꾸며낸 듯한 웃음소리가 희미하게 멀어졌다.

탐정, 지목

불가능 범죄는 불가능해. '불가능'이라는 단어가 두 번이나 반복되니 조금 웃기네. 그럼 표현을 바꿔볼까?

들키지 않는 범죄를 저지르려면 어떻게 해야 할까?

가장 쉬운 건 타인에게 덮어씌우는 거야. 아니, 누군가를 노려 누명을 씌우거나 자살로 위장하라는 말이 아니야. 범인이 영영 밝혀질 수 없도록 하라는 거지. 지금부터 설명해줄게.

현대사회에는 감시자가 너무 많아. 특히 한국은 땅도 좁고, 등산 인구도 많지. 산에 몰래 묻기도 쉽지 않다는 소리야. 하천에 시체를 버리는 일은 또 어떻고? 깊이가 제법 되는 하천들은 전부 커플들의 데이트 코스가 되었는걸. 목격당하기 너무 좋잖아. 건물이며 골목마다 CCTV가 안 달린 곳이 없는데다, 늦은

밤에도 상가의 불빛은 좀처럼 꺼지질 않지. 게다가 성인이라면 누구나 주민등록증을 신청하면서 지문을 등록해. 이러니 범죄자 입장에선 한숨이 푹푹 나오지 않겠어?

연쇄살인 발생률이 떨어진 건 범인들이 온순해져서 그런 게 아니라 첫 살인 이후 금방 붙잡히기 때문이라는 말도 있지.

……아, 그래. 처음에 설명하려던 주제로 돌아가볼게. 요점은 이거야. 기숙사에 사는 대학생인데다가 자가용도 없는 네겐 시체를 다른 곳으로 운반할 여유는 없어. 그러니 차라리 시체를 대놓고 드러내서, 타인에게 덮어씌우는 거지.

예를 들어볼까? 대학생들이 다 같이 산 중턱에 있는 펜션으로 놀러갔다고 해보자. 한참 술을 마시며 놀고서 각자의 방에 가서 잠들었는데, 아침에 일어나보니 누군가가 자기 방에서 죽어 있는 거야. 조심성 없이 잠가두지 않아 밖에서도 얼마든지 열 수 있었을 창문이 활짝 열린 채로. 거기에 피해자의 가방이나 귀중품이 사라진 흔적이 있으면 완성이야. 어때, 누가 봐도 강도가 와서 물건을 훔치고 죽인 것 같지 않을까? 강도는 CCTV도 목격자도 마주칠 일이 없을 산속 펜션, 가장 만만해 보이는 방에 침입한 거지. 물건을 훔치고 방에 있던 사람을 죽인 뒤 곧장 산을 타넘어 도주했다. 외부에서 왔다는 인상을 강하게 주려면 베란다에 흙 정도는 남겨둬도 좋겠네.

응? 밀실사건으로 만들어야 하지 않겠냐고? 그래도 같은 펜션에 머무는 학생들이 의심받으면 어떡하냐고? 깨지지 않을 알리바이는 안 만들어도 되냐고? 무슨 바보 같은 소리를 하는 거야. 놀러와서 술에 취한 대학생들이 깨지지 않는 알리바이 같은 걸 가지고 있는 게 훨씬 더 수상하잖아. 그냥 친구가 죽어서 혼란스러운 대학생을 연기하면 그만이야. 괜히 머리 굴리지 마. 밀실이니 뭐니 관심을 끌면 그 대학생 탐정인가 뭔가 하는 녀석이 관심을 가질지도 모르잖아. 응, 한유성, 걔 말이야. 그러니까 가능한 자연스러운 사건으로 만들어. 추리소설에 나오는 것 같은, 멋진 짓을 하겠다는 생각은 접어두란 말이야.

강도사건으로 위장하기 위해 훔친 물건은 어떻게 하냐고? 글쎄, 경찰이 곧장 와서 수색을 할 가능성도 없진 않으니 잘 처리해둬야겠지. 어떤 방법이 있을까.

여기부턴 네가 직접 생각하는 것도 좋겠다. 어때?

✕

"합동 MT?"

수정은 눈을 가늘게 떴다. 유성이 싱글싱글 웃는 얼굴로 휴대폰 화면을 들이밀고 있었다. 카톡 화면 상단에는 대화 상대의 이름이 적혀 있다. 박은서. 수정은 모르는 이름이다.

"은서 선배라고, 문학 동아리 '인회'의 부장인데 이번에 MT 같이 가면 어떻겠느냐고 하더라고. 어때? 은서 선배 아버지가 운영하는 펜션이래. 그래서 경비도 차 렌트비가 전부고, 우리 먹을 것만 사 가면 되는데 그것도 N분의 일로 나누면 진짜 얼마 안 되니까."

"인회 애들 참석률이 낮은 모양이지?"

유성이 뜨끔한 얼굴로 어깨를 움츠렸다. MT 참석자가 애매하게 적으면 진행에 차질이 생긴다. 그럴 때 선택하는 것이 합동 MT로, 성격이 비슷하거나 부원끼리 친한 동아리를 골라 함께 진행한다.

"탐정과 함께 산속 펜션으로 가는 MT잖아. 일정만 맞으면 두 명 정도는 더 오겠다고 하겠지."

농담인지 조롱인지 판단할 수 없는 무관심한 말투에 유성은 별수없다는 듯한 표정을 했다.

G대학의 탐정, 한유성. 올해 초 유성이 기숙사 무단침입사건을 멋지게 해결하면서 파다하게 퍼진 별명이다. 그후 대학 내에서 일어난 어떤 사건에 개입하기도 했으나 '의뢰인'이 침묵했고, 사건 직후 유성은 해외에 다녀왔기 때문에 학생들 사이에 퍼졌던 소문은 점차 잠잠해지는 중이었다. 그 일은 애초에 사건이라고도 부를 수 없을 정도로 단순한 사고였지만 유성이 개입하고서 한동안 사건이 되었다. 그 여파로 한 학생은 수개월간 범인으로 의심받았고, 결국 휴학을 신청했다. 그렇게 방학이 끝나고 2학기가 되자 모두의 관심도 식어버렸다. 더이상 그 사건, 아니 사고는 누구의 입에서도 오르내리지 않게 되었다.

 지난 일을 떠올리던 수정은 입술을 일자로 당겨 닫았다.

 시선을 돌려보니 수정의 허락을 얻은 유성은 휴대폰 화면을 바삐 두드리고 있었다. 곧 메신저 알림음과 함께 사인도 동아리 단체 채팅방에 공지가 올라왔다. '인회 동아리에서 합동 MT 제안이 왔으니 생각 있는 사람은 투표해달라'는 내용이다. 수정은 잠시 생각하다가 '참석 의사 있음'에 투표했다. 그러고는 얕은 한숨을 내쉬고 투표 화면에서 나와 스크롤을 위로 올렸다. 이번 학기에도 비평과 단편소설을 모아 문집을 내자는 의견이나 회식 관련 투표가 몇 개 지나갔다. 조금 더 올리자 유성이 매달 1일에 올리는 '미스터리 모음' 링크가 있었다. 사인도의 부장인 유성이 개인적으로 수상한 사이트나, 미제 사건을 재조명하는 기사 따위를 모아두는 마니악한 스크랩이다.

링크를 누르자 백색 바탕에 검은색 글씨로 단순하게 디자인된 화면이 나타났다. 유성의 개인 공유 문서다. 아무래도 이런 스크랩을 인터넷에 공개적으로 게시하기는 좀 꺼려지리라. 이번 달에 수집된 것은 세 가지 정도. 첫번째는 영국에서 일어난 밀실살인사건. 출처가 B급 매거진이라 그 진위를 판단하긴 힘들다. 두번째는 미스터리 마니아들의 사이트. 링크 아래에 있는 스크린 숏을 보니 마니아들끼리 직접 살인사건 퀴즈를 내고 맞히는 곳인 모양이었다. 마지막은 국내에서 일어난 미제 사건을 자신이 추리해냈다고 주장하는 사람의 블로그. 역시나라고 해야 할까, 헛소리뿐이었다.

수정은 '아직도 쓸데없는 걸 모으는군' 정도쯤 되는 감상을 남기며 고개를 들었다가 기분이 한껏 좋아 보이는 유성의 옆얼굴을 마주했다. 수정이 투표한 것을 보고서 웃고 있는 것이다. 수정은 본래 회식에 잘 참석하지 않는 편이다. 술을 못 마시는 건 아니다. 홀로 즐길 때도 많다. 그저 시끌벅적한 분위기를 선호하지 않을 뿐이다. 그런데도 이번 MT에 참여하기로 한 것은 유성 탓이다.

'물가에 내놓은 애도 아니고.'

수정은 유성의 보모가 된 것 같다는 심정으로 자그맣게 한숨을 쉬었다.

며칠 뒤 MT에 참여하는 인원이 확정되자 새로운 단체 채팅방이 개설됐다. 참가자는 모두 여덟 명. 그중 사인도의 부원은 한유성, 수정, 신예진, 이준호로 절반이다. 나머지 반은 이 MT의 본래 주최인 인회의 부원 박은서, 김재언, 임동현, 최승우였다. 수정이 아는 이름은 많지 않았다. 사인도 부원은 그래도 같은 동아리라고 조금 아는 사이였지만 인회 부원들 중에서는 과가 같은 임동현만 겨우 아는 정도. 물리학과도 수학과도 다른 과에 비해 사람이 적은 편이니 같은 학과라면 어쩔 수 없이 알게 되곤 한다.

임동현은 수정보다 두 살 많은 물리학과 학생으로, 재수를 해서 올해 3학년이라고 OT에서 들었다. 고등학생 때까지만 해도 폴더폰을 썼다는 이야기에 모두가 "어우" 하고 놀랐다. 임동현은 그만큼 아날로그적인 인간이다. 문학 동아리인 인회에 있는 것도 어릴 때부터 시집 읽기 같은 걸 좋아해서 그렇다나. 아무튼 물리학과에서 보기 드문 인종이라 타인에게 관심이 없는 수정의 기억에도 남아 있다.

반면 사인도의 부원들은 수정에게 익숙한 인간상이다. 신소재공학과의 신예진은 소재물리학 수업을 같이 들은 사이로 수정과 동갑이다. 그러고 보니 신소재공학과 2학년 과대라던가. 수정의 평가는 '쾌활한 성격이라 사인도가 모여 있을 때면 분위기 메이커 역할을 맡겨두면 돼서 편하다' 정도다. 예진은 스릴러가 섞인 미스터리 소설을 즐기는 편이라 수정과 많은 이야기를 나누지는 못했지만, 사인도의 주요 부원이다. 그리고 글로벌미디어학과 1학년 이준호. 사인도의 막내로 상당히 열렬한 미스터리 팬이다. 그만큼 탐정이라 불리는 유성을 일방적으로 존경하며 따르는 것 같기도 한 새내기. 하지만 추리소설을 추리하면서 읽는 것뿐 아니라 쓰는 것에도 재능이 없다고 기억한다. 이런 말을 당사자에게 직접 한 적은 없지만, 실력이 마음을 못 따라간다고 해야 하나. 무의식적으로 부원의 작품을 평가하던 수정은 눈을 감았다. 그래봤자 같은 아마추어인 자신이 이래라저래라 할 수는 없는 법이다.

나머지 참여 인원의 얼굴은 MT 계획을 세우고도 일주일이 더 지난 당일에야 보게 되었다. 펜션까지 이동하기 위해 8인승 SUV를 렌트했고, 운전은 유성이 맡았다. 조수석에는 수정이 앉게 되었다. 그 뒤로 사인도 부원 둘과 인회 부장 박은서가 착석. 맨 뒷자리에 인회의 나머지 부원들이 앉은 뒤에야 차는 G대학에서 두 시간 반 거리에 있는 펜션으로 출발했다.

은서는 어지간한 물품과 음식은 펜션에 이미 준비되어 있다면서 술만 사서 차에 올랐다.

"이거야 원, 거의 공짜 MT지. 자자, 다들 박수 좀 치자!"

앞머리를 시원하게 넘긴 은서가 입꼬리를 쓱 올리며 말했다.

박은서는 임동현과 함께 이 무리에서 단둘뿐인 3학년으로, 나이는 스물두 살에 국문과다. 쾌활한 성정이 예진과 비슷했다. 문학 동아리래서 차분한 분위기겠거니 했는데, 열성적으로 손뼉을 치는 세 부원의 모습을 보니 인회는 활발한 분위기인 모양이었다.

'아니면 으레 그렇듯, 문학은 핑계고 사실은 그냥 친목 목적의 동아리인 걸지도.'

힐끗 뒷자리를 돌아본 수정은 혼자 그런 생각을 했다.

예진은 밝은 갈색으로 염색한 단발머리를 꽁지처럼 묶고, 여름에서 가을로 넘어가는 날씨에 맞게 모래색 카디건을 입고 있었다. 그 옆에 앉은 준호는 제법 들떴는지 연신 안경을 고쳐 썼다. 대부분이 2학년인 이 모임에 그가 참여한 것은 탐정과 함께하는 산속 펜션 여행이었기 때문일까? 미스터리 마니아니 충분히 그럴지도 모른다. 수정은 운전석에 앉아 부드럽게 핸들을 돌리는 문제의 탐정을 바라보았다. 마침 빨간불이라 액셀에서 발을 뗀 유성은 수정 쪽으로 시선을 살짝 돌렸다. 색소가 옅은 눈에는 느긋한 웃음기가 담겨 있다.

"서로 가볍게 소개라도 할까? 초면인 사람들도 있잖아."

선배가 섞여 있긴 하지만 3학년인 두 사람과도 모두 친한 모양인지 유성은 말을 편하게 했다. 수정은 이미 알고 있는 사람들의 소개는 듣는 둥 마는 둥 하며 모르는 사람들의 소개에만 귀를 기울였다. 한유성 때문에 따라온 이상 파악해두는 것이 좋겠다는 판단이다.

"김재언. 국문과 2학년입니다. 1학년 때부터 인회에 있었어요. 솔직히 말해서 추리소설은 별로 많이 읽지 않았는데, 아무튼 잘 부탁드립니다."

맨 뒷자리에서 휴대폰을 만지작거리던 재언은 간단히 자기소개를 마쳤다. 피어싱에 목걸이까지 하는 등 패션에는 관심이 많아 보였지만 외향적인 성격은 아닌 모양이다. '김재언, 국문과, 2학년, 조금 내성적.' 수정은 그런 키워드들을 머릿속에 쌓아두었다. 재언에게서 차례를 넘겨받은 승우는 목소리를 가다듬더니 SUV 전체에 목소리가 들어차도록 우렁차게 스스로를 소개했다.

"최승우입니다. 토목공학과 2학년이에요."

여우를 닮은 얼굴로 장난스레 웃은 승우는 손가락으로 브이를 만들어 보였다. 이미 대부분은 그를 알고 있는 건지 큭큭거리는 웃음소리가 여기저기서 튀어나왔다.

"저, 발이 넓어서 여기 있는 사람들 이름은 다 아는데, 그······ 그쪽은 처음 보네. 저 다음은 그쪽에서 하시는 게?"

뭐라 부를 수 없었는지 애매한 호칭을 쓰며 승우는 펼친 손바닥을 위로 해 조수석 쪽을 가리켰다. 그리고 보니 나도 자기소개를 해야 하는 건가. 잠시 멍하니 창밖을 응시하던 수정은 입술을 달싹였다.

"······물리학과 2학년. 성이 '수', 이름은 외자로 '정'이라서 수정입니다."

뚝, 전화가 끊기듯 멈춘 목소리에 자기소개가 끝난 건지 아닌 건지 다들 긴가민가한 표정을 했다. 줄곧 운전에 집중하고 있던 유성이 부드럽게 웃으며 부자연스럽게 끊겨버린 수정의 말을 자연스레 이어받았다.

"미안. 우리 사인도의 부부장은 말수가 별로 없거든."

수정은 심드렁하게 밖을 쳐다볼 뿐, 유성의 첨언에 별달리 반응하지 않았다.

"다들 알다시피 저는 사인도의 부장 한유성이고요, 정이랑은 초등학교 때부터 알던 사이였으니까, 이 딱딱한 친구에게 말 걸기 어려우면 날 전서구로 써도 돼."

유성의 농담에 애매하던 분위기가 풀리고 제각각 이야기를 시작했다. 대체로 대학 생활과 관련된 스몰토크다. MT에서 흔히 보이는, 폭풍이 오기 전의 평화 같은 시시껄렁한 장면들이 모인 파트.

'오지 말걸 그랬나.'

수정은 안경을 고쳐 쓰려는 듯 손을 올렸다가 자신의 관자놀이를 눌렀다. 나쁜 버릇이 도지려다가, 약한 압력이 피부를 지나 두개골로 전해지는 감각에 조금 정신이 돌아왔다.

'현실에 탐정은 없다.'

'현실에 추리소설 같은 일도 없다.'

그런 문장을 속으로 되뇌던 수정이 완전히 정신을 차렸을 때는 벌써 두 시간을 훌쩍 넘겨 목적지에 거의 다다라 있었다.

은서의 아버지가 운영한다는 펜션의 이름은 '이루리 홈'으로, G대학이 위치한 지역에선 가장 큰 산의 중턱에 있다. G대학에서 산까지의 거리는 사십 분 정도로 그리 멀지 않았으나 펜션까지 가는 데만 두 시간 가까이 걸리는 깊은 산중. 달리 말하면 편의점이나 관공서 등을 찾아가는 데도 그만큼 걸린다는 뜻이다. 그렇기에 어지간한 식량은 펜션에서 자체적으로 구비해둔다고, 은서가 설명했다.

구불구불한 길을 지나고 중턱에 이르러서야 드러난 작은 공터에 유성은 부드럽게 주차했다. 문을 열고 내리자 늦가을 기온이라고 착각할 법한 차가운 공기가 일행을 덮쳤다. 오랜 시간 운전한 유성은 그것이 상쾌한지 만족스러운 표정을 지으며 나른하게 기지개를 켰다. 늘어지는 유성의 카디건 자락을 힐끗 본 수정은 후드집업의 지퍼를 끌어올렸다.

"정말 건물 하나만 덜렁……"

그렇게 중얼거리던 승우가 자신의 부장을 흠칫하며 바라봤다. 은서는 눈매를 둥그렇게 만들며 웃었다.

"앗, 나쁜 뜻이 아니라, 이런 깊은 산중에 있으면 보통 관리인 집도 같이 있거나 하지 않나 싶어서요. 하핫."

"은퇴 후에 반쯤은 취미로 운영하시는 펜션이야. 이런 산에 틀어박히는 건 영 성미에 안 맞는다고 하시더라고. 그래서 주기적으로 와서 관리만 하고, 예약은 인터넷으로."

"어쩐지 신식이네."

벌써 말을 편하게 할 정도로 친해진 건지 예진이 조금 들뜬 목소리로 덧붙였다. 은서가 장난스러운 미소를 짓더니 으스스한 귀신 이야기를 하듯 입꼬리를 죽 올리며 양손을 들었다.

"그러고 보니 추리소설에는 그런 거 많이 나오지? 깊은 산중 펜션, 거기서 몇 미터 떨어진 곳에 있는 관리인 부부의 생활공간, 산사태가 일어나서 경찰이 올 수 없는 와중에 일어난 연쇄살인사건……"

"요즘엔 별로 없고, 옛날 추리소설엔 많지."

예진의 대답에 유성이 쓴웃음을 지었다.

"안타깝게도 말이지."

"너는 옛날 추리소설을 좋아하나봐?"

유성이 웃자 안경 너머에서 눈이 반달처럼 접혔다.

"응, 낭만 있잖아."

"나는 이공계 애들이 저런 얘기 하면 뭔가 되게 의외더라."

"나도 물리학과인데?"

인회 소속인 동현의 의아하다는 반응에 은서가 크크 웃었다.

"넌 너무 괴짜라 논외야."

사인도와 인회가 펜션에 도착한 것은 오후 다섯시경이었다. 펜션은 이 층짜리 건물로, 이인실 두 개에 일인실 네 개로 제법 규모가 있었다. 1층에 이인실 두 개와 거실, 부엌, 공용 샤워실이며 화장실이 있고, 2층에는 나머지 네 개의 일인실과 베란다가 있었다. 하얀 페인트가 발린 나무로 마감된 외벽이며 짙은 갈색 타일로 얹은 지붕은 제법 귀여운 모양새를 하고 있었다. 은서의 제안에 따라 샤워실이 가까운 두 개의 이인실에

여학생들이 묵기로 했다. 은서가 방을 같이 쓰자고 하자 예진은 흔쾌히 수락했다.

"은서 언니랑 친해질 기회니까 환영이야. 그럼 남은 방은 정이가 쓰는 걸로. 혼자 쓰는 게 편하지?"

예진이 빙긋 미소 지으며 말하자 수정은 말없이 고개만 끄덕였다. 방을 혼자 쓰게 해준다면 수정으로서는 환영하다 못해 감사할 일이다. 그때 승우가 멀뚱한 표정으로 손을 들었다.

"어, 근데 그럼 우리 중에 둘은 일인실을 같이 쓰라고?"

"일인실이라고 해도 이불 하나 더 펴면 둘이 자기 충분해. 단체 손님 받을 때도 그렇게 한다고. 마침 잘됐네. 승우랑 동현 오빠가 친하니까 둘이 같은 방 쓰면 되겠다."

"네에, 네에……"

안락한 일인실을 꿈꿨던 건지, 아니면 부러 동현에게 장난치기 위해서인지 승우는 과장되게 투덜거리더니 자신의 짐을 들고 2층으로 올라갔다. 유성과 준호, 재언도 제각각 2층으로 올라갔다.

방을 정하고 나자 벌써 오후 여섯시를 넘기고 해도 넘어가기 시작했다. 저녁 준비는 은서의 주도 아래 재빠르게 진행됐다.

1차는 식사류였다. 부엌에서 익어가는 곱창이며 거실에 펼쳐

둔 상 위에서 끓고 있는 칼국수 냄비에서 맛있는 냄새가 피어올랐다. 한구석에는 다양한 주류가 죽 널려 있었지만 술은 즐기는 사람만 마시고 강요하지 않는 분위기였기에 수정과 유성은 손을 대지 않았다. 그날 술을 마시지 않은 건 두 사람뿐이었다. 유성은 본래 회식 자리에서도 술을 잘 마시지 않는 편이다. 술을 혼자서라도 가끔씩 즐기는 수정과는 달리 유성은 조금이라도 취하는 것을 싫어하는 듯했다.

상당히 맛있는 음식과 고양된 분위기 덕에 초면인데도 급속도로 친해진 대학생들이 즐겁게 이야기를 나누기 시작했다. 원래부터 친분이 있는 사람들이 촉매 역할을 한 셈이었는데 유성도 그 촉매 중 하나였다. 반면 수정은 반응에 관여하지 않는 불순물처럼 조용히 물을 홀짝이고 있었다. 간간이 거는 말에 단답으로 반응하거나, 아니면……

"미스터리 소설도 문학성을 가진 경우가 많아."

"그 수업은 물리학과에도 개설되어 있어."

……하는 식으로, 관심 분야에만 몇 마디 던지거나 사실을 정정해주는 정도의 말만 했다.

칼국수 냄비가 바닥을 드러내고 상 위에 밑반찬이나 쌈채소 정도만 남았을 즈음.

"그래서, 내가 그때……"

신나게 떠들어대던 승우가 자신의 옆에서 고개를 까딱거리는 재언을 보고 킁, 코 먹는 소리를 냈다.

"재언이 얘 언제 이렇게 마셨냐? 얘가 술이 약하긴 한데."

그 말에 줄곧 빈 접시에 머물던 수정의 시선이 슬며시 올라갔다. 시선은 왼쪽 대각선 방향에 앉은 승우와 재언을 향했다.

"아까…… 물인 줄 알고…… 소주를……"

말하던 중 푸우, 깊은숨을 내쉰 재언이 눈두덩을 마구 문질렀다.

"설마 이거야? 어우, 누가 따라둔 걸 잘못 마셨나보네. 바람이라도 쐬고 와."

은서가 후배를 챙기려는 듯 재언 근처에 놓여 있던 유리잔을 가져가며 말했다. 과연 은서의 말대로 소주가 오 분의 일쯤 남아 있었다. 제정신이라면 몰라도 이미 알코올이 들어가 알딸딸한 상태라면 물인 줄 알고 혹 들이켰다 해도 이상할 게 없었다. 상 위에는 물이 담긴 채 놓인 똑같이 생긴 잔이 많았다.

갑자기 짝, 박수 소리가 났다. 예진이었다.

"아, 마침 거의 다 먹었겠다, 슬슬 정리하고 쉬었다가 2차 하자. 삼겹살도 아직 안 구웠잖아? 그건 밖에서 먹자. 아, 그리고 내가 따로 고구마랑 감자도 사 왔는데, 포일 있지?"

언제 고구마랑 감자까지 챙겨온 건지, 예진은 취기 한 점 없는 얼굴로 싱글싱글 웃고 있었다. 수정은 문득 사인도에서 가장 술에 강한 게 예진이라는 사실을 떠올렸다.

은서는 예진의 물음에 "물론 있지" 하고 답하며 슬슬 몸을 일으켰다.

"자자, 상부터 정리하자. 쓰레기 버리는 사람이랑 설거지할 사람을 나누자고. 아, 설거지가 더 힘드니까 이번에 안 하는 사람은 다음 거 하기. 알겠지?"

취해서 반쯤 잠든 재언은 2차에서 제외되었다. 1차 식탁의 정리는 은서와 수정, 준호가 도맡고 설거지는 나머지 네 사람이 하기로 했다.

은서와 수정이 식탁에 옮겨둔 빈 접시들을 남은 음식이며 쓰레기와 분리해 정리하는 동안 준호는 거실과 복도를 오가며 쓰레기봉투를 가져오거나 2차를 위한 짐을 나르기 시작했다. 1학년이라 더 눈치를 보고 빠릿빠릿하게 움직이는 걸까. 준호가 쿵쿵거리며 짐을 가지러 2층으로 뛰어올라갔다.

설거지 담당 중 하나인 동현은 한숨을 푹 쉬었다.

"고작 이거 먹었는데 설거지 거리가 왜 이렇게 많냐……"

"음, 작은 그릇들은 싱크대에서 한꺼번에 씻을 수 있겠는데 불판이랑 이 큰 냄비가 문제네. 은서 선배, 물 쓸 수 있는 데 더 없어요?"

유성의 물음에 은서가 "아" 하며 커튼이 쳐진 창문 쪽을 엄지손가락으로 가리켰다.

"밖에 수도가 있어. 근데 어두워져서 추울 텐데."

"괜찮아요. 제가 다녀올게요."

유성은 사람 좋은 웃음을 짓더니 큼직한 불판 위에 냄비까지 올리고는 밖으로 척척 움직이기 시작했다. 예진이 돕겠다고 했으나 유성은 추운데 두 명이나 고생할 필요 없다며 긴 다리로 순식간에 현관 밖으로 사라졌다. 그가 떠난 자리를 보며 예진은 둥근 눈을 깜빡이며 중얼거렸다.

"부장은 묘하게 위압적인 구석이 있단 말이지."

"아, 뭔지 알아요. 항상 생글생글 웃는데 그래서 더 어렵게 느껴져요."

마침 짐을 들고 2층에서 내려오던 준호가 덧붙였다. 2차는 밖에서 먹기로 한 것을 대비하려는 건지 두툼한 외투를 팔에 낀 채였다.

"역시 탐정이라 그런 게 아닐까요? 부장은."

다분히 장난스러운 말에 예진이 맞장구치듯 가볍게 웃었다.

"사인도의 자랑이니까."

부엌에서는 설거지하는 소리가 들려왔다. 창밖에서도 콸콸

거리는 물소리가 들려왔다. 유성이 냄비며 불판을 닦는 소리이리라. 일찌감치 정리를 끝낸 수정은 창문과 가까운 벽에 기대앉은 채 휴대폰을 쥔 손가락을 빠르게 놀리고 있었다.

어딜 다녀온 건지 복도에서 거실 쪽으로 어슬렁거리며 들어온 은서가 기지개를 켜며 수정에게로 다가가더니 코앞에서 허리를 숙였다. 길고 검은 머리카락이 수정의 정수리에 닿을 것처럼 흘러내렸다. 갑자기 머리 위에 그림자가 드리워지자 수정은 고개를 살짝 들었다. 투명한 렌즈 너머로 새카만 눈동자가 은서를 올려다봤다.

은서는 수정이 들고 있는 휴대폰 화면을 힐끗 쳐다보았다. '토르 브라우저 설치'라는 글씨와 로딩 아이콘이 함께 떠올라 있었다.

"토르? 내가 아는 그 토르?"

은서가 팔을 가볍게 휘둘러 보였다. 아마 영화에 나오는 번개의 신, 토르를 생각한 모양이다. 수정은 은서의 팔과 비슷한 속도로 고개를 저었다.

"크롬이나 인터넷 익스플로러 같은 브라우저의 일종이에요. 차이점이라면 디프 웹Deep web에 접속할 수 있다는 점일까."

무심한 대꾸를 들은 은서는 잘 모르겠다는 듯 되물었다.

"디프 웹?"

"……크롬 같은 데서 검색하면 안 나오는 비밀스러운 사이트들. 보통 주소가 '어니언onion'으로 끝나는 거."

"어니언은 또 뭐야? 되게 위험하게 들리는데."

"위험한 거 맞아요."

근데 그걸 지금 왜? 그렇게 묻듯 은서는 멀뚱멀뚱 수정을 내려다봤다. 수정은 입술을 꾹 다문 채 다시 시선을 휴대폰 화면 쪽으로 떨어뜨렸다. 잠시 고민한 수정은 귀찮은 질문을 막는 쉬운 해결법 중 하나를 사용하기로 했다.

"……과제 때문에."

"아하, 물리학과는 별걸 다 해야 하는구나."

수정의 목소리에서 조금 귀찮아하는 기색을 느꼈는지 은서는 입매를 시원하게 올려 웃으며 질문을 멈췄다. 하지만 대화가 끊기면 금방 자리를 뜰 것이라는 수정의 예상과 달리, 은서는 수정의 옆자리에 풀썩 주저앉았다.

"근데, 혹시……"

은서가 갑자기 주변을 둘러봤다. 설거지를 하는 세 사람은 달각거리는 시끄러운 소리와 함께 부엌에서 저들끼리 떠들고 있었다. 유성은 여전히 밖에 있는 듯했고, 준호는 부엌 쪽 의자에 앉아 설거지하는 사람들과 대화하고 있었다.

"……너희 부원 중에 S고등학교 출신 있어?"

의외의 질문에 수정의 한쪽 눈썹이 치켜올라갔다. S고라면 강원도에 있는 유명한 자율형 사립 고등학교였다.

"글쎄요. 저랑 유성이는 과학고 출신이고 예진이랑 준호는 일반고 출신인 걸로 알고 있어요. 그건 왜요?"

"아, 그게."

은서의 표정이 조금 묘해졌다.

"재언이가 S고 나왔는데, 그, 아는 애가 있나 해서."

하지만 아까 자기소개할 때 누가 누구의 동창이었다는 이야기는 전혀 나오지 않았다. 수정은 잠시 시선을 들어 천장을 바라봤다가 입술 새로 얕은 숨을 뱉었다.

"……재언이라는 애가…… 원래 안 오려고 했습니까?"

수정의 말에 은서가 뜨끔한 사람처럼 어깨를 움찔거렸다.

"티…… 났어? 너 눈치 되게 빠르다. 추리소설 동아리라 그런가."

"본인이 묻지 않고 부장인 선배가, 아까처럼 모두가 있는 자리에서가 아니라 지금, 조용히 있는 저한테만 묻는 걸 보니 좋은 일은 아닐 것 같아서."

"맞아. 그리고 넌 입이 무거워 보였거든."

수정은 입이 무겁다기보단 그냥 입을 열지 않는 편이라, 이번에도 그냥 침묵했다.

"사인도랑 합동 MT 진행하는 거, 처음엔 다들 동의했는데 멤버가 확정되고 나니까 걔가 갑자기 빠지고 싶다고 하는 거야. 다 정해졌는데 인원이 줄어들면 좀 그러니까 왜 그러냐고 물었더니, 좀 보기 껄끄러운 사람이 있다더라. 그래서."

'그래서 단톡방에 있던 사인도 부원 중 하나가 예전에 재언과 갈등이 있었을 거라고 짐작하고서 알아보는 중인 건가.'

수정은 꼭 다물고 있던 입을 살짝 열었다.

"그냥 타이밍이 그랬던 건 아닌가요? 대학 안에서 소문이 빠르다지만 모르는 일이 있었을지도요."

"난 재언이랑 고등학교 동문은 아니지만 거의 직속 선후배처럼 지냈거든. 어지간한 상담도 다 나한테 했고. 나, 걔가 여친이랑 싸운 얘기도 다 들었다니까? 그런데 그런 이야기를 안 했을 리 없어서 고등학교 때 일인가 했는데…… 하아, 너무 오지랖이지?"

"네."

이렇게까지 단호하게 답할 줄은 몰랐다는 듯 은서는 순간 호흡조차 멈췄다가, 이내 크게 웃었다. 그 소리에 설거지를 하던 예진이나 동현, 승우가 힐끗 돌아볼 정도였다. 의자에 앉아 있던 준호도 고개를 갸웃하다가 곧 다시 하던 대화로 돌아갔다.

"진짜 솔직하네. 동생 같은 후배라 오지랖 한번 부려봤어.

고마워. 너한테 물어보길 잘한 것 같네."

아무래도 은서는 '오늘 처음 본 사람한테도 이렇게 솔직하고 흥미도 보이지 않는 사람이라면 역시 입이 무거울 것'이라고 판단한 모양이었다. 은서는 목적을 다했다는 듯 수정의 옆을 떠나며 마지막으로 중얼거렸다.

"걔는 뭐랄까, 자기 선이 확실한 애라……"

그 말을 끝으로 부엌에 있는 사람들과 합류한 은서는 언제 수정에게 심각한 이야기를 건넸냐는 듯 다른 사람들과 즐겁게 대화하기 시작했다.

은서의 뒷모습을 바라보며, 수정은 재언의 문제라는 게 사인도 부원 중 한 명과 '만' 있던 일은 아닐 수도 있겠다고 짐작했다. 은서의 예상대로 대학에 들어오기 전에 갈등이 있었다면, 주변 사람들에게 불화를 숨기는 것 정도는 어렵지 않았을 테다. 가입했더니 떨떠름한 사람이 있다고 은서처럼 친한 선배가 있는 동아리에서 제멋대로 나가는 것도 곤란했을 테고. 어떤 가능성을 짚어본대도 전부 상상의 영역일 뿐이지만.

수정이 머릿속에 '만약'들을 늘어놓고 있던 사이, 부엌에선 설거지가 끝나가는 모양이었다. 그즈음 밖에 나갔던 유성도 현관문을 열고 들어왔다. 물기가 떨어지는 불판과 냄비를 든 유성은 재빠른 걸음으로 부엌에 갔다. 한창 이어지던 대화에 잠시 끼어드나 싶던 유성은 곧 슬며시 거실 쪽으로 왔다.

"뭐해?"

"그냥."

수정은 가운데 버튼을 눌러 휴대폰 화면에 떠올라 있던 어플리케이션을 닫았다.

"아까 은서 선배랑 이야기하는 것 같던데, 맞아? 내용은 안 들었으니까 걱정하지 마."

수정과 은서가 앉아 이야기하던 곳은 창문 바로 아래였다. 목소리를 낮췄다곤 하지만 창문에 몸을 바짝 대면 누구의 목소리인지 정도는 구분할 수 있었으리라.

수정은 유성을 똑바로 바라보았다.

"진짜야. 적어도 오늘이랑 내일까지, **나는 절대로 거짓말하지 않아.**"

유성의 목소리는 진지했다.

"그렇다 치고."

"진짠데. 그냥 은서 선배가 마음에 들었나 싶어서 물어보는 거야."

유성은 옅은 갈색 눈으로 수정을 바라보며, 조금 떨어진 자리에 천천히 자리잡았다. 무릎을 모으고 앉은 그는 찬물로 설거지하느라 빨갛게 변한 양손을 살살 비볐다. 수정은 유성의 전신을 훑었다. 바짓단에 진흙이 약간 묻어 있었다.
"솔직한 사람이던데."
"시원시원하지. 그래서 나는 마음에 들어."
녀석이 '마음에 든다'는 식으로 이야기하는 게 있을 때면 언제나 어딘가에서 일이 꼬였다. 한유성의 전적을 떠올려보던 수정은 대놓고 한숨을 쉬었다.
"적어도 오늘, 내일은 거짓말 안 한다니까. 한숨 쉬지 마. 서운하게."
얇은 떨림과 함께 유성의 얼굴에 미소가 퍼졌다. 수정은 그의 얼굴을 제대로 바라봐주지 않았다.

"슬슬 불을 피워둘까!"
2차를 시작하자는 뜻으로 먼저 말을 꺼낸 사람은 승우였다. 동현은 자기가 하겠다며 토치를 들고 나섰다. 그러자 준호가 돕겠다면서 은서에게 장작 위치를 물었다. '문밖으로 나가면 바로 옆에 놓인 상자에 있다'는 은서의 설명을 들은 뒤, 준호는 동현에게 붙임성 좋게 말을 걸며 밖으로 나섰다. 동현은 별로 추위를 안 타는지 조금 전 차림 그대로였다. 아니면 산이 이렇게 추울 줄 모르고 겉옷을 안 챙겨왔는지도 모른다. 수정도 별 생각 없이 외투를 챙기지 않았으니까.

실내에 남은 나머지 사람들은 제각각 2차에서 먹을 음식을 준비하거나 짐을 갈무리하고 있었다.

"재언아, 너 괜찮아?"

재언은 상태가 별로 좋지 않은지 여전히 취기가 잔뜩 올라온 얼굴로 고개를 내저었다. 은서가 걱정스러운 얼굴로 손을 내밀었으나 재언은 벽을 짚고 비틀거리며 일어섰다.

"아, 아뇨…… 쉬는 게 나을 것 같아요."

"그래. 그냥 내일 씻고 오늘은 일찍 자. 아직 아홉시밖에 안 되긴 했는데."

재언은 "그럴래요……" 하는 대답과 함께 2층으로 향하는 계단을 오르기 시작했다.

"술이 많이 약한가요?"

유성의 질문에 은서가 콧등을 찡그리며 답했다.

"응. 쟤 주량, 맥주 한 잔이 끝이야. 그런데 소주를 그렇게 들이켰으니 훅 갈 만하지."

유성도 안타깝다는 듯한 표정을 지어 보이며 맞장구쳤다.

"MT 와서 고생만 하네."

그러는 동안 안으로 들어온 동현이 집게와 부채 따위를 찾기 시작했다. 습기 때문에 장작에 불이 잘 붙지 않는 모양이었다. 승우가 그걸 또 돕겠다고 한참 같이 부채를 찾아주더니, 결국 둘이 펜션에 있던 달력을 찢어 간이 종이부채를 만들어 들고 나갔다. 승우는 언제 꺼내왔는지 푹신한 롱패딩을 입고 있었다. 예진이 '아무리 산의 가을이 춥다지만 그건 좀 과하지 않느냐'는 식으로 장난스럽게 핀잔을 주자, 승우는 '자신의 준비성이 철저한 것'이라는 식으로 대꾸하고선 도리어 신난 걸음으로 현관을 나섰다. 이윽고 동현이 춥다며 펜션 실내로 돌아왔고, 준호가 현관문을 열고서는 불이 준비되었다고 알렸다.

"이제 음식이랑 사람만 오면 돼요!"

이 모임의 사람들에게 어느 정도 익숙해진 건지, 준호가 넉살 좋게 외쳤다. 마침 대기하고 있던 예진이 접시를 들고 나갔다. 수정도 유성과 은서를 도와 음식을 날랐다.

현관문을 열자마자 코끝을 스친 서늘한 바람이 순식간에 전신을 덮쳤다. 엄청 춥다고 할 만큼은 아니었지만, 후드집업 하나 입고 계속 서 있다간 감기에 걸리기 딱 좋을 온도였다. 모닥불 옆에 딱 붙어 있으면 그럴 걱정은 덜겠지만.

마지막으로 밖에 나온 수정은 건물을 돌아봤다. 현관을 기준으로 1층 오른편에는 이인실이 두 개 있고, 왼편은 거실이다. 조금 더 깊숙이 들어가면 거실과 바로 연결된 부엌이 나온다. 펜션 밖 왼쪽 공터를 힐끗 보자 흙바닥에 설치된 수도가 눈에 들어왔다. 수도는 거실로 통하는 창문 바로 옆에 있었다.

'한유성이 나와 은서 선배의 목소리를 들을 수 있던 건 저런 구조여서였나.'

수정은 펜션 밖 오른쪽 공터로 천천히 걸음을 옮겼다. 불을 피울 수 있는 드럼통이며 야외 탁자가 있는 곳이다.

공터에 다다르고 보니 수정의 골반 높이쯤 되는 녹슨 드럼통에서 불길이 활활 타오르고 있었다. 드럼통 아래쪽에는 네모난 구멍이 나 있었는데, 장작을 쌓고 저곳에 공기를 불어넣는 식인 듯했다.

동현이 들고 온 철망을 드럼통 위에 얹고 예진과 유성, 은서가 접시며 식기, 음식을 드럼통 옆에 있는 나무 식탁에 차리기 시작했다. 수정도 뒤늦게 자신이 들고 있던 채소 바구니를 식탁 가장자리에 올려두었다. "이제부터가 진짜다!" 따위의 대사를 외치며 철망에 고기를 굽기 시작하는 일행을 뒤로하고서, 수정은 다시 펜션을 바라보았다.

하얀 칠로 마감된 벽과 이인실에서 바깥으로 난 창문이 보였다. 어둑하다. 2층으로 시선을 옮기자 베란다가 보인다. 위에서 바라보면 정사각에 가까운 형태인 1층 위에 직사각형 모양의 2층을 얹어놓은 구조다. 다시 말해, 2층에는 현관을 기준으로 오른쪽에 베란다가 있고, 왼쪽에 일인실들이 있다. 거실 위에 객실들이 있는 셈이고, 베란다와 방문들 사이에 복도가 있다.

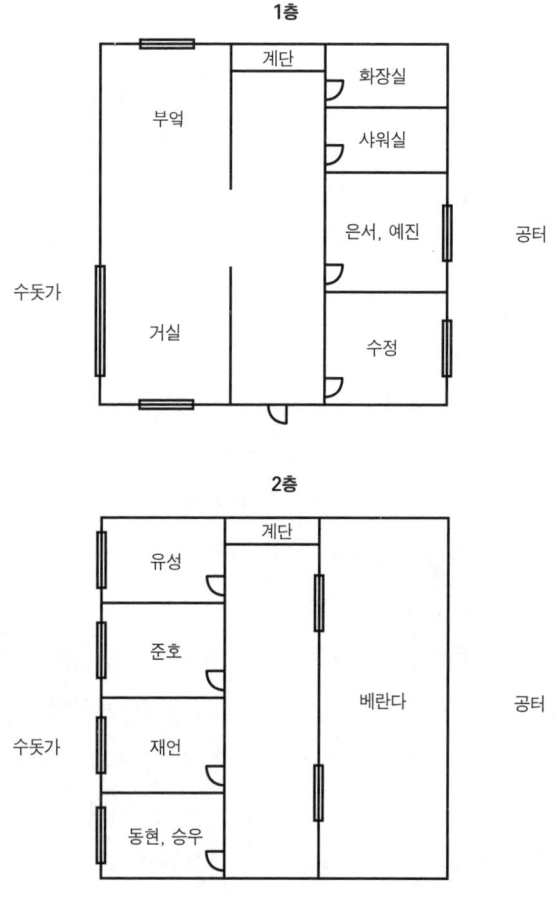

이루리 홈 평면도

"우리 고등학교는 완전 시골 한가운데에 있었다니까. 감옥이 따로 없었어."

고기를 구우며 벌써 맥주 캔에 손을 대기 시작한 일행들 사이로 유성의 목소리가 들렸다. 은서는 조금 전 나눴던 대화를 떠올린 듯 눈을 반짝였다.

"아, 정이랑 유성이는 같은 고등학교 출신이라고 했지?"

"네, 사실 중학교랑 초등학교도 같이 나왔어요."

"우와" 하는 반응들이 여기저기서 튀어나왔다. 고등학교와 대학교가 같은 일은 제법 있어도 초등학교부터 줄곧 같은 학교를 다니는 일은 극히 드물다. 그런 와중에도 묵묵히 물을 홀짝이던 수정에게 여러 사람의 시선이 옮겨왔다가, 다시 유성에게로 돌아갔다. 예진이 주억거리며 입을 열었다.

"하긴, 둘 다 공부도 잘하고 분야도 비슷하니까. 우리 학교 물리학과랑 수학과가 진짜 세잖아."

"그러니까. 아, 우리 학교도 완전 산속에 있었는데, 대학교라도 도심이라 망정이지."

은서가 느긋하게 웃으며 다른 사람들을 둘러봤다. 이 기회를 빌려 재언과 같은 고등학교를 다녔던 사람을 알아낼 수 있을지도 모른다고 생각하는 것 같았다.

"그럼 주변에 편의점도 없었어? 난 점심시간에 학교 탈출하는 게 낙이었는데."

예진은 대구 도심에 있는 A고등학교 출신이다. 동현이 중학생 시절 살던 곳과 가까운 곳이라며 웃자 "어, 동향 사람이었네?" 하며 가벼운 대화가 이어졌다.

"학교 근처 편의점이 뭐야. 교내에 매점도 없었는걸."

"고등학교 생활 헛하셨네. 준호는 어디였더라?"

예진의 말에 준호가 뺨을 긁적였다.

"U고등학교요. 강원도 산골에 박혀 있죠. 저도 학교 근처에 편의점 없었어요. 매점은 있었지만."

준호는 처진 눈으로 멋쩍다는 듯 웃었다. 승우가 어깨를 들썩이며 몸을 앞으로 기울였다.

"아, 나 U고등학교 알아! 내 사촌동생이 거기 다녔거든. 혹시 최재현이라는 애 알아? 걔 1학년 때 학교 애들 다 알도록 사고치고 다녔는데. 2학년 때부턴 조용히 살았지만."

"글쎄요, 졸업했더니 벌써 기억이……" 하는 대답과 함께 대화 주제는 완전히 옛 추억으로 넘어갔다. 원하는 걸 얻지 못했는지 은서의 눈에 얼핏 실망감이 어렸지만 그건 사정을 전부 아는 수정의 눈에만 보일 터였다.

"내가 고등학생 때는 진짜 날아다녔는데. 중학교 다닐 때는 전학을 자주 다녀서 일 년마다 새로 친구 만들기 좀 빡셌어."

타기 직전인 고기를 불판에서 요란스럽게 건져내는 승우의 옆모습에서 시선을 거둔 수정은 문득 혼자 방에서 자고 있을 재언을 떠올렸다.

 국문과, 2학년, 조금 소극적. 강원도에 있는 S고등학교를 나온, 여기 있는 사람 중 누군가를 불편해하는 사람. 실수로 취해 버린 탓도 있겠지만 어쩌면 그 사람이 불편해서 먼저 자러 갔을지도 모른다.

 수정은 눈을 지그시 내리감았다.

 "……정아, 수정아. 피곤해?"

 잠시 눈을 감고 생각을 정리하던 중에 누군가의 손길이 어깨를 살며시 두드렸다. 익숙한 느낌에 수정은 눈을 가늘게 뜨고 고개를 올렸다. 드럼통에서 뿜어져 나온 열기로 옆얼굴이 발그레해진 유성이 서 있었다.

 "슬슬 들어가. 다른 애들도 많이 취해서 하나둘 들어가고 있거든."

 유성의 말대로 빈자리가 좀 있었다. 남아 있는 사람은 은서와 승우, 준호, 유성, 그리고 수정뿐이다.

 "술도 거의 다 마셨겠다, 정리도 하고 있고. 남은 건 내일 하지, 뭐."

 "……그래."

수정은 군말 없이 자리에서 일어나 식탁 정리를 도왔다. 그래봤자 일회용 접시를 쓰레기봉투에 넣는 게 대부분이었지만. 아직도 드럼통 안에서 살며시 흔들리고 있는 불길을 바라보던 수정은 물컵을 들고 불 쪽으로 다가갔다. 산불 방지를 위해서라도 꺼두는 편이 좋았다.

"앗, 저 불멍 조금만 더 때리고 싶은데."

준호의 목소리였다. 취기가 올랐는지 평소보다 풀린 미소를 지으며 나무 의자에 앉아 발을 까닥이고 있었다.

"……들어가기 전에 꼭 꺼. 바람 불어서 드럼통이 넘어지면 큰일날걸."

그렇게 되면 쉽사리 큰 사고로 번질 테니 확실히 문제다. 수정의 말을 들은 은서가 허리를 쭉 펴며 "펜션 주인 대리로서 내가 확실히 끄고 들어갈게" 하고서 웃었다. 은서는 별로 취한 것 같지도 않았고, 확실히 믿을 만하다. 수정은 물컵을 은서에게 넘겨준 뒤 쓰레기봉투를 들고 펜션으로 돌아갔다. 곧장 유성이 따라 들어왔다.

수정은 말없이 자신의 방으로 향했다. 예진과 은서의 배려로 혼자 쓸 수 있게 된 방이다. 유성은 수정의 방문이 닫힐 때까지 문틈을 뚫어져라 응시했다.

잘 자. 유성의 입술이 소리 없이 달싹였다.

다음날 아침, 부엌에서는 보글보글 물 끓는 소리가 들려왔다. 수정은 관자놀이를 꾹꾹 누르며 방을 나섰다. 옷은 어제와 별반 다르지 않았다. 색조만 달라졌을 뿐, 여전히 셔츠에 후드 집업.

부엌에선 은서와 동현이 라면을 끓이고 있었다. 거실 식탁에선 예진이 김치통 뚜껑을 열고 있었고, 동현과 같은 방인 승우도 나와 식기를 내놓는 중이었다.

"아, 정이도 왔네. 피곤해 보이는데 괜찮아?"

은서의 말마따나 수정의 눈 밑은 퀭했다. 안 그래도 음침해 보이던 얼굴이 더욱 창백해진 채로, 수정은 말없이 고개만 까딱였다. 은서는 씩 웃으며 양은 냄비를 향해 턱짓했다.

"해장해야지."

"……딱히 술은 안 마셨는데요."

"그래도 해장은 하는 거야."

대체 뭔 소린지 싶었지만, 수정은 구태여 그것을 말로 하진 않고 부엌으로 가 냄비에 물을 받기 시작했다. 아침을 먹을 생각은 없었지만 준비는 같이 하는 것이 옳다.

수정이 냄비를 식탁에 올려두고 있는데 계단 쪽에서 누군가 내려오는 소리가 들렸다. 유성이었다.

"아, 나 늦잠이야?"

멋쩍은 미소를 지은 유성은 수정의 곁을 지나갔다. 어젯밤 자기 전에 말끔히 샤워했는지, 옅은 보디 워시 향이 났다.

"그런가…… 는 아니네. 늦잠 자는 사람은 따로 있는 것 같은데? 재언이 안 나왔다."

거실과 부엌을 빙 둘러본 예진이 말했다. 예진의 말대로 어젯밤 가장 먼저 자러 들어간 재언이 없었다. 수정은 저도 모르게 식탁 끝을 잡은 손에 힘을 주었다.

"슬슬 깨워야겠는데? 해장이 제일 필요한 사람은 걔잖아."

끓는 물에 스프를 탈탈 털어넣은 동현이 혼잣말을 중얼거리며 성큼성큼 계단을 올랐다. 우연찮게 발생한 침묵이 모두를 감쌌다.

이어진 것은 동현의 비명소리였다.

"욱……"

안 그래도 전날에 술을 많이 마셔 속이 좋지 않았을 학생들이 단체로 헛구역질했다. 승우는 아예 속을 게워내서, 지금 재언의 방문 앞에서는 시큼한 토사물 냄새와 피 냄새가 뒤섞여 있다.

방안에 멀쩡히 서 있는 것은 수정과 유성 두 사람뿐이다. 둘은 침대에 누운 재언의 옆에 서 있다. 활짝 열린 창문으로 아침의 산바람이 상쾌하게 들이치는 가운데 유성의 연갈색 눈동자가 시체를 향했다.

양팔을 벌리고 누운 재언의 가슴에는 식칼이 꽂혀 있다. 갈비뼈 사이를 노린 듯 가로로 꽂힌 식칼을 중심으로 검붉게 말라붙은 피가 번져 있었다. 누가 봐도 죽었다. 그런데도 동현의 비명을 듣자마자 단숨에 2층으로 올라온 유성은 곧장 재언의 옆으로 가 목에 손을 대고 생사를 확인했다. 유성을 따라 방에 들어온 것은 수정 하나뿐이고, 다른 일행은 들어와볼 엄두조차 내지 못했다.

"경찰은?"

유성이 묻자 은서가 떨리는 손을 등뒤로 숨겼다. 동생 같은 후배가 죽는 바람에 오히려 현실감이 느껴지지 않는 건지 멍한 표정으로 시선을 방밖에 둔 채다.

"……바로 오겠지만 두 시간 가까이 걸릴 거래. 그동안 방에 들어가지 말고 다들 가만히 있으라고……"

은서가 혼란스러운 눈빛으로 방에 들어가 있는 두 사람을 바라보았다. 수정이 유성을 흘겨보았다. 나가자는 뜻이었다.

유성은 나가기 전 잠시 방을 둘러봤다. 활짝 열린 재언의 배낭은 텅텅 비어 있었다. 여분의 옷과 같은 소지품은 전부 사라졌다고 봐도 무방할 것이다. 작은 서랍까지 빠뜨리지 않고 헤집어놓은 흔적이 방안 이곳저곳에 남아 있었다. 거기에 창문은 열린 채로 난간에는 흙이 약간 묻어 있었다.

유성이 곳곳을 살펴보는 동안 수정은 시신을 한참 바라보았다. 재언의 시신에 반항의 흔적은 없었다. 자다가 습격당한 거겠지. 재언의 귀에는 반짝이는 큐빅이 박힌 피어싱이 달려 있었다. 목걸이도 전에 보았던 그대로다.

"나가 있자."

유성이 먼저 발을 움직였다. 모두의 시선이 유성에게 꽂혔다. 수정이 나오는 것까지 확인한 유성은 살며시 문을 닫았다.

"일단 경찰 말대로 아무도 들어가지 말고, 가능하면 펜션의 다른 물건들도 건드리지 않는 게 좋겠어."

이런 상황에서 아침을 먹어야겠다는 생각을 할 수 있을 사람은 없으리라.

"경찰이 오기 전에 펜션 주변을 좀 살펴보고 싶은데……"

유성이 조심스레 꺼낸 말에 동현이 마른세수하던 것을 멈추고 물었다.

"왜, 왜?"

"재언이 짐이 어질러진 걸 보니 강도인 것 같아요. 어쩌면 강도가 도망친 지 얼마 안 됐거나, 뭔가 흔적을 남겼을지도 모르니까 최대한 살펴보고 싶어요. 너무 돌아다니다가 증거가 없어져도 곤란하니까, 한 명 정도만 동행을……"

"내가 가지."

늘 상대방이 건넨 말로부터 시차를 조금 두고 말하곤 하는 수정이 재빠르게 답하는 바람에 모두가 멍해졌다. 그런데도 동행하겠다는 수정의 언행은 어쩐지 자연스럽게 느껴졌다. 특히 추리소설에 익숙한 사인도 부원 두 사람은 그들이 탐정과 조수 같다고 무심코 생각해버렸다. 하지만…… 다함께 계단을 내려가면서 예진은 고개를 내저었다.

'두 사람은 탐정과 조수 같긴 하지만……'
'이상하게도, 한유성이 조수처럼 느껴지네.'

강도일지도 모른다는 유성의 의견에 다들 조금씩 현실감을 찾은 건지, 누군가는 훌쩍거리고 누군가는 황망한 표정을 한 채 거실에 삼삼오오 모여 앉았다. 수정과 유성은 그들을 뒤로하고 펜션을 나섰다.

아침 이슬이 내려앉은 흙이 부드럽게 밟혔다. 수정은 유성의 뒷모습에 시선을 고정한 채 걸어나왔다. 어젯밤과 달리 옅은 안개가 깔린 풍경. 그러나 시야를 방해할 정도는 아니었다. 본격적으로 햇빛이 비추기 시작하면 맑아지리라.

 현관으로 나온 유성은 수정에게 선택을 맡기겠다는 듯 가만히 섰다. 따뜻한 빛을 품은 눈동자가 투명하게 빛나다가, 곧 초조해하는 듯한 기색이 어렸다. 수정은 유성의 초조함이 이중적인 심리에서 기인한다는 것을 기민하게 알아차렸다.

 '설계를 파악한 나에게 혼나는 것도, 내가 자신의 설계를 파악하지 못하는 것도 싫은 건가.'

 그렇다는 걸 알면서도, 수정은 말없이 유성을 지나쳐 펜션 건물의 왼쪽으로 향했다. 사건 현장인 재언의 방 창문 바로 아래. 유성의 말대로 강도의 소행이라면 이쪽을 통해 침입했을 터였다. 취한 상태로 창문까지 단속하고 잠들었을 리 없으니 아마 창문은 열려 있었거나, 잠겼더라도 솜씨 좋은 강도라면 열었으리라. 혹은 일인실 중에서 열려 있는 창문이 재언의 방뿐이라 마침 그가 표적이 되었을지도 모르고. 이건 다른 방을 확인해봐야 알 수 있는 문제였지만, 사실 수정은 처음부터 그 가능성은 고려하지 않고 있었다.

 "땅이 젖어 있군."

 재언의 방 창문 바로 아래쪽은 수돗가다. 그리고 그 주위는······

 "응, 거의 진흙인걸. 하지만 남아 있는 거라곤 어제 내가 설거지하느라 오가며 남긴 발자국뿐이네."

수정의 바로 뒤에 선 유성이 답했다. 수돗가를 중심으로 지름 3미터 정도의 흙바닥이 물에 푹 젖어 있다. 재언의 방 창문 바로 아래가 대부분이 진흙 바닥인 셈이다. 그 위에는 유성의 말대로 수돗가에서 펜션 현관 쪽으로 이어진 유성의 발자국만 남아 있다. 척 보아도 발자국을 지우려 시도한 흔적은 없다. 만약 누군가 자신의 발자국을 지우려 했다면 유성의 발자국도 함께 지워졌을 것이다.

수정은 고개를 살짝 들어 재언의 방 창문을 바라봤다. 활짝 열린 미닫이 창문 밖에는 배꼽보다 약간 높이 올라오지 않을까 싶은 난간이 붙어 있다. 아까 방안에서 난간에 흙이 묻어 있다는 걸 확인했다.

'저 난간에 발을 대고 뛰어내리면 질퍽한 곳을 피해 비교적 마른 지면 위로 떨어질 수 있을까?'

수정은 고개를 저었다.

'어려운 일이다. 무엇보다, 그럴 이유가 없어……'

이 살인이 강도의 소행이라면, 범인은 발자국을 남기는 걸 두려워할 이유가 없다. 목표한 범행을 저지른 이상 강도가 다녀갔다는 사실은 숨길 수 없고, 발자국으로 특정되지도 않을 테니 대놓고 진흙 위를 밟는 데도 거리낌이 없겠지. 정 지워야겠다면 수도꼭지만 열면 해결되고.

"외부 침입은 아닌 것 같아. 나무로 마감된 외벽이라 억지로 올라가려고 매달리면 흔적이 남을 텐데……"

유성은 펜션 외벽을 가볍게 두드렸다. 통통, 나무가 울리는 소리가 났다. 말끔한 얼굴이 된 유성은 다른 한 손은 허리춤에 올려둔 채 수정에게 설명하듯 말했다.

"재언이가 썼던 방 주변 외벽에 그런 건 보이지 않아. 2층이라 올라가는 데 별로 수고가 안 든다고 쳐도, 발자국 문제는 근본적으로 해결되지 않지."

"그렇게 설명하지 않아도 알아."

"하지만 설명하는 게 좋으니까. 음, 그러는 편이……"

"대학생 탐정다우니까?"

얼핏 비웃는 듯한 말투지만, 수정의 목소리는 지극히 건조했다. 유성은 눈썹을 아래로 축 기울여 보였다.

"아까 애들 앞에서는 강도일 거라고 말했지만 내부인 소행일 가능성이 높아. 그 말은 곧 우리 중 한 명이 범인이라는 거니까, 확실히 해둘 필요가 있다고 생각했을 뿐이야."

항복하겠다는 듯 가볍게 손바닥을 내보이는 유성은 여유로운 표정이다.

"너는 이미 범인을 알고 있지 않나?"

수정의 물음에 유성은 안경알 뒤로 눈을 데굴 굴렸다. 잘못을 저지른 어린아이가 변명거리를 찾으려 할 때 짓는 표정이 딱 저럴 것이다.

"……응. 맞아."

유성은 의외로 순순히 답했다. 수정은 눈을 가늘게 떴다.

"오늘까진 거짓말 안 하기로 했으니 어쩔 수 없네. 알고 있어. 그리고 이 상황을 기대했어. 정말로 될지는 몰랐지만, 일이 잘 풀려서 기뻐."

'본인 입으로 거짓말을 안 하겠다고는 했지만…… 이렇게까지 솔직할 필요도 없을 텐데.'

수정은 미약한 두통을 느꼈다.

G대학의 대학생 탐정이라 불리는 한유성의 실체는 탐정과는 거리가 멀었다. 실상은 추리소설 같은 범죄가 일어나길 기대하고, 남몰래 그것을 부추기기까지 하는 황당한 인간. 분명 이번 일도 그가 개입한 흔적이 남아 있을 것이다.

수정은 주머니 속에서 휴대폰을 꾹 쥐고 발을 움직였다. 펜션의 오른편도 살펴보기 위해서였다. 유성은 말없이 수정의 뒤를 따랐다. 흙바닥은 자박거리는 소리와 함께 두 사람의 발자국을 머금었다. 건물 오른편으로 가자 2층의 베란다와 1층의 객실 창문이 보였다. 반대편과 마찬가지로 벽을 딛고 올라간 흔적은 보이지 않았다. 수정은 베란다의 미닫이문을 힐끗 올려다봤다.

"잠겨 있나."

"응. 어제 내가 방에 들어가기 전에 잠갔어. 이것도 거짓말은 아니야."

사건에 대한 추리를 제대로 성립시키기 위해 수단과 방법을 가리지 않는 유성이다. '거짓말을 하지 않는다'는 거짓말을 해 교란할 이유는 없다. 게다가 잠겼는지 아닌지 정도는 수정이 쉽게 확인할 수 있으니, 유성이 방금 한 말은 진실이리라. 멍하니 베란다를 올려다보던 수정이 입을 열었다.

"어차피 네가 범인을 알고 있다면……"

"하지만 추리로 지목하는 건 다른 일이야."

진지한 목소리가 귓가로 다가왔다. 수정의 바로 옆에 선 유성은 온몸이 긴장된 상태였다. 수정은 유성이 바짝 날을 세운 이유를 가늠해보았다.

대학생 탐정이라지만 지금껏 유성이 관여한 사건은 고작 두 가지. 게다가 오늘처럼 당장에 살인이 벌어진 사건은 아니었다. 하지만 이번 일은 다르다. 유성은 분명 어떤 식으로든 직접 개입해 범인을 부추겼을 것이다.

수정이 자신을 저버리지 않을까, 이 일에서 손을 떼려 하진 않을까.

'……그걸 걱정하기에 긴장한 것이다.'

"외부인이 범인일 거라고는 전혀 생각할 수 없는 클로즈드 서클. 명백하게 타살된 피해자. 당장에 결정적인 증거나 알리바이가 밝혀지리라 기대할 수 없는 지금, **과연 용의자 중에서 유일한 범인을 지목할 수 있는 논리는 존재할까?**"

유성의 지극히 연극적인 대사와 표정에 수정의 두통이 심해졌다.

"내가 가만히 있겠다면? 어차피 한 시간 정도만 더 지나면 경찰이 도착할 거야. 현장 보존도 잘되어 있고, 우리 중에 누군가 범인이라면 아마추어 살인자일 게 분명해. 그렇다면 머지않아 동기든 물증이든 발견되겠지. 굳이 나설 필요 없잖아."

고저 없이 단조로운 답변에 유성의 눈에 얼핏 안타까움이 서렸다. 수정의 옆에서 우물쭈물, 할말이 있는 것처럼 망설이던 유성이 나직하게 물었다.

"한 번만 봐주면 안 돼?"

수정은 순간 말을 잃었다.

어차피 경찰 수사는 진행되겠지만, 추리해봤자 아무 의미 없겠지만…… 그런 수사가 없어도 범인을 밝혀낼 수 있다는 걸 증명하고 싶다는 어린애 같은 소망.

"……이미 네 머릿속에선 추리가 완성되어 있는 것 아닌가? 어차피 저 사람들한테도 탐정은 너잖아. 뭐하러 나한테……"

"아니, 난 결론을 내리지 못했어. 범인이 내가 부추겼던 바로 그 사람이라고 결론짓고 지목할 수 있는 독립적인 논리를, 나는 아직 완성하지 못했어. 나만이 알고 있는 정보로 추리를 완성해선 안 되잖아. 나는 범인을 부추긴 사람이니까. 그러니까 내가 범인을 지목하는 건 공정한 추리가 될 수 없어."

유성이 희미한 미소를 지었다. 유성의 이런 얼굴을 수정은 알고 있다. 알고 있어서, 그동안 보지 않으려 해왔다.

"그러니까 네가 완성해줬으면 해."

×

두 사람이 거실로 돌아왔을 때는 오전 아홉시로, 경찰이 도착하기까지는 아직 한 시간 정도 남은 시각이었다.

"뭐, 뭔가 좀 찾았어?"

거실에 앉아 있던 승우가 엉거주춤 일어나며 물었다.

"아니…… 딱히 유의미한 건 없었어."

유성의 선언에 모두의 입에서 탄식 같은 숨소리가 흘러나왔다. 예진이나 준호, 승우의 얼굴엔 낭패감이 가득했다. 심란한 얼굴을 한 건 옆에 서 있는 동현도 마찬가지였다. 그중에서도 은서는 눈물자국이 남은 얼굴로 무언가를 꾹 참는 듯한 표정이었다. 수정은 자신도 모르게 입술을 깨물었다. 만약 이 일이 강도의 소행이 아니라고 생각한 은서가, 이 자리에서 재언과 사이가 안 좋았을 '누군가'를 찾으려 든다면. 수정은 그 혼란을 감당해낼 자신이 없었다. 감당하고 싶지도 않았다.

"밤에 뭔가 들은 사람은 없어? 아까 재언이를 만져봤을 때, 목 근육이 거의 굳어 있었어. 적어도 대여섯 시간 전에 죽었다는 뜻이지."

"다들 자고 있을 때……"

예진이 중얼거리자 유성은 진지한 태도로 고개를 끄덕였다. 수정은 그가 동기의 죽음에 침음하는 탐정을 연기하는 것만 같다고 생각했다.

"이따 경찰이 오면 똑같은 걸 묻겠지만, 아니, 그러니까 더 더욱 기억을 점검해보면 좋을 것 같아서. 대답하고 싶지 않은 사람은 그냥 쉬어도 돼. 내 개인적인 욕심이기도 하니까."

누구의 심기도 거스르려 하지 않는 다정한 질문에 다들 납득하는 분위기였다. 가장 먼저 입을 연 것은 재언의 바로 옆방에 묵었던 동현이었다.

"어젯밤 고기 구워 먹고 가장 먼저 방에 들어간 게 나였을 거야. 재언이가 걱정돼서 방문을 살짝 열어봤는데 잘 자는 것 같더라고. 그래서 내 방에서 필요한 짐만 챙겨서, 샤워실에서 씻고 방에 가서 잤어. 잘 때는…… 미안. 푹 자서 모르겠어. 하지만 적어도 내가 방에 들어가기 전까지 재언이는 멀쩡했어."

어느 정도 취기가 있는 상태로 잠들었으니 무슨 소리가 들렸다 한들 중간에 깨기 어려웠을 터다. 동현의 말을 이어받듯 그와 같은 방을 썼던 승우가 조심스레 입을 열었다.

"나는 거의 막판에 들어갔어. 음, 유성이랑 수정이가 들어가고, 그다음에 준호가 들어가고. 나는 은서 선배랑 막바지 정리를 하고 들어갔는데, 너무 피곤해서 세수만 하고 곧장 방에 가서 누웠어. 그때 동현이 형은 이미 자고 있었고. 그러다 엄청 새벽에, 몇시였더라? 목이 말라서 깼는데 누가 복도를 걷는 소리가 났어."

기억을 쥐어짜듯 승우는 미간을 한껏 찌푸리고 있었다. 어제부터 줄곧 보이던 장난스럽게 웃는 표정은 흔적도 없이 사라졌다.

"근데 그게 다야. 취기로 어질어질하니까 고작 물 한 잔 마시겠다고 일어나기 귀찮아서 그대로 다시 누워 잤거든."

유의미한 이야기는 아니었다. 새벽에 누가 복도를 걸었다고 해봤자, 화장실을 가려고 했대도 발소리는 들린다.

'우리 중 누구를 유력 용의자로 지목한다 해도, 밤중에 알리바이가 있는 사람은 없다……'

설령 같은 방을 쓴 예진과 은서, 혹은 동현과 승우라 할지라도 화장실에 다녀온 척하면서 범행을 저지르는 건 어렵지 않다. 게다가 다들 어느 정도 술을 마신 상태라 자다 깰 위험도 낮았다. 범인은 누구나 될 수 있었다는 뻔한 흐름. 다른 이들도 제각각 몇 마디 보탰지만 '자고 있었다' '미안하다' '모르겠다' 같은 말만 이어졌다.

어색한 침묵이 이어지던 차에 밖에서 들려온 사이렌 소리야말로 이 일곱 명의 대학생들에게는 구원이었다.

수정은 일사불란하게 움직이는 경찰들을 곁눈질했다. 명백한 살인사건이니만큼 흰 감식복을 입은 이들이 우르르 2층으로 몰려갔다. 가장 먼저 펜션의 문을 두드렸던 사복형사는 볼펜 끝으로 관자놀이를 긁적거리며 복도와 거실 사이에 서 있었다. 그 풍경을 보니 그제서야 사람이, 그것도 어제까지 같이 저녁을 먹고 웃고 떠들던 지인이 죽었다는 사실이 더욱 와닿았다.

수정은 특히 불안한 기색을 보이는 은서를 남몰래 관찰했다. 만약 은서가 형사에게 뭔가를 귀띔해준다고 딱히 일이 더 꼬이는 건 아니지만, 심적으로 귀찮다. 물론 사건은 빠르게 해결될 것이고 어차피 수정은 용의자 중 한 명으로서 조사받아야겠지만, 몇 마디 쓸데없는 말을 더 들을지도 모른다는 게 벌써부터 넌덜머리난다. 수정은 역시 안 좋은 버릇이 도졌다고 스스로를 타박하며, 속으로만 혀를 찼다.

"MT로 왔다고 하셨죠?"

거실에 있던 일행은 한숨을 푹푹 쉬는 형사를 향해 어제의 일을 간략하게 설명했다. MT를 오게 된 경위, 각자의 신상과 피해자와의 관계, 어젯밤에 뭔가 이상한 일이 있지는 않았는지 같은 것들을.

"……방에 처음 들어갔을 때 문이 열려 있어서 강도에게 당한 거라고 생각했습니다. 그래서 밖을 조금 살펴봤는데 발자국 같은 건 보지 못했어요. 벽을 오른 흔적도 없더군요."

그렇게 말한 건 유성이었다. 다른 이들은 아직 눈치채지 못한 것 같지만 추리소설 마니아인 예진과 준호는 유성이 발견한 것들의 의미를 깨달았는지 눈을 크게 떴다. 수정은 한숨을 삼켰고 둔중한 사냥개 같은 인상의 형사는 눈을 날카롭게 떴다. 유성을 관찰하는 것 같았다.

"그래서, 음, 혹시 창문을 통해서 옥상으로 올라가진 않았을까 싶어서요. 지붕 쪽도 한번 조사를 해주시면 좋겠……"

"조사는 저희가 알아서 꼼꼼히 할 겁니다."

형사는 유성의 말을 깔끔하게 잘랐다. 당연한 일이다. 일반인이 수사에 이래라저래라 하는 것만큼 형사를 우습게 보는 일은 또 없으니까. 그걸 뒤늦게 알았다는 듯 유성은 "아" 하는 소리를 내더니 눈썹을 늘어뜨리며 웃었다. 다정함이 담긴 동시에 묘하게 상대의 말문을 막아버리는 미소.

"죄송합니다. 오지랖을 부렸네요."

"아닙니다. 침착하셔서 좋네요."

심드렁하게 대꾸한 형사는 각자의 전화번호를 적은 뒤 귀가해도 좋다며 길을 비켜주었다.

"저, 제 방에 있는 짐을 가져오고 싶은데……"

동현이 조심스레 양해를 구했다. 짐이 1층에 있던 여학생들은 상관없지만 현재 조사가 이루어지고 있는 2층은 갈 수 없었다. 형사는 잠깐 멈칫했다.

"강도가 다른 분들 물건을 뒤졌을 가능성도 있습니다. 아, 혹시 모르니까 1층도. 없어진 물건이 없는지 확인해보고 귀가하는 게 낫겠네요."

형사는 대기하고 있던 경찰 몇 명에게 다가가 수첩에 뭔가를 끄적거려 보여줬다. 그러자 서너 명의 경찰이 그들 쪽으로 다가왔고 다른 한 명은 재빠르게 펜션 밖으로 나갔다. 열린 현관문으로 안개가 사라진 산 공기가 스며들고 있었다.

곧 은서와 예진의 방으로 머리를 높게 올려 묶은 경찰 한 명이 함께 들어갔다. 수정의 방문 앞에도 경찰이 무뚝뚝한 태도로 서 있었다. 수정은 고개를 까딱해 인사하며 방안으로 들어갔다. 당연하다는 듯 경찰들이 동행한 건 표면적으로는 사라진 물건이 없다는 이야기를 듣기 위해서겠지만, 실제로는 수상한 구석이 없는지 살펴보기 위함일 것이다. 수정은 그들의 수고를 덜어주기 위해 묵묵히 배낭을 열어 물건들을 하나하나 바닥에 내려놓았다. 사라진 건 없었다. 애초에 수정은 술을 마시지도 않았으니 누군가 방에 들어와 짐을 뒤졌다면 금세 깼으리라.

"사라진 건 없습니다."

그렇게 대답하자 경찰은 알겠다며 문을 열고 복도에 서 있던 형사에게 보고했다. 2층에 올라갔던 일행들도 사정은 같아 보였다. 모두의 물건 중 도난당한 것은 없으며 누군가 침입한 흔적도 없다.

"피해자, 아니, 재언이 짐은 거의 다 없어진 것처럼 보였는데요."

줄곧 짧은 답할 때 외에는 침묵을 지키던 수정이 갑자기 말을 걸자 형사가 눈썹을 치켜올렸다. 수정은 아랑곳하지 않고 말을 이었다.

"혹시 지갑 같은 것도 없었나요? 강도가 그런 것까지 가져갔습니까?"

"수사 사항입니다."

형사의 대답은 정석적이었다. 하지만 아마 지갑도 사라졌겠지. 수정은 아까 방에 들어갔을 때 본 재언의 가방 상태를 떠올렸다. 처음 펜션에 왔을 때는 두둑해 보였던 가방이다. 강도가 저지른 짓으로 꾸며내기 위해 범인이 옷가지를 전부 빼갔다고 보는 것이 옳다. 겉옷 주머니에 들어 있던 지갑이나 휴대폰도 가져갔을 가능성이 크다. 다만 강도로 위장하려 했다고 하면, 조금 이상한 것이 한 가지……

"얼른 귀가하시죠?"

다들 쭈뼛쭈뼛 눈치를 보며 펜션 밖으로 나가려는데 수정만이 묵묵히 형사 앞에 서 있었다. 유성마저도 가방을 멘 채 수정의 몇 발자국 뒤에서 기다리고 있었다.

"필요한 일이 있으면 우리 쪽에서 연락할 테니까."

수사중에 수상한 점이 발견되면 참고인 조사를 명목으로 용의자를 색출하겠지만, 초동수사중에 유의미한 취조는 이루어질 수 없다. 그러니 아무리 주요 목격자들이어도 지금은 현장 감식에 방해가 될 뿐이다. 주요 목격자라기엔 유의미한 목격담도 없지만.

수정은 인사도 없이 펜션을 나섰다.

돌아가는 길에도 유성이 운전을 맡았다. 모두가 침묵한 채 두 시간 사십 분이 흘렀다.

×

본래 MT는 금요일부터 일요일까지로 예정되어 있었지만 불가피하게 일정이 축소되었다. 모두가 각자의 집이나 기숙사로 돌아갔을 때는 토요일이 아직 지나지 않은 오후였다. 주말이 더 남아 있어서 다행이라고 해야 할까. 수정은 소문이 퍼져 소란스러울 학교로 곧장 돌아가지 않아도 된다는 점에 안심했다.

홀로 방에 돌아온 수정은 배낭을 대충 구석에 내려두고 침대에 기어들어갔다. MT에 가기 전 세탁해 건조기까지 돌려 뽀송뽀송한 이불이 몸을 기분좋게 감쌌다.

토요일 오후 세시. 평소 같은 토요일이었다면 늦은 점심을 먹기 위해 움직였을 테지만 입맛이 없었다. 시체를 보고 충격을 받은 건 아니었다. 단지 유성에게 받은 부탁 때문에 피곤할 뿐이었다.

'한 번만 봐달라니.'

'설득력도 논리도 없는 어리광이다.'

수정은 유성의 그런 점이 싫었다. 녀석에게는 도덕심이란 게 결여되어 있다. 대학생 탐정이라는 이름을 걸고 있음에도 진실에도 정의에도 관심이 없다. 수단 방법을 가리지 않고 기묘한 사건을 부추기고 심지어는 수정이 그걸 해결하는 모습을 보고 싶어한다. 어디 그뿐인가. 유성은 사회 구성원으로서, 인간으로서 지켜야 할 최소한의 의무에도 아무런 의미를 느끼지 못했다. 측은지심을 갖지 못하는 건 수정도 공감해줄 수 있는 부분이지만, 성인이 되어서도 유치한 짓을 하고 다니는 건 한심해 보일 수밖에 없다.

그런데도.

수정은 천천히 상체를 일으켜 침대 위에 웅크려 앉았다. 무릎을 감싸안고 고개를 파묻자 자기 안의 그림자가 시야에 들어온다.

수정은 알았다. 한유성이 그렇게 된 건 자신 때문이라는 것을.

'그러니까, 녀석의 어리광을 어느 정도는 받아줘야 하지 않을까……'

"한 명을 범인으로 지목하는 건 가능해……"

수정의 몸이 겹쳐 만들어진 작은 공간 안에서 중얼거림이 반향했다.

다시. 범인을 지목하는 건, 가능하다. 그리 어려운 일이 아니다. '할일'을 위해 밖에 나갔던 유성과 달리 줄곧 펜션 내부에서 상황을 지켜본 수정이라면 쉽게 알 수 있다.

유성이 범인을 어떻게 부추겼는지도 대충 짐작할 수 있다.

수정은 그저, 이 모든 것을 입 밖에 내는 게 내키지 않을 뿐이다.

"……"

이불에서 나온 수정은 휴대폰을 들었다.

×

사인도의 동아리실. 살짝 열린 창문으로는 적절한 온도의 바람이 살랑이고 있었다. 산중턱과 달리 G대학은 기분좋은 정도의 가을 날씨다. 오후의 햇살을 받아 안 그래도 갈색인 유성의 머리칼이 투명한 금색으로 빛났다.

"왔어?"

유성의 고개가 방금 문을 열고 들어온 수정 쪽으로 조금 돌아갔다. 수정의 새카만 눈이 그 모습을 무심하게 마주했다.

"탐정 노릇은 안 해. 그럴 필요가 없는 일이니까."

"응, 범인은 조만간 밝혀지겠지. 아마추어가 저지른 살인을 경찰이 밝혀내지 못할 리 없어. 동기도 명백할 거고."

"하지만……"

달칵. 수정은 손을 뒤로 뻗어 문을 닫았다. 이제 외부와 완전히 격리된 동아리실 안에 있는 것은 두 사람뿐이다.

"네게 말해줄 순 있어."

등뒤로 햇살을 받고 있는 유성의 눈동자가 조금 흔들렸다. 여유로운 건지 긴장한 건지 알 수 없는 표정으로 눈을 크게 뜬 유성은 팔짱을 끼며 창가에 기댔다.

"……그렇구나."

"응, 간단해."

수정은 깊은 피로감을 느꼈다. 유성의 억지에 응해주는 것은 유쾌한 일이 아니다. 그런데도 지금 입을 여는 까닭은.

"범인은 사인도 부원인 이준호."

유성의 눈매가 조금 휘어졌다.

"범인을 단 한 명으로 결정짓는 완벽한 논리를 만드는 건 몰라도 가장 의심스러운 용의자로 좁혀나가는 건 쉬워. 경찰들의 수사가 그런 방식이지. 동기가 의심된다. 혹은 범행 도구를 구할 수 있었다. 그런 이유를 따라가며 범죄혐의자를 좁히고 수사하지. 그러다 보면 물증이 나오고. 하지만 네가 원한 건 단지 논리만으로, 수사의 힘을 빌리지 않은 일개 개인이 범인 한 명을 정확하게 지목해내는 거였어."

지금 이 추리를 입 밖에 내는 것은, 상대가 한유성이니까. 오직 그런 이유 탓이다.

"그리고 이번 사건에선 그게 가능했어. 간략하게 설명하지."

수정은 안경알 너머로 희미하게 미간을 찌푸렸다.

"먼저 외부 침입이 불가능했던 이유부터 확실하게 하고 갈게. 당연하지만 펜션 현관은 확실히 잠갔어. 거실과 2층 객실 창문과 인접한 지면에서는 발자국이 발견되지 않았지. 그럼 남은 곳은 어딜까. 2층 베란다와 1층에 있던 이인실 창문이지. 하지만 이인실에는 모두 사람이 있었어. 만약 강도, 즉 외부인의 소행이었다면, 1층 방을 건드리지 않고 나간다는 건 이상해."

"응, 베란다는 내가 문단속을 했고 말이지. 하지만 피해자에게 원한을 가진 제삼자가 펜션까지 몰래 따라왔을 수도 있지 않을까? 너나 은서 선배랑 예진이가 머문 방 창문을 통해 들어온 다음 재언이가 자는 방을 찾아가 살해한 거야. 펜션 오른쪽은 진흙 바닥도 아니었으니 발자국이 남아 있지 않아도 크게 이상할 건 없어. 설령 발자국이 생겼더라도 낙엽 따위로 조금 문질렀다면 그럭저럭 자연스럽게 지워졌을 테니까."

"그다음 펜션 현관을 통해 나간다?"

"응."

"외부인이라면 김재언이 자고 있는 방이 정확히 어디인지 몰랐을 거야. 모든 방을 열어봤다고 할 셈인가? 어두워서 침대에 누워 있는 사람의 얼굴을 알아보기도 힘들었을 텐데 위험을 감수하고 움직인다고? 그러다 실수로 누가 깰지도 모르는데?"

'가능성인 건 사실이야'라고 말하듯 유성의 눈이 수정을 진지하게 바라보았다. 이 녀석은 대충 넘어가는 걸 용납해주지 않는다. 그럼 솔직해지는 수밖에 없다. 수정은 수면부족으로 몰려오는 두통 탓에 절로 나오는 신음을 삼키며 입을 열었다.

"⋯⋯솔직히 말하지. 난 어젯밤에 잠들지 않았어."

유성은 의외라는 듯 입을 살짝 벌렸다.

"내 방문을 열고 들어온 사람은 당연히 없고, 창밖으로 누군가를 본 기억도 없지. 불공정하다 해도 어쩔 수 없어. ⋯⋯하지만 사실이야."

"의외인걸. 네가 대비했을 거라곤 생각 못했어."

마치 꿈속을 헤매는 것 같은 멍한 목소리. 수정은 불편함을 숨기지 않으면서도 유성을 보았다.

"살인이 일어날 거라고 예상하고서 혹시 모르니까 깨어 있었구나."

'하지만 정아, 만약 살인사건을 진심으로 막고 싶었다면.'

'방밖으로 나와 모두를 감시해도 됐을 텐데.'

누구의 것을 본땄는지도 모를 내면의 목소리가 수정을 타박했다. 은서가 피곤해 보인다고 지적했을 때, 위로 올라간 동현의 비명이 들렸을 때도 타박하던 소리.

자기 자신의 목소리.

"아슬아슬하게 세이프인가? 애초에 네가 성격에도 맞지 않게 MT에 온 건 그래서였으니까······"

고개를 갸웃하는 유성을 무시하며, 수정은 다시 입을 열었다.

"강도사건으로 위장하기 위해 해야 하는 일은 크게 두 가지야. 첫번째는 외부로부터 침입한 흔적을 만들 것. 두번째는 피해자의 물건을 처분할 것. 강도라고 해도 무조건 사람부터 죽이진 않아. 물건을 훔치다가 피해자가 일어나는 바람에 입막음 하려고 살해하는 경우가 대다수지. 따라서 외부 침입 흔적을 만들어도 물건을 그대로 두면 경찰이 원한으로 인한 살해로 의심할 여지가 있어."

"응, 달리 말하면, 경찰이 원한에 집중하게 되면 금방 범인이 밝혀질 수 있단 뜻이지?"

수정은 침묵으로 긍정을 표했다.

"그렇다면 물건은 어떤 식으로 처분하는 게 좋을까. 밖에 버리기? 강도의 소행을 의심한 경찰이 주변을 수색하면 금방 들통날 거야. 가지고 있다가 나중에 처분하는 건? 혹시라도 경찰이 내부 범행을 의심하고 짐을 수색하거나 이동중에 일행들이 눈치채기라도 하면 큰일이지. 우리는 실제로 경찰들이 보는 앞에서 없어진 짐이 있는지 확인하는 절차를 거치기도 했고."

곰곰이 생각에 빠진 듯 이야기를 듣던 유성의 눈썹이 순간 움찔했다.

'진상에 가까워졌나.'

수정은 피곤한 몸을 문에 기댔다. 두통이 심해졌다.

"그 문제는 잠시 미뤄두고 사건 당시의 이야기를 해볼까. 살해 행위 자체만 두고 본다면 범인은 우리 중 누구든 될 수 있어. 칼은 특별해 보일 것 없는 식칼. 부엌에서 가져와도 되고 미리 준비해와도 되지. 재언이는 어차피 취해 있었으니 반항할 걱정은 별로 없고."

"재언이가 많이 취해 있던 것 말인데, 그것도 범인 짓일까?"

"그랬겠지. 소주를 물처럼 유리컵에 담고 피해자 근처에 두는 거로도 충분했을 거야. 그 방법이 안 통했다면 어떻게든 재언이 취해 잠들게 했겠지. 조금 티가 나는 짓을 해서라도."

크게 어렵지는 않았을 것이다. 뭣하면 술맛이 거의 나지 않으면서 도수는 높은 칵테일이라도 만들어 권하면 그만이니까.

"아무튼, 범인은 일찌감치 취해 잠든 재언을 살해하고, 칼은 그대로 꽂아둔 채 창문을 열고, 난간에 미리 챙겨둔 흙을 묻혔어. 흙을 가져올 기회는 언제든 있었으니 그것만으로 범인을 특정할 순 없고. 자, 피해자를 살해한 다음 범인의 행동은?"

유성의 입가에 희미한 미소가 번졌다.

"일반적으로는 짐을 뒤져서 강도의 소행으로 위장하는 거겠지. 재언이의 가방을 뒤져서 옷가지를 꺼내고, 지갑도 챙겼을 거야. 연출을 위해 방안의 서랍을 열기도 했겠지."

"그래. 거기서 문제가 발생했어. 짐을 처분하는 방법 말이야. 범인은 피해자의 물건을 대체 어디에 둔 걸까. 밖에 버릴 수도 없었고, 가지고 있는 것도 위험했어. 다들 자고 있다지만 펜션 안에는 다른 사람들도 많지. 내부에서 무언가를 하기도 쉽지 않았을 거야."

"음, 옷장이나 펜션 어딘가에 숨긴다면?"

유성이 즐겁다는 듯 웃음소리를 냈다. 수정은 미미하게 짜증이 섞인 한숨을 쉬었다.

"나중에라도 발견되면 문제가 될 테니 기각. 펜션 밖 어딘가에 묻는 것도 제외할게. 그런 작업을 하다가 누군가의 눈에 띄면 큰일이기도 하지만, 경찰이 강도의 소행이라고 판단하면 주변을 수색하는 건 정해진 수순이니까. 아마추어가 땅을 헤집어서 무언가를 묻은 것 정도는 금방 들키게 될 거야. 그리고 그 현장에는 기묘한 점이 한 가지 더……"

수정은 문에 기댔던 등을 떼고 동아리실 안쪽으로 비척비척 걸어갔다. 그러고는 얌전히 놓인 빈백 위로 몸을 눕혔다. 무감정한 목소리가 웅얼거리듯 이어졌다.

"귀금속일 확률이 높은 피해자의 피어싱이나 목걸이는, 왜 챙겨가지 않은 걸까."

시체를 살폈을 때 알게 된 사실이다. 처음 만났을 때 보았던 장신구들이 그대로 남아 있었다. 강도라면 MT를 온 대학생의 옷 따위보다는 비쌀 가능성이 높은 장신구를 노리는 게 옳다. 피해자는 이미 사망했으니 가져가는 것도 쉬웠을 텐데, 어째서?

이 의문에 대한 답은 명확하다.

"옷가지나 지갑 같은 짐은 처분할 수 있었는데, 장신구는 처분할 수 없었던 이유가 있지 않을까."

그리고 이 점은 곧장 범인이 나머지 물건을 처분한 방법의 정체로 이어진다.

"금속은 태운다고 없어지지 않아. 반면 지갑과 그 내용물인 현금, 플라스틱 카드, 그리고 섬유에 불과한 옷가지는 태우면 없어지지."

"불."

"그래, 드럼통의 불."

어젯밤, 드럼통에서 혀를 날름거리던 바로 그 불길.

"살해와 물건의 처분을 따로 한 거야. 그랬기에 범인을 한 명

으로 지목하는 것이 가능해졌어."

 만약 그렇지 않았다면, 범인이 이 방법을 택하지 않았다면…… 논리만으로 지목하는 것은 불가능했을지도 모른다.

 "그렇다면 피해자의 소지품을 태우는 게 가능했던 사람은 누구일까. 너는 밖에서 설거지를 하느라 전부 지켜볼 수 없었겠지만, 우리가 일을 분담했을 때, 그때가 2층에서 피해자의 물건을 가져오기 좋은 타이밍이었어. 그때 2층에 다녀오는 게 가능했던 사람은 나, 박은서, 이준호였지."

 물론 수정은 범인이 아니다. 하지만 탐정이어도 자신을 용의선상에서 제외하지 않는 것이 올바른 태도다. 역시나 유성은 만족스러운 미소를 짓고 있었다.

 "최승우, 임동현, 신예진 세 사람은 2차가 시작되기 직전까지 함께 설거지를 했으니 2층에 갔다올 틈이 없었어. 반면 나나 박은서, 이준호는 정리를 끝내고 2차가 시작되기 전까지 자유롭게 움직일 시간이 있었지."

 유성은 창가에 기댄 채, 반쯤 누운 수정을 향해 학생이 질문을 하듯 손을 들었다.

 "잠깐만, 1차 회식 도중에도 모두가 자유롭게 움직일 때가 있었잖아?"

 "화장실을 가거나 뭔가를 가지러 가는 척하면서 처리했을 수도 있지만, 그랬을 경우 두 가지 문제가 발생해. 하나, 그때 훔친 피해자의 물건을 태우기 전까지 어디에 두는가. 자신의 방에 뒀다면 역시 2차 직전에 그 물건들을 가지고 나올 필요가 있어. 반면 다른 장소, 복도에서 눈에 잘 띄지 않는 구석이라든가…… 그런 곳에 두면 누군가에게 들킬 위험이 있지. 굳이 그런 위험을 감수할 필요는 없어. 무엇보다 문제가 되는 건, 이때는 아직 재언이가 잠들기 전이야. 술에 취했다 한들 자러 들어간 재언이 자신의 가방을 한 번이라도 확인하면 문제가 돼."

"좋아, 충분해."

"너한테 판단하라고 한 적 없어."

수정의 날 선 목소리에 유성이 어깨를 움츠렸다.

"그럼 이제 세 명에서 한 명으로 줄일 차례군. 답은 간단하지. 그 상황에서 빼돌린 짐을 태울 수 있는 사람의 조건은 두 가지야. 옷가지 같은 짐을 들키지 않고 밖으로 운반할 수 있는 사람. 또한 남의 눈에 띄지 않고 짐을 드럼통에 넣고 태울 수 있었던 사람. 첫번째 조건만 살펴보면 두꺼운 외투를 입었던 준호와 승우가 해당해."

수정은 잠시 입술을 축였다.

"그럼 두번째 조건은 어떨까. 모두가 밖으로 나간 다음에는 드럼통에 피해자의 물건을 불태울 틈이 없어. 그럼 범행이 가능한 건 처음 불을 피우러 나간 사람이야. 물론 은서 선배나 다른 누군가가 자유 시간에 피해자의 짐을 훔쳐 펜션 밖으로 나간 다음 몰래 드럼통에 피해자의 물건을 넣어뒀을 가능성도 배제할 순 없지. 하지만 그럴 경우, 불을 피우러 나간 동현 선배와 준호가 드럼통 안에 짐이 있는 걸 발견했을 거야. 따라서 범인은 불을 피우러 나간 두 사람 중 하나야."

"그중 동현 선배는 피해자의 물건을 훔칠 타이밍이 없었고."

"반면 준호는 '두꺼운 외투'를 입고 있었으니 옷 속에 피해자의 물건을 숨기고 나갈 수도 있었겠지. 더군다나 중간에 동현 선배가 부채를 찾으러 도로 들어왔으니 더욱 편하게 물건을 태울 수 있었을 거야. 설령 동현 선배가 계속 같이 머물렀어도 장작을 좀더 가져와달라든지, 적당한 핑계를 대서 잠깐이라도 떼어두려 했겠지."

이제 아까 이야기했던 내용만 남았다. 수정은 짙은 피로감을 느끼며 안경을 고쳐 썼다.

"이준호가 거의 끝까지 드럼통 앞에서 불멍을 때린다느니 하면서 머물렀던 건, 짐이 제대로 타는지를 확인하고 싶었던 거겠지. 마지막엔 은서 선배가 드럼통에 물을 부어 불을 완전히 끄고 왔으니 그후로는 짐을 태울 기회가 없었어. 따라서 범인이 될 수 있는 유일한 사람은 사인도의 이준호야. 덧붙이자면, 모두가 잠든 사이에 짐을 훔쳐 태웠을 가능성은 없어. 나는 잠들지 않은 채 창밖을 계속 봤고, 불빛 같은 건 보지 못했으니까."

안광 없이 새카만 눈이 천천히 움직여 유성을 바라봤다.

"그리고 이준호가 '이런' 범행을 저지르도록 유도한 건, 바로 너지."

유성에게서 "음" 하고 나직한 소리가 났다. 유성은 제 뺨을 손으로 쓰다듬으며 수정을 내려다봤다.

"이미 내 입으로 인정한 거긴 하지만, 기왕이니 설명해주면 좋겠는걸."

이제 와서 입을 열지 않겠다고 하는 것도 꼴사납다. 수정은 빈백에서 몸을 일으켰다. 뒷머리가 부스스하게 일었다.

"너는 범인이 범행을 강도의 소행으로 위장할 거란 사실을 알고 있었어. 그래서 그런 거야. 구태여 밖에 나가 설거지를 한 것도, 2층 베란다의 문단속을 한 것도…… 범인이 실패하도록 만들기 위해서."

자신이 부추겨놓고, 범행의 진상을 수정이 추리할 수 있도록, 완전범죄 시도를 좌절시킨다.

"네가 2층 창문 아래 바닥을 진흙으로 만든 탓에 우리는 그 자리에서 외부 침입이 없었다고 결론지을 수 있었으니까. 네가 그런 짓을 하지 않아도 경찰의 수사가 진행되면 정밀 감식을 통해 밝혀질 수 있었어. 하지만 네가 원한 건 그런 게 아니었지. 정말 감식 없이도 눈에 확연히 보이는 증거가 필요했던 거야. 그래서 너는 외부 침입이 없었다는 증거를 배치했어. 진흙과 잠긴 베란다로."

"근거는?"

유성은 창가 벽면에 기대더니 스르르 무너지듯 바닥으로 주저앉았다. 두 사람의 눈높이가 수평을 이루었다.

"범인인 이준호가 추리소설을 쓰는 데 재능이 없다는 건 사인도의 모두가 알아."

"신랄하네."

유성은 산뜻한 목소리로 말하면서도 동의한다는 듯 고개를 끄덕였다.

"그런 녀석이 피해자에게 미리 술을 먹여 무방비하게 만들고, 짐을 미리 훔쳐 태운다는 발상이며 외부 침입 흔적을 만들어 강도의 소행으로 위장한다는 방법 따위를 어떻게 떠올렸을까. 정확히는…… 실행할 용기를 어디서 얻었을까."

자신의 머리가 범행을 저지르는 데 유용하지 않다는 것은 준호 자신도 잘 알고 있었다. 그런데도 범행을 저질렀다. 대범하게 사람이 모인 펜션에서.

"더구나 네가 직접 범인을 실패하게 만들었다는 건, 범인이 어떤 방식을 쓸지 알고 있었다는 뜻이야. 그럼 넌 그걸 어떻게 알았을까? 네가 설거지를 하러 나간 시점에 범인이 택한 방식을 확정할 단서는 없었어. 그렇다면 너는 이 펜션에 오기 전부터 범인의 계획을 알고 있었던 게 아닐까. 범인 자신을 제외하고 그걸 알 수 있는 사람은, 자신의 계획을 고백한 게 아니라면 범인에게 범행 수법을 알려준 사람밖에 없어. 그렇지만 범인이 구태여 자기가 떠올린 살인 계획을 남에게 말할 이유는 없지. 게다가 준호는 머리가 그다지 좋지도 않아. 그러니까, CCTV도 별로 없고 외부 소행으로 위장할 수 있는 펜션에서 범행을 저지른다는 계획은 네가 알려줬다고 보는 게 옳다고 생각했어."

"그건 억측이네."

"억측이지. 하지만 네가 요구한 건 단 한 명의 범인을 지목하는 일뿐이잖아?"

두 사람의 눈이 마주쳤다.

'나는 그냥 너를 나무라고 있는 거야. 그러니 얌전히 있어.'

유성은 멋쩍다는 듯 어깨를 움츠렸다.

수정은 말을 이었다.

"너는 어떻게 이준호와 접촉해 범행 계획을 전달해줄 수 있었을까. 당연하지만 익명이어야 해. 네 정체를 밝힌다면 나중에 체포된 이준호가 '한유성이 이런 방법을 알려줬다'는 식으로 귀찮게 할 수도 있으니까. 대학생 탐정이 살인 계획을 발상해내 살의를 가진 누군가에게 알려준다니, 탐정 직함에 확실히 오명이 돼. 네가 그런 위험을 감수할 리 없어."

"흐음, 준호가 사인도 활동에 필요한 소설을 쓰는 데 아이디어가 부족해서 조언을 해주었다. 그런데 준호가 그걸 진짜 살인의 도구로 쓸 줄은 몰랐다. ……이런 해명도 가능하다고 생각하는데?"

그렇게 빠져나갈 셈인가. 새카만 눈이 유성을 건조하게 응시했다. 노려본다기보다는 그저 '쳐다볼' 뿐인 시선. 그런데도 유성은 살짝 위축되고 말았다.

"그렇다고 쳐볼까. 하지만 심증은 있어…… 네가 매달 사인도 단톡방에 올리는 미스터리 모음. 그중에 수상한 사이트가 하나 있던데."

"아, 그거."

경직됐던 유성의 얼굴에 미소가 지어졌다.

"딥 웹이라 일반 브라우저로는 접속할 수 없더군. 그래서 어제 토르 브라우저를 깔아서 접속해봤어. 게시물도 얼마 없고 허접하던데. 네가 직접 만든 사이트지?"

"평가가 너무한걸."

유성은 머리를 긁적였다. 스크랩을 올린 유성이 사이트의 스크린 숏을 함께 첨부한 건 해당 사이트가 일반 브라우저로는 접속할 수 없는 디프 웹인 탓이었다. 즉, 일반적인 방법으로는 사이트에 접속할 수 없다. 게다가 수정이 직접 접속해본 결과, 해당 사이트는 게시물도 별로 없고 노출수도 적었다.

그렇다는 건, 다시 말해서.

"네가 혼자 디프 웹을 돌아다니다가 이런 사이트를 찾았을 가능성은 현저히 낮아. 그러니까 네가 직접 만든 사이트라고 생각했어. 실제로 사이트가 만들어진 날짜도 꽤 최근이던데. 두 달 정도인가."

"응. 두 달쯤 전에 만들어서 시험삼아 사인도에 먼저 올려봤어. 일인다역 하느라 좀 힘들었지."

사이트에서 활동하는 닉네임이 이것저것 보였지만, 전부 유성 한 사람이었다는 뜻이다. 유성은 혼자 의도적으로 문제를 만들고 그것을 푸는 놀이를 여럿이 하는 것처럼 상황을 연출했다.

"사인도 단톡방에 올린 다음 하루도 안 지나서 누가 접속했더라고."

"그렇기에 사인도 부원이라고 확신할 수 있었던 거군."

유명하지도 않고 허접하기 그지없는 디프 웹에 새로운 접속자가 생겼다. 그렇다면 최근에 해당 링크가 노출된 사인도 단톡방 내의 누군가라고 생각할 수밖에 없다.

"그래서 처음 일주일은 간단한 문제를 내가며 놀았어. 그러다 보면 친해지기 마련이잖아."

인간은 의외로 인터넷 공간에서 자신의 내밀한 자아를 스스럼없이 내보이기 마련이다.

"넌지시 G대학 학생만 알 만한 썰을 흘렸지. '우리 학교에 대학생 탐정이란 별명을 가진 녀석이 있다' 같은……"

"그래서 이준호도 자신이 G대학이라는 걸 밝혔다?"

"응, 그다음은 쉬웠어. 나이나 전공만 넌지시 알아내면 사인도 부원 중 누구인지 특정할 수 있으니까."

수정은 가만히 눈을 감았다. 눈꺼풀 안쪽이 시야를 새카맣게 채웠다.

애초에 가상의 살인사건 문제를 만들며 노는 공간이다. 자신의 살의를 드러내거나, 혹시 현실에서도 쓸 만한 트릭은 없을까 같은 운을 띄우기는 좋다. 이준호는 그렇게 했다. 유성은 미끼를 문 상대를 낚아올렸다. 이런저런 수작을 부려두면 강도의 소행으로 보일 거야, 아무도 의심하지 않을 거야. 그런 말을 속삭였을 것이다.

실상은, 그렇게 상대를 조종한 뒤 자신이 그 계획을 직접 망치기로 마음먹고.

"이준호가……"

수정은 눈을 감은 채로 말을 이었다.

"이준호가 죽일 사람이 김재언이란 것도 알고 있었어?"

"대충은? 정확히는 어젯밤에 모두가 모인 뒤에야 '아, 저 사람이구나' 싶었지만."

유성의 말투는 가벼웠다. 과제가 있었다는 걸 마감일 직전에야 알았다고 말하는 것처럼.

"동기는 역시 고등학교 시절의 원한인가."

"아, 거기까지 알아냈어?"

"……은서 선배가 물어보고 다녔거든. '다녔다'고 하기엔, 나한테만 물어본 거겠지만."

유성은 일부러 턱에 손가락까지 올리며 고개를 갸웃했다.

"흠, 하지만 어젯밤에 다 같이 이야기를 나눌 때 준호가 다닌 고등학교는 재언이가 다닌 곳이랑 무관하다는 게 드러났잖아."

"1학년만 다니고 전학 간 거겠지. 자사고나 특목고의 자퇴율과 전학률이 높은 건 흔하잖아."

어젯밤 대화할 때, 승우는 자신의 사촌동생 이야기를 꺼냈다. 1학년 때 모르는 사람이 없을 정도라고 했나. 그러나 같은 학교를 다닌 준호는 기억하지 못한다고 답했다. 그렇다면 준호는 1학년 때는 다른 고등학교를 다녔던 것이 아닐까. 거기가 바로 재언의 학교인 S고등학교가 아니었을까. 애초에 전학의 이유가 재언이었을지도 모른다. 성적을 근거로 하는 묘한 선 긋기, 중학생 시절 다니던 학원의 차이에서 비롯되는 간극. 그런 환경 속에서 어떤 학생들은 쉽게 고립되고, 그런 탓에 자퇴율도 높다.

수정의 추측을 들은 유성은 무릎을 모았다.

"네 말대로야. 흔한 일이지. 1학년 때 선배 주도로 따돌림을 당했대. 성적도 안 나오니까 부모님도 전학을 권했고. 정시를 노리기도 순탄치 않으니 차라리 일반고로 전학 가서 내신을 높이는 걸 목표로 했대. 그 결과 자길 괴롭히던 선배랑 같은 대학에 오게 됐으니 성공이라고 봐야 할까?"

성공일까. 결과적으로는 살인을 저지르게 되었는데.

수정은 천천히 눈을 떴다. 시야 끝에 햇빛이 퍼지고 있었다.

"……한유성."

"응?"

수정의 부름에 유성은 고개를 기울여 수정을 바라봤다. 유성은 남들을 대할 때 짓는 가식적이고 다정한 미소가 아닌, 순수하게 즐거울 때만 짓는 웃음을 띠고 있다.

수정은 짙은 피로감이 느껴지는 목소리로 물었다.

"만족해?"

"무슨 뜻이야? 너는 이미 범인을 지목했고, 내가 한 일까지 설명했으니까 내가 만족하지 않을 이유는……"

"그럼 이 정도만 해."

이미 한 사람을 파멸로 몰아갔지만, 유성이 훼방놓지 않았어도 준호의 '완전범죄'는 경찰이 무너뜨릴 수 있을 것이었다. 유성이 계획을 일러주고 부추기긴 했지만, 단지 그것만으로 녀석을 지탄하기엔 수정 자신도 그리 깨끗한 사람이 아니었다.

수정은 이번 일로 겨우 다시 떠올렸다.

'나는, 한유성을 비난할 수 없다.'

유성은 해맑은 태도로 눈웃음지었다.

"저번에 한 번만 더 그러면 안 봐준다며. 그래서 이번에 긴장 많이 했는데."

그렇게 말하는 유성도 알고 있었다. 수정이 자신을 봐줄 것임을. 그걸 알아서 이번 일을 저질렀다. 수정은 무심코 미간을 찌푸리고 입술을 일자로 다물었다.

"안 봐줄 거야. 너는 앞으로 미스터리 스크랩 활동은 금지. 사인도 활동도, 당분간 MT는 물론 전체 모임도 자제할 것. 다른 모든 학생들과 개인적인 만남은 특히 완전히 금지야. 바쁘다는 핑계를 대."

"앗."

유성의 특기는 사람들과 친해져 그들의 정보를 수집하는 것이다. 이번 일처럼 익명으로 접근하는 경우도 있지만, 애초에 그가 발 넓게 모두와 잘 지내는 건 언젠가 '재료' 혹은 '배경'으로 쓰기 위해서다. 인회가 하필 사인도 부장인 유성에게 합동 MT를 제안한 이유가 무엇이었겠는가. 유성이 의도적으로 인회 부장 박은서와 친분을 쌓아뒀기 때문이다. 그러니…… 일단은 유성의 팔다리를 잘라야 한다.

"이번 사건에 대해서 범인이 이준호일 수밖에 없는 이유를 경찰에게 전하거나 은서 선배에게 말해서 대학생 탐정 노릇을 하는 것까진 터치하지 않겠어. 아마 은서 선배 쪽에서 먼저 너를 찾아갈 테니까. 대신, 그걸 마지막으로 이번 학기 동안 얌전히 있어줬으면 하는데."

"어, 음, 그건 내 맘대로 되는 게……"

"한유성."

수정이 빈백에서 상체를 완전히 일으켰다.

"어제랑 오늘은 충분히 즐겼을 테니 책임을 져."

"알겠어. 그 정도는 할 수 있어."

햇살을 잔뜩 받은 머리칼 아래로 다시 한번 따스한 미소가 차올랐다.

"그래도 제법 자비로운걸, 탐정."

"그렇게 부르지 마."

싸늘하게 잘라 말하며, 수정은 속으로만 굳게 다짐했다.

'앞으로도 탐정 노릇은 하지 않을 거다.'

하지만 수정은 유성의 앞에서만큼은 탐정이 되어야 했다. 탐정이 되지 않기 위해서. 유성을 '봐주는 것'도 녀석이 무엇을 하고 있는지 알아야만 가능한 일이었으니까.

수정은 한숨을 내쉬었다.

"지긋지긋하니까……"

탐정, 도서

뚜르르, 뚜르르.

통화연결음만 이어졌다. 수정은 바지 주머니에 휴대폰을 밀어넣고 늦겨울 아침의 공기를 들이마셨다.

2월 중순, 일요일. 동아리 활동을 핑계삼기는 했지만 달리 갈 곳이 없을 뿐, 특별히 할일이 있어서 학교에 남은 건 아니다.

곧 3학년이 되는 물리학과 학생 대부분은 졸업논문 작성을 위해 어떤 연구실에 가야 할지 고민하거나 취업으로 골머리를 썩인다. 그래서 많은 학생이 2학년에서 3학년으로 넘어가는 방학이나 3학년 학기 중에 인턴 활동을 한다. 다만 수정은 그것이 내키지 않았다. 애초에 연구에 뜻이 있어 이 학과를 선택한 것이 아니었다. 단지 G대학에 합격하기 위해 가장 효율적인 길을 선택했을 뿐이다.

 반사적으로 미간을 찌푸린 수정은 다시 휴대폰을 집어들고 한유성과의 채팅창을 열었다. 수정과 유성은 중요한 용무가 있는 게 아니면 서로 연락하지 않는다. 지금은 사인도의 예산 운영에 대해 이야기할 것이 있었다. 같은 용건으로 수정은 전날 새벽 한시에도 유성에게 연락했다. 유성은 수학과지만 인턴은 신소재공학과 연구실에서 하고 있어서, 평소 새벽 세시쯤에나 잠자리에 들곤 한다. 그러니 한시라면 충분히 답장이 돌아오고도 남을 시간이었다.

 그렇지만 예상과 달리 유성은 메시지를 확인하지 않았다. 해가 뜨고 아침 여덟시가 된 지금까지도 응답이 없다. 그뿐 아니라 전화에도 반응하지 않았다. 이런 일은 처음이라 수정으로서도 조금 당혹스러웠다. 자신이 한유성의 연락을 무시한 적이야 몇 번 있다. 그러나 반대되는 일이 발생한 경우는 단 한 번도 없었다. 초등학생 시절부터 지금까지, 줄곧.

 보통이라면 새벽부터 아침까지의 부재를 단순히 '상대가 자고 있다'고 받아들이고 크게 신경쓰지 않을 것이다. 수정도 그렇게 생각하고 기다렸다.

 기다리려고 했다.

 그런데 한유성은 사인도의 동아리실에도 없었다.

건물 밖에서 살펴보니 한유성의 기숙사 방에는 불이 켜져 있고 창문으로 룸메이트로 보이는 사람의 실루엣이 보였다. 키가 한참 작은 것을 보아 분명 한유성은 아니다. 그렇다면 남는 사람은 그의 룸메이트뿐. 만약 방안에 한유성이 같이 있었다면 분명 휴대폰이 울렸을 터다. 설령 한유성이 깊은 잠에 빠져 있더라도 룸메이트가 그를 깨웠을 테니 녀석은 자신의 기숙사 방에도 없다는 의미다.

그럼…… 어디에 있는 거지?

수정은 탄식을 참으며 눈앞의 건물을 올려다보았다. 하얀 패널로 마감된 외벽. 투명한 현관문. 아직 비 한 번 맞지 않은 새 건물이다. 이번에 신소재공학과 건물이 신설되어 이전 건물에서 실험 장비들을 이전하고 있다더니, 과연 현관 주변이 냉장고가 들어갈 만한 박스나 짐차로 어수선했다. 수정은 안경 렌즈 너머로 깔끔한 건물 외관과 그 어수선함이 부조화를 이루는 광경을 빤히 보았다. 혹시나 하는 마음에 자신의 학생증을 꺼내 현관문에 대보았지만 역시나 삐빅, 거부하는 듯한 알림음과 함께 열리지 않는다. 신설된 건물이라지만 벌써 출입문이며 내부 실험실의 잠금 보안은 활성화된 모양이었다. 아마 신소재공학과 학생이나 연구실 관련인만 출입할 수 있으리라.

어떻게 할까. 조금 기다려보다가 누군가 오가면 그때 슬쩍 들어가 한유성을 찾으러 왔다고, 안에 있는 누군가에게 물어보는 게 좋을까. 하지만 오늘은 일요일 아침이다. 화학과는 퇴근이 없기로 악명이 높지만, G대학 신소재공학과 학과장의 모토가 워라밸이라고 했다. 뭐가 어떻게 됐든 주 오일제를 지키라고 엄명을 내린 모양이다. 그래도 연구가 바쁘면 다들 토요일에도 출근하고 가능한 일요일은 휴식하는, 주 육일 정도의 루틴을 지키고 있다…… 그렇다는 것을 수정은 일전에 유성에게 들었다. 그러니까, 한유성이 일요일에 연구실에 있을 가능성은 현저히 낮다. 그렇지만……

조금 고민하던 수정은 휴대폰을 들고 손을 놀렸다.

"네가 먼저 연락한 건 처음 아니야?"

신예진. 수정, 한유성과 같은 2학년이자 사인도의 부원. 그리고 신소재공학과.

예진의 말대로, 수정이 예진에게 먼저 연락한 건 처음이다.

한유성이 연락을 안 받아.
급한 일이 있는데, 연구실에서 잠든 게 아닌가 싶어서.
바쁘지 않다면 도와줄 수 있을까.

군더더기 없이 용건만 전달했는데도 예진은 한달음에 달려왔다. 모두와 거리를 두는 편인 수정이 먼저 연락한 것이 신기했기 때문이다. 대체 어느 정도의 사안이기에 이른 아침부터 내게 연락했을까, 하는 호기심이 예진의 발걸음을 재촉했다.

"나와줘서 고마워."

고저차 없는 무감정한 목소리. 진심으로 고마운 것인지 의심스러울 정도로 단조롭다. 하지만 예진은 그런 건 상관없다는 듯 어깨를 으쓱하며 현관문으로 걸어갔다.

"뭘, 어차피 그 랩실에 친한 선배도 많고. 무엇보다 계절학기로 듣던 유기화학 실습실이 구 건물에서 여기로 옮겨진 게 바로 며칠 전이거든. 그래서 신소재공학과 학생들은 일괄적으로 출입 승인이 되어 있어."

'마스터키나 다름없다는 거지' 정도쯤 되는 이야기를 장난스레 덧붙이며 예진은 자신의 학생증을 흔들어 보였다. 삐, 소리와 함께 유리문이 스르르 열렸다. 예진이 먼저 들어가고 수정은 조용히 뒤따랐다.

"유성이가 인턴하는 연구실이…… 4층이었던 것 같은데. 엘리베이터 타고 가자."

예진이 말을 붙이듯 이야기하는데도 수정은 묵묵히 침묵을 지키며 엘리베이터의 버튼만 눌렀다. 수정을 지그시 바라보던 예진은 꺼내기 조심스러운 일을 묻듯, 수정의 눈치를 보며 입을 열었다.

"그런데, 저기."

"응."

"무슨 일 있어?"

"딱히."

"표정이 안 좋아 보여서."

마침 도착한 엘리베이터에 오르며 수정은 반사적으로 거울을 바라보았다. 언제나처럼 음침한 인상이지만 눈가가 가늘게 떨리고 있었다. 한껏 긴장한 사람으로도, 혹은 불안한 사람으로도 보였다. 그렇게까지 심각한 표정은 아니었지만 늘상 조금 졸린 듯한 무표정을 한 수정이니 예진의 눈에는 조금 의외로 비쳤으리라.

"……잠을 못 자서."

"그렇구나. 급한 일이라는 게 뭔지 물어봐도 돼?"

"동아리 예산안."

"어, 그거 내일까지 아니야? 아직 시간 남은 줄 알았는데."

"……그밖에도 이것저것."

'결국 말해주진 않겠다는 거구나'라는 말을 대신하려는 듯, 예진이 소리내어 웃었다. 하지만 실은 조금 다르다. 자세한 사정은 말해주지 않으려는 게 아니라, 없는 거다. 수정은 급한 일 따위 없는데도 유성을 찾고 있다.

　수정은 입술을 꾹 다물었다.

　"하지만 이상하긴 하네. 유성이는 수학과라서 교수님도 그렇게 빡세게는 안 굴리신다고 알고 있거든. 주말에 연구실에 있을 정도로 바쁜 일은 없었을걸."

　엘리베이터 문이 열리자 예진은 앞장서 걸었다. 흰 복도의 벽면에는 교수들의 얼굴과 대표 논문 개요서 따위가 붙어 있었다. 이따금 대학원생으로 보이는 젊은 청년들의 사진도 끼어 있었다.

　사람이 거의 출근하지 않은 연구실의 복도는 조용했다. 그렇게 불 꺼진 교수실과 학생 연구실을 세 개쯤 지나자 복도 끝에서부터 문이 차례로 두 개가 있었다. 좀더 가까운 문에 '생화학/유기화학실험실'이라는 명패가 붙었고 그 옆 문에는 '제3연구실'이라고 적혀 있었다. 연구실과 실험실은 대개 사이에 준비실을 낀 구조로 연결되어 있다. 특히 이곳은 실험실 두 개와 연구실이 연결된 구조다. 가까운 생화학/유기화학실험실의 문을 열고 들어가도 제3연구실과 이어져 있다.

　예진이 자신의 학생증을 대자 삑, 경쾌한 소리와 함께 문이 열렸다. 타과 학생은 한유성처럼 인턴을 하는 등 우회책을 통해서만 출입할 수 있다. 그마저도 본인이 속한 연구실이나 실험실 외에는 출입이 제한되는 경우가 많을 것이다.

예진은 시시콜콜한 생각을 하며 수정과 함께 생화학실험실에 발을 들였다. 불은 꺼져 있고, 어떤 이변도 느껴지지 않았다. 이대로 오른쪽 문을 통해 유기화학실험실을 거쳐 연구실로 향하면 된다는 생각으로 예진은 문을 향해 걸어갔다.

그때였다. 예진이 마찬가지로 학생증을 찍으려 하자 수정의 손이 예진의 손목을 덥석 잡았다. 손이 대리석처럼 단단하고 서늘하다. 오싹함을 느낀 예진이 수정의 얼굴을 바라보자 새카만 눈이 유기화학실험실의 문에 난 창 너머를 응시하고 있었다.

아까부터 이상하긴 했다. 늘 감정의 기복이 크게 없이 음울해 보이기만 할 뿐이던 수정이 답지 않게 심란해 보였으니까.

하지만 그것도 지금만큼 이상하진 않았다. 수정은 마치 눈앞에서 섬광이라도 터진 것처럼 눈을 부릅떴고, 원래도 흰 얼굴은 창백하게 질린 채였다. 금방이라도 무언가를 말할 듯 달싹이던 입은 곧 굳게 닫혔다.

예진은 저도 모르게 수정과 같은 방향으로 시선을 돌렸다. 그제야 수정이 자신을 왜 말렸는지―아니, 사실은 말리지 않았어야 하는 것 아닐까 하는 의문이 들었지만―알 수 있었다.

불은 꺼져 있지만 커튼이 쳐진 창문으로부터 어슴푸레한 아침 햇살이 들어와 유기화학실험실 안을 희미하게 밝히고 있었다. 예진은 희미한 불빛 아래, 실험대 옆으로 툭 삐져나온 사람의 다리를 보았다.

"사람……?"

놀란 예진이 허둥지둥 학생증을 대자 삑, 소리와 함께 문이 열렸다.

불이 꺼진 실험실 안. 문에서 정면을 바라보면, 연구실과 실험실 사이에 반드시 있어야 하는 작은 준비실로 향하는 유리문이 하나 있다. 열린 유리문으로 작은 준비실 내부가 얼핏 보였고, 실험실 벽을 따라 늘어선 클린 벤치◆의 유리 너머에는 피펫◆들이 가지런히 걸려 있다. 웅웅대는 환풍기 소리를 배경음 삼아 두 사람은 쓰러진 이 앞에 다다랐다. 실험대에 가려져 잘 보이지 않았지만, 예진은 그게 누구인지 제대로 살펴보지 않고도 금세 알아차릴 수 있었다.

"유, 유성아……"

시시각각으로 피가 식는 기분이다. 바닥에 축 늘어진 몸. 양팔은 차렷 자세에 가까운 형태로 가지런히 놓였다. 갈색 머리

◆ 무균 작업대.

◆ 적은 양의 액체를 옮기는 데 사용하는 실험 도구.

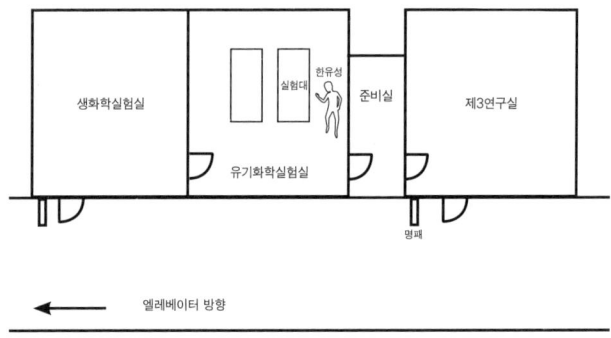

칼과 그 옆으로 흩어져 있는 유리 파편. 순간적으로 예진의 머릿속에 몇 개월 전의 일이 스쳐지나갔다.

사인도와 인회의 합동 MT. 칼에 찔려 죽은 사람. 그리고 범인이 지인이었던 일까지. 분명 그날의 탐정은 한유성이었다. 수정과 함께 현장을 조사했고 사건 며칠 후 유성은 경찰에게 신고한다는 형태로 자신의 추리를 이야기했다. 사후 처리에 대해서 예진은 알음알음 전해들었다. 그런데 이번엔 피해자가 탐정이란 말인가.

"안 죽었어."

나직한 목소리에 예진의 정신이 퍼뜩 현실로 돌아왔다. 어느새 수정은 쓰러진 유성의 옆에 한쪽 무릎을 꿇고 앉아 있었다.

유성의 손목 쪽에 있던 수정의 손이 원래 위치로 돌아가고 있었다. 새카만 눈이 보통 때처럼 무감한 색으로 돌아왔다. 마른 입술이 천천히 움직였다.

"그래도 구급차는 불러줘. 기절한 것 같으니까."

기절? 심란한 마음을 정리하지 못한 채 예진은 휴대폰을 꺼내며 쓰러진 유성에게 힐끗 시선을 주었다. 얼굴을 다시 보니 혈색도 있고 가슴팍도 조금씩 움직이는 것이 눈에 들어왔다.

'그렇구나, 기절한 거구나.'

잠깐 안도했던 예진은 곧 갸웃거렸다.

'하지만, 왜?'

제대로 된 의문도 떠올리지 못하고 처음부터 끝까지 허둥대기만 했다. 예진은 새삼 자신은 탐정이 될 수 없음을 통감하며 119에 전화를 걸었다.

사인, 아니, 기절 원인은 머리에 입은 약한 타박상으로 추정됐다. 수정은 말없이 한 발자국 뒤에 서 있었고, 예진은 다행이라며 가슴을 쓸어내렸다. 정작 당사자인 유성은 평온한 표정으로 머쓱한 듯 웃기나 했다. 하지만 문제는 따로 있었다.

"어떻게 된 거야?"

"미안, 나도 어떻게 된 일인지 잘 모르겠어."

정신을 잃기 전이 떠오르지 않는다는 것이 유성의 설명이다.

"머리를 부딪쳐서 기억상실, 이란 게 현실에도 진짜 있는 거였구나."

안심과 탄식이 섞인 목소리로 예진이 중얼거리듯 말했다. 유성은 어쩔 수 없지 않느냐는 기색으로 웃었다.

"실험실에 USB를 놓고 온 게 생각나서, 토요일 한시쯤 돌아왔던 것까진 기억나. 으음. 제3연구실로 들어간 뒤 준비실 앞에 뒀던 박스를 치우고, 준비실을 통해 실험실로 들어갔다…… 여기까지도 선명해. 근데 그 뒤로 기억나는 게 없어. 아무래도 넘어지면서 머리를 부딪힌 모양인데."

"대체 뭘 어떻게 넘어지면 기억까지 날아가? 너 보고 내가 기절할 뻔했다, 진짜."

"미안하다니까. 그래도 금방 발견돼서 다행인걸. 날도 추운데 사람도 없어서 난방을 안 하니까, 그대로 더 누워 있었으면 저체온증 걸리지 않았을까?"

그걸 지금 농담이라고 하는 건가? 예진은 앞머리를 쓸어올리며 응급실 침대에 앉아 느긋하게 웃는 한유성을 바라보았다. 머리의 상처는 가벼웠는지 붕대를 감고 있지는 않았다. 유성은 흐트러졌던 머리칼을 손으로 빗어 정리했다. 유리 파편에 긁힌 손에 넓은 밴드가 붙어 있었다.

"유리 기구까지 깨져 있던 걸 보면 거하게 넘어졌나보지. 한밤중에 USB는 왜 그렇게 찾았던 거야?"

"아, 실은 오늘 아침까지 제출해야 하는 과제를 그 USB에 담아뒀는데…… 큰일이네. 벌써 열한시가 다 되어가잖아. 제출 마감은 열시까지였는데. ……혹시 나 쓰러져 있던 곳에 USB는 없었어?"

"지금 그게 중요해?"

어이없어 하는 예진과 달리 수정은 그런 것에는 관심없다는 듯 입을 열었다.

"천하태평해 보이는군."

"가끔은 이런 일도 있는 거지."

"그럼 학생증 좀 빌려줘. 네 노트북 너희 과실에 있지?"

"빙고. 동아리 예산 정산서는 배경화면에 저장해뒀어. 그거 때문에 나 찾던 거였지?"

유성은 바지 주머니를 뒤적여 자신의 학생증을 수정에게 건넨다. 수정은 말없이 그것을 받아들곤 곧장 커튼을 걷었다. 용건이 끝났으니 더이상 머물 이유도 없다는 태도였다. 아까 유성이 쓰러져 있는 것을 발견했을 때와는 사뭇 달라진 차가운 태도에 혼란스러워진 예진은 수정을 멈춰세우려 손을 들었다가 그냥 내렸다.

'그랬지, 정이는 원래 그다지 다정한 성격이 아니야.'

"……바로 가버렸네."

"음, 딱히 크게 다친 것도 아니니까. 정이도 이래저래 바쁘거든."

언제나처럼 수정을 변호하는 것은 유성의 몫이다. 예진은 쓴웃음을 지으며 허리춤에 손을 올렸다. 당장에 바쁜 일은 없고, 유성의 상태만 괜찮다면 잠시 함께 있어주다 갈 요량이었다. 그것을 다행으로 여겼는지 유성이 느슨한 미소를 짓고 있었다. 예진은 의자를 끌어당겨 앉았다.

"보기엔 저래도 걱정이 많은 타입이야, 정이는."

'걱정이 많은 타입?'

예진은 다시금 사인도와 인회의 MT에서 일어났던 일을 떠올렸다. 그땐 한유성도 침착하긴 했지만 수정의 반응은 어땠던가. 칼에 찔린 시체를 앞에 두고도 감정 변화를 보이지 않았다. 한유성이 다른 사람들을 진정시키려 부러 차분하게 행동하는 느낌이었다면 수정은 말 그대로 아무 감흥도 느끼지 못하는 듯했다. 그렇기에 그 당시 자신은 더욱 수정을 탐정 같다고 여겼는지도 모르지만. 아무튼 그애가 걱정이 많은 성격이라고 생각한 적은 단 한순간도 없었다. 그렇기에 예진은 헛웃음을 지었다.

"농담이지?"

"진지하게 말한 건데. ……그래서 상담하고 싶은 게 있어."

예진은 오늘은 정말 이상한 날이라고 생각했다. 수정이 먼저 연락해온 것도 드문 일이지만, 유성도 본래 타인과 상의하는 타입이 아니다. 누군가의 이야기를 들어주거나 고민을 해결해주는 역할을 맡을 뿐, 결코 그 자신이 누군가의 도움을 받는 편은 아니었는데…… 오늘은 어째선지 두 사람 다 자신에게 먼저 다가오고 있었다. 예진은 이런 상황이 그다지 기분 나쁘지는 않다는 것을 자각했다.

"아까는 넘어졌다고 말했지만, 실은……"

거기서 유성은 잠시 숨을 멈췄다가, 고민하는 기색으로 어렵사리 입술을 움직였다.

"사실은 넘어진 게 아니야. 역시 단편적인 기억이지만, 내가 의식을 잃는 순간 분명 누군가 옆에 있었어."

"뭐?"

드라마에서라면 놀라 자리에서 벌떡 일어났을지도 모른다. 하지만 실제로 이런 이야기를 들으면 현실감이 없는 나머지 되레 어색한 반응을 보이게 된다는 것을, 예진은 저번 경험으로 이미 알고 있었다.

"난 원래 유기화학실험실이 아니라 연구실 쪽에 있었거든?"

현실감을 되찾으려는 예진을 기다려주지 않고 유성은 물 흐르듯 설명을 이었다.

"아까 내가 박스를 치우고 준비실에 들어갔다고 말했지? 연구실에서 USB를 찾고 있는데 실험실 쪽에서 뭔가 소리가 났거든. 정확히 무슨 소리였는진 모르겠지만, 누가 있나 싶어서 실험실 쪽으로 갔지. 그런데 연구실에서 준비실로 연결되는 문 앞에 큰 박스가 있었어. 그날 오후, 정시 퇴근 직전에 연구 기자재가 배송되어서 일단 되는 대로 정리해 치웠는데 이상하다, 싶긴 했어. 어차피 다들 퇴근했으니까 상관없다고 생각했고. 아무튼 혼자서도 옮기는 게 어렵진 않아서 적당히 치워두고 들어갔지. 응, 준비실에 들어가려고 했어. 근데 그 순간…… 뭔가 큰 소리가 났고, 잠깐 의식을 잃었던 것 같아."

"잃었던 것 같다니?"

소음을 낸 주인에게 그대로 습격당했다는 걸까. 모호한 표현에 예진은 미간을 찌푸렸다.

"머리가, 암전된 것처럼 기억이 뚝 잘렸거든. 그대로 쓰러졌던 것 같은데, 누군가의 인기척을 느꼈어. 날 실험실 쪽으로 옮겼던 것 같아. 뭐랄까, 좀 졸린 상태……? 왠지 몽롱한 느낌이어서 몸을 움직일 순 없더라고."

범인은 준비실에서 한유성을 가격하고, 왜인지 그와 흉기를 실험실로 옮겼다…… 그런 상황이 예진의 머릿속에 선명하게 떠올랐다.

"의식은 흐릿했고, 실험실도 어두웠지만 기억나."

마치 속삭이듯 나직한 목소리가 유성의 입에서 흘러나왔다. 색소 옅은 눈이 진지한 빛을 띠고 예진을 향했다.

"최석준. 같은 랩실에 있는 인턴이야. 걔가 쓰러진 날 두고 준비실을 통해 나가는 모습을 봤어."

'아아, 나보고 어떡하라는 건지.'

병원을 나선 예진은 맑은 하늘을 올려다보며 심란한 마음으로 머리칼을 쓸어올렸다.

최석준이라는 학생에 대해서는 잘 모른다. 솔직히 말하자면 처음 듣는 이름이다.

왜 경찰에 신고하지 않느냐고 물었더니 유성은 웃는 듯 마는 듯하며 깍지를 낀 채 답했다.

"난 똑똑히 보았다고 생각하지만 실제로 그렇지 않을 경우도 가정하게 되더라고. 왜, 추리소설에도 흔하게 나오는 상황이잖아? 피해자가 확실하다며 증언했는데 알고보니 크나큰 착각이었다거나."

농담처럼 넘기려는 듯 부드러운 목소리에 예진은 더욱 심란해졌었다.

"게다가 학교에 좀, 사건이 많았잖아. 너무 소란스럽게 하고 싶지도 않아."

그건 확실히 예진도 동의하는 바였다. 화학동에서 추락사한 학생이 실은 살해당한 게 아니냐는 소문이 돌았고, 학교 안은 아니지만 MT 자리에서 학생 간 살인사건이 일어나기도 했다. 학교 이미지에 타격이 크긴 했는지 요즘 들어 학생팀이라거나 대외홍보부 직원들의 심기가 날카로워진 것은 예진도 느끼고 있었다.

"날 기절만 시키고 도망친 걸 보면 걔도 뭔가 사정이 있던 것 같고, 가능하면 사과만 받고 끝내고 싶다는 생각도 드네."

"제정신이야?"

"뭔가 사정이 있을지도 모르잖아."

유성은 어깨를 으쓱했다. 그 특유의 곤란하다는 듯한 미소가 자연스레 함께했다.

"그래서 신중하고 싶어. 어려운 부탁이겠지만, 혹시 가능하다면 살펴봐줄 수 있을까? 뭔가 알아내달라는 건 아니야. 음, 내가 USB를 분실했다고 하면서 혹시 걔한테 본 적 있냐고 물어봐주는 정도면 어떨까? 그때 조금 이상한 반응을 보이진 않는지 살펴본다든가 말이야. 이유까지 알 수 있다면 좋겠지만 그건…… 석준이가 범인이라고 확정되면 내가 나중에 직접 물어

보거나 할게."

그렇게 말한 유성은 진심으로 미안하다는 표정을 지었다.

"내가 직접 하고 싶은데 지금 휴대폰도 방전 상태고, 의사도 MRI 한번 찍고 가라고 해서."

예진은 동아리 활동을 하면서 이미 유성에게 받은 것이 많았다. 특히 공학 수학을 수강할 때는 과제를 위해 수학과인 유성에게 여러 번 도움을 요청했었다. 그러니 거절할 수도 없는 노릇이다.

한숨을 과장스럽게 한 번 쉰 예진은 "알았어" 하고서 유성의 부탁을 수락했다.

'어디 보자. 최석준. 생물학과라 했나?'

안타깝게도 예진은 생물학과에는 그다지 친한 사람이 없었다. 대학원생 중에서야 한 명쯤 있지만, 학부생 중에는 이런 일로 연락할 만큼 친분 있는 사람이 없달까. 그렇다면 정공법으로 가는 것이 옳다.

병원에서 학교까지는 걸어서 이십 분쯤. 예진은 휴대폰을 코트 주머니에 찔러넣으며 걸음을 옮겼다. 발에 다 부스러져가는 낙엽이 채였다. 자꾸만 몇 개월 전의 그 살인사건이 떠오른다. 시체를 확인하고 알리바이를 묻던 한유성. 수정과 함께 산장 주변을 확인하고 형사와 대화하던 모습. 모범적인 대학생 탐정의 이미지에 어울리는 일련의 상황. 그날의 이미지 때문이었을까. 오늘의 일이 예진에게는 조금 묘하게 느껴졌다.

습격당한 대학생 탐정. 정이는 걱정이 많다며 그에게는 사고라고 거짓말을 하더니, 자신에게만 범인이 누구인지 알 것 같다고 고백한 한유성. 그리고 한유성에게 아무것도 묻지 않은 채 응급실을 떠난 수정까지. 정이는 정말 사고라는 설명을 그대로 받아들였던 걸까? 물론 예진 자신도 유성의 말을 의심하지는 않았다.

'하지만, 어쩌면……'

퍼뜩 고개를 들고 보니 어느새 신소재공학과 건물 앞에 와 있었다.

현장 재검증이 바로 정공법이다. 어차피 누가 출근할 리도 없고, 예진은 신소재공학과 소속이니 출입도 자유롭다. 누군가와 마주치면 한유성 대신 그의 물건을 찾으러 왔다고 이야기하면 그만이다. 예진은 가볍게 심호흡을 하고서 학생증을 찍었다.

건물 안은 여전히 조용하다. 예진은 불과 한 시간 전쯤 걸어왔던 길을 그대로 지나 엘리베이터에서 내려 연구실 앞에 섰다. 왜인지 불이 켜져 있었다. 누가 출근했나 싶어 문에 난 창으로 들여다보았지만 사람은 보이지 않았다. 다만 연구실에서 실험실로 이어지는 공간인 준비실의 문이 열려 있었다. 나중에 다시 올까 잠시 고민했지만 안에 누군가 있다면 최석준에 대해 물어볼 수 있지 않을까 싶기도 했다.

마음을 굳힌 예진은 학생증을 찍고 연구실의 문을 열었다. 문을 여는 소리가 상대에게도 들렸을 것이다.

준비실 쪽에서 차분한 발소리가 들려왔다.

"앗."

예진은 순간 자신이 지금 놀란 것인지 판단이 서지 않았다.

놀랐다. 하지만 예상치 못한 일이 일어나서 놀란 것이 아니다. 직감적으로 일어날지도 모른다고 생각했던 일이, 진짜로 일어나서 놀란 것이다.

예진은 준비실 문가에 선 사람을 바라보았다.

무감정한 얼굴이 거기 있었다.

수정을 따라 실험실로 들어가자 환풍기 돌아가는 소리가 들려왔다. 준비실과 연구실 사이의 문을 닫은 수정은 실험실로 성큼 들어가 조명 스위치 옆에 있는 환풍기의 스위치를 눌러 껐다. 곧 소음이 잦아들었다.

"왜 여기에……?"

수정이 혼자서 여기까지 들어올 수 있던 건 아까 유성에게 학생증을 받은 덕분이리라. 하지만 왜, 당사자인 유성에게 말하지 않고 현장을 보러 온 것일까. 무엇보다 수정은 한유성에게 사건이라는 이야기도 들은 적이 없는데.

"그러는 넌."

나직한 목소리에 순간 예진은 말문이 막혔다. 뭐라고 답하면 좋을까. 한유성이 자신에게만 고백했다고? 하지만 한유성이 수정에게 숨긴 데에는 그만한 이유가 있을 것이다. 수정이 걱정이 많은 성격이라서, 라는 것 말고도. 그렇다면 이 이야기를 자신이 멋대로 밝혀도 되는 것일까. 입이 무거운 편인 예진은 조심스레 말을 골랐다.

"유성이 대신 늦게라도 과제를 제출해줄까 해서, USB를 찾으러 왔어. 혹시 너도?"

"아니."

단답으로 대응하며 수정은 천천히 발을 움직였다. 두툼한 후드 스웨터를 입은 수정의 몸이 전체적으로 희멀건 실험실에서 흔들렸다. 예진은 그 모습을 바라보다 자연스레 주변을 살폈다.

화학실험실에서 기구의 청결은 중요하다. 랩에 처음 들어가면 하는 일이 설거지일 정도로. 랩마다 다르지만 예진이 수강했던 화학실험 수업에서는 증류수로 한 번, 에탄올로 한 번, 마지막으로 아세톤으로 한 번 씻는 게 유리 기구 세척 매뉴얼이다. 유기물을 깨끗하게 닦아내기 위해 유기용매를 사용하는 것이다. 덕분에 예진은 유기용매 특유의 싸하고 오래 맡으면 어지러운 냄새에 익숙하다.

예진이 그런 기억을 상기하는 동안 수정은 한유성이 쓰러져 있던 자리까지 걸어가 있었다. 실험실에는 기다란 책상이 두 개 놓여 있는데, 바로 그 사이의 공간이다. 뒤늦게 뒤를 따라가며 예진은 입을 열었다.

"그럼 왜?"

"확인할 게 있어서."

역시 수정은 한유성의 거짓말을 알아차린 걸까. 어떻게? 예진은 다시 한번 할말을 골랐다.

"확인이라면……"

"사고가 아니었으니까."

수정의 목소리에 약간 한숨이 섞여 있었다. 한유성의 거짓말이 들켰을 뿐인데, 마치 자신이 한 거짓말이 들킨 것처럼 예진은 그 자리에 우뚝 굳었다. 수정은 그런 예진 쪽을 돌아보지도 않고 실험실 구석에서 빗자루와 쓰레받기를 찾아내 들고 왔다. 그러고 보니 바닥에는 깨진 유리 파편이 그대로 있었다.

"사고가 아니었다니, 무슨 말이야?"

"유리가 깨져 있는 게 이상했으니까."

한유성은 자신이 넘어진 것 같다고 말했다. 그 과정에서 주변의 유리 기구를 쳐 같이 깨진 것이 아닐까, 덧붙였다. 하지만 만약 사건이라고 생각한다면 누군가 유리 기구로 한유성의 머리를 내리쳤다고 보는 것이 자연스러운 현장이다. 그 정도 상상은 예진도 쉽사리 할 수 있다.

하지만 사고일 가능성과 사건일 가능성은 동등하지 않은가. 단지 사건인 쪽이 좀더 흥미롭다고 해서, 그쪽을 선택해도 되는 걸까? 언젠가 사인도의 독서 토론에서도 나왔던 주제다.

"모두가 퇴근한 실험실에, 유리 기구가 마침 넘어지면서 깨뜨리기 좋은 위치에 있었다는 건 부자연스러우니까."

예진의 생각을 읽기라도 한 것처럼 수정의 말이 이어졌다.

"으음."

예진은 가만히 실험실의 풍경을 떠올린다.

세척을 마친 유리 기구는 원칙적으로 모두 철망 바구니나 틀에 넣어 가지런히 말려두어야 한다. 예외적으로 그냥 세워두는 경우는 싱크대 옆 정도가 전부고, 그마저도 안전하게 깊숙한 곳에 올려둔다. 누군가 넘어지면서 싱크대나 책상을 친다고 해서 떨어질 만한 위치는 아니다.

따라서 사고의 가능성을 사건의 가능성이 앞지른다.

"하지만 그것만으로는……"

"두번째로 환풍기가 돌아가고 있었어."

배경음처럼 웅웅거리던 환풍기 소리를 예진은 떠올렸다.

"아, 확실히. 생화학실험실은 조용했는데 유기화학실험실에 들어갔을 땐 환풍기 소리가…… 기억나."

"불은 꺼져 있는데 환풍기는 켜져 있다는 것 또한 한유성 외의 사람이 그 장소에 있었다는 근거가 되지. 애초에 왜 유기화학실의 불은 꺼져 있었을까. 한유성이 실험실에 진입했다면 당연히 가장 먼저 불을 켰을 거야. 전등 스위치와 환풍기 스위치는 바로 옆에 붙어 있으니 환풍기가 켜진 걸 의아하게 여기고 껐을 수도 있지. 그런데 우리가 유기화학실험실에 진입했을 때 불은 꺼져 있고 환풍기는 켜져 있었어. 설령 한유성이 돌아가고 있는 환풍기를 방치하고 실험실 안쪽까지 진입했다고 해도, 전등을 켜지 않았다는 건 부자연스럽지. 불을 켜지 않은 이유는 크게 두 가지야. 켤 이유가 없거나, 누군가 실험실에 왔다는 사실을 다른 사람들이 눈치채지 않길 바라거나. 하지만 한유성의 말대로라면 녀석은 둘 중 어디에도 해당하지 않지. USB를 되찾으러 갔을 뿐이니까."

따라서 불을 끄고 환풍기를 켠 제삼자가 있어야 한다는 게 수정의 결론이다.

"그럼 그 '누군가'를 알아내기 위해 온 거야?"

예진의 고민이 깊어졌다. '제삼자'가 누구인지, 예진은 이미 알고 있다. 하지만 그 사실을 말하면 한유성이 거짓말을 했다는 이야기까지 해야 한다. 그러니 일단 침묵하자. 예진은 그렇게 마음먹었다.

침묵하고 있는 것은 수정도 마찬가지였다. 그는 예진의 물음에 행동으로 답하듯 빗자루를 움직여 유리 파편을 모았다. 양이 제법 된다. 단순히 떨어져 깨졌다기엔 과도할 정도로, 거의 으깨지다시피 한 파편들도 있다.

수정은 옷소매를 길게 잡아당겨 손을 감싼 다음 쓰레받기에 모인 파편을 뒤적였다. 긴 주둥이에 진한 눈금이 하나만 있는 파편이 있다. 예진에게는 그게 1리터짜리 부피 플라스크의 눈금처럼 보였다. 비슷한 판단을 한 건지, 수정은 거치대에 놓인 1리터 부피 플라스크를 들어 저울에 올렸다. 유리 파편의 무게도 재보았다. 기존의 부피 플라스크에 비해 1.5배 정도 무거운 수치다. 그 숫자를 내려다보던 수정은 유리를 버리는 쓰레기통에 파편을 쏟아부었다. 쓰레기통은 최근에 비운 듯 텅 비어 있어서, 수정이 쏟아넣은 파편만 푸른 비닐 위에서 나뒹굴었다.

유리 쓰레기통 옆에는 일반 쓰레기통이 있다. 수정은 쓰레받기 끝으로 쓰레기통의 뚜껑을 슬쩍 밀어 열었다. 뭉쳐진 와이

퍼 타월과 실험용 마스크, 라텍스 장갑 따위가 버려져 있다. 수정은 쓰레받기를 내려두고 맨손으로 휴지를 살짝 건드렸다. 아주 약간이지만 수분감이 느껴졌다. 유기용매 특유의 싸한 냄새도 올라왔다. 예진에게도 익숙한 냄새다. 예진의 옆을 비켜간 수정은 실험실 싱크대의 수도를 틀어 휴지를 만진 손을 가볍게 닦았다.

다음으로 수정은 준비실 쪽으로 걸어갔다. 유리문에 손을 올리자 안 그래도 물기 어린 손이 유리에 열을 뺏긴다. 잠시 잠자코 서 있던 수정은 손에 힘을 주어 유리문을 열어젖혔다. 고작 세 발자국 앞에 제3연구실로 이어지는 문이 있다. 그만큼 작은 공간이다. 이사온 지 얼마 되지 않은 탓에 정리가 덜 된 짐들이 자리를 차지하고 있을 뿐만 아니라, 연구원들의 실험복을 넣어두는 캐비닛이 즐비해 숨이 턱 막힐 정도로 답답했다.

"이쪽 준비실은 환풍구도 없네."

수정이 한참동안 아무 말도 하지 않는 바람에 조금 민망해진 예진은 괜히 중얼거리며 준비실을 둘러보았다. 평소에 수정과 함께 있을 때는 반드시 유성도 함께 있었다. 대화는 주로 유성과 하고 가끔 수정에게 말을 거는 정도였으니, 오늘 하루 수정과 단둘이 나눈 대화가 지금껏 해온 것보다 더 많으리라.

그새 수정은 몸을 약간 낮춰 벽을 살피고 있었다. 바닥과 가까운 쪽에 깨끗한 콘센트가 하나 있고 그 앞에는 짐이 들어 있는 듯한, 허리 높이의 박스가 두 개 있다. 수정이 손등으로 툭 밀어보니 무게가 가벼운지 둥둥, 빈 소리와 함께 슬쩍 밀렸다. 상자를 몇 번 건드리던 수정은 쭈그려앉아 맨손으로 바닥을 쓸었다.

"뭔가 있어?"

"……모래 같은 거."

수정의 말에 예진도 그 옆에서 자세를 낮추고 손을 뻗었다. 까끌까끌한 먼지나 모래의 질감이 피부로 느껴졌다.

이윽고 예진의 시선 끝에 작은 USB가 하나 걸렸다.

"앗, 이거 유성이 거 아니야?"

예진은 USB를 집어들었다. USB 끈에 옷의 보풀로 보이는 먼지가 묻어 있다. USB를 가볍게 흔들자 먼지가 떨어졌다. 그제야 수정의 시선이 예진을 향했다. 검은 눈이 흠칫 흔들렸다.

"맞아."

그렇다면 한유성의 말대로 그는 준비실에서 의식을 잃고 넘어진 것이다. 실험실이 아니라 준비실에 떨어져 있는 USB가 그것을 증명하고 있었다. 물론 수정의 입장에선 한유성의 증언을 들은 적 없으나, 지금 발견된 USB를 통해 알게 되었을 것이다. 방금 수정의 눈빛이 흔들린 건 그래서이지 않을까, 예진은 짐작해보았다.

"준비실에서 의식을 잃었던 거겠지, 아마……"

"음, 그런데 왜 실험실에 쓰러져 있던 걸까?"

예진은 범인이 옮겼다는 걸 안다. 그러나 알고 있다는 사실을 수정에게 드러내서는 안 되었다. 그래서 적당한 의문을 제기할 수밖에 없었다.

"범인이 옮겼다고밖에 생각할 수 없어."

"그건 그렇지만 왜 옮겨야만 했는지…… 애초에, 범인은 왜 유성이를 습격했을까?"

범인이 무엇을 했는지는 유성의 증언을 통해 어느 정도 알고 있지만, 왜 그랬는지는 알지 못한다. 예진은 문득 자신의 입장이 기묘하다는 걸 깨달았다. 그러나 그 기분을 곱씹을 새도 없이 예진의 옆에 앉아 있던 수정이 몸을 일으켜 이번엔 연구실로 들어갔다.

"아, 잠깐만!"

예진은 다시 수정을 쫓았다. 긴 머리칼이 다급히 흔들렸다.

학생 연구실이라 그런지 교수의 자리는 보이지 않는다. 가장 안쪽에 박사생이 앉는 자리가 있고, 파티션으로 구분된 자리가 다섯 개쯤. 문과 가까운 위치에는 독서실 책상 같은 것이 네 개

놓여 있다. 이 같은 구조로 미루어 석박사생이 여섯 명이고 인턴 활동을 하는 학생들을 위한 임시적인 자리가 네 개라고 짐작해볼 수 있다. 하지만 자리 네 개가 전부 채워져 있진 않았다. 채워진 자리는 세 개. 하나는 유성의 자리이고 다른 두 개는 또 다른 학생들의 것이다. 수정은 유성의 자리 주변을 살피는 척하며 다른 두 자리에 눈길을 줬다. 잡다한 물건들과 함께 과제물 종이가 책상에 올려져 있다.

"나노광학 과제네. 나도 저번 학기에 들었는데."

예진은 과제물을 바라보며 가볍게 미소 지었다.

"신소재공학과 졸업 필수 수업이던가."

"응. 그런데 정원이 늘 적어서 신소재공학과 학생들 대상으로 우선 수강 신청이 가능했어. 애초에 심화 수업이라 신소재공학 부전공을 목표하는 게 아니라면 굳이 듣지도 않을걸?"

과제물 우측 상단에는 제출자의 학번과 이름이 적혀 있었다. 휴학하지 않았다면 3학년일 학번. 예진의 이야기까지 참고하면 높은 확률로 신소재공학과다. 수정은 그 번호와 이름을 잘 기억해뒀다.

다른 책상에는 무거운 게이밍 노트북과 분자생물학 전공 서적이 놓였다. 수정은 망설임 없이 노트북으로 손을 뻗었다. 예진은 반사적으로 의아해했다.

'저렇게 마음대로 만져도 되나?'

당연하지만 안 될 일이다. 하지만 예진은 이것이 사건으로 보이는 만큼 수정이 과하게 선을 넘지 않는다면 말릴 필요는 없다고도 생각했다.

수정이 노트북을 열자 노트북 제작사의 로고가 잠시간 떠 있더니 잠금화면이 켜졌다. 새카만 배경에 하얀 폰트로 시각이 적혀 있다. 조심스레 스페이스바를 누르자 사용자 이름 아래 비밀번호 입력란이 뜬다. 사용자 이름을 확인한 수정은 다시금 천천히 노트북을 닫았다.

수정은 휴대폰을 열어 학교 포털 사이트에 접속했다. 학교 구성원의 이메일 주소를 확인할 수 있는 란에 다른 두 인턴의 이름을 입력했다. 두 사람의 이메일 주소와 학년, 소속 학부 등이 확인됐다.

다행히 두 사람은 구분되는 특징이 있었다.

'그렇다면 됐어. 범인은 알았다.'

그러고서 수정은 깊은 한숨을 내쉬었다. 예진이 어쩐지 무언가를 기다리는 듯한 눈으로 자신을 보고 있던 탓이다. 이런 일은 굳이 하고 싶지 않았다. 이것이야말로 한유성이 그토록 원하는 상황이니까. 하지만 가만히 있을 수도 없는 노릇이다. 한유성은 자신이 피해자가 된 '사건'을 가만히 둘 위인이 아니다.

'넘어지기라도 한 것 같다' '기억이 없다' 따위의 말은 처음부터 믿지 않았다. 녀석이 쓰러진 현장부터가 명백하게 '이건 사고가 아닌 사건'이라고 말하고 있었으니까.

그런데 한유성이 제 입으로 '사고'라고 말한다?

말도 안 되는 일이다. 설령 진짜로 사고일지라도 어떻게든 사건처럼 보이게 이야기를 꾸며낼 위인이다.

그러니, 가만히 둘 수 없었다.

"……정아, 수정아!"

고개를 푹 떨구고 있던 수정은 예진이 어깨를 치는 감각에 퍼뜩 정신을 차렸다. 바늘에라도 찔린 듯한 반응에 되레 놀란 예진이 눈을 크게 떴다.

"무슨 생각을 그렇게 하나 싶어서…… 놀랐으면 미안."

"아니. 미안할 일은 아니고."

수정은 휴대폰을 주머니에 밀어넣으며 길게 자란 앞머리 끝을 만지작거렸다.

"최석준이라는 이름, 들어본 적 있어?"

범인의 이름이 나온 것에 예진은 작게 숨을 들이켰다.

"……아니."

수정의 새카만 눈이 예진을 응시했다. 말없이 시간이 흘렀다. 수정의 핏기 없는 입술이 조용히 움직였다.

"한유성은……"

"응?"

"너한테 쓰러졌을 때의 이야기를 해주기로 한 모양이군."

예진이 둘러대려 입술을 달싹였지만, 수정은 기다려주지 않고 말을 이었다.

"내가 나간 뒤 그 녀석이 말했지? 쓰러졌을 때 최석준을 봤다고."

이렇게 단도직입적으로 지적해올 줄이야.

"그게……"

"나무라려는 건 아닌데."

쯧, 수정은 혀를 차면서 앞머리를 쓸어올렸다. 입술이 무언가가 심히 불쾌하다는 듯 일그러져 있었다.

"진심이야. 넌 입이 무거운 편이니까…… 그 녀석이 거짓말을 했다면 응당한 이유가 있을 거라고 생각하고 모른 척한 거잖아. 숨길 필요 없으니까 그냥 이야기하라는 뜻이야."

수정이 이렇게 길게 말하는 것을 예진은 본 적이 거의 없었다. 그런가, 수정은 자신이 말주변이 없다는 것을 자각하고 있는 것이다. 그렇게 생각하자 예진은 마음을 가다듬을 수 있게 되었다.

"사실은…… 너한테 말하면 네가 걱정할 거라면서……"

자신의 입으로 말하면서도 예진은 이건 말도 안 되는 소리가 아닌가, 생각했다.

"내게 조사 비슷한 걸 부탁했어. 준비실에서 기절한 뒤 범인이 자길 실험실로 옮긴 게 어렴풋하게 기억나고, 범인…… 그러니까 최석준을 보긴 했는데, 가능한 한 조용히 해결하고 싶다면서. 너도 알다시피 학교가 그동안 계속 좀 시끄러웠잖아. 그래서. 그랬는데, 너는 어떻게……"

수정은 예진의 심란한 얼굴을 마주했다. 무슨 일이 일어난 건지 잘 모르겠다는 감정이 담긴 목소리. 많은 것을 물어보고 싶지만 도저히 제 생각을 표현할 정확한 단어를 찾을 수가 없다는 듯 자꾸만 달싹이다 닫히는 입술. 팔짱을 끼었다 풀었다 하며 갈 곳을 찾지 못하는 양팔.

수정에게 답을 구하는 듯한 눈.

단지 주어진 정보가 달랐을 뿐이다. 예진은 몇 분 전까지만 해도 자신이 수정보다 이 사건에 대해 잘 알고 있다고 생각했겠지만, 한유성을 둘러싼 사건에서 중요한 것은 사건 그 자체가 아니다. 유성의 진술과 의도다.

신예진은 한유성이란 사람을 잘 모르고, 수정은 잘 안다.

그것만으로도 가지고 있는 정보와 사고의 방향성은 완전히 달라진다.

"……현장이 마음에 걸려서 좀더 조사해봤을 뿐이야. 그래서 범인도 알았고."

"혹시 유성이한테 학생증을 받아간 게 신소재공학과 건물에 들어가기 위해서였어?"

추궁하려는 목소리는 아니다. 그런 거였구나, 수긍하는 것에 가까운 어투.

수정은 부정하지 않았다.

"하지만, 어떻게…… 왜?"

당연히 설명해줄 거라고 생각하는 듯한 태도에 수정은 잠시 싫증을 느꼈다. 하지만 여기서 답하지 않는다면 더욱 귀찮아질 것이다. 경찰이나 한유성을 마주하는 것보다는 차라리 신예진에게 이야기하는 것이 나을지도 모른다. 결론을 내린 수정은 얕은 한숨을 뱉었다.

"설명은 해주겠지만……"

'한유성이 기뻐하겠군.'

수정의 머릿속에서 또다른 자신이 중얼거렸다.

"다른 사람들한테 내가 말했다고는 퍼뜨리지 마. 한유성한테는 상관없지만."

예진은 고개를 끄덕였다. 수정이 사람들 눈에 띄는 것을 싫어한다는 것은 잘 알고 있다. 그런 마음에서 다짐을 받아두려는 것이리라. 멋대로 그렇게 생각한 예진은 걱정 말라는 듯 "약속할게" 하고 덧붙이며 부탁하듯 양손을 모았다. 수정은 바닥으로 시선을 떨어뜨렸다.

"사건이라고 판단한 이유는 아까 이야기했으니, 내가 생각한 범인과 한유성이 이야기한 범인이 일치한 이유를 설명해주면 되나."

"응."

그 시점에 수정은 어깨에서 툭 힘을 뺐다. 조금 지쳐 보이는 몸짓이었다.

"먼저, 깨진 유리 파편. 평범한 1리터 부피 플라스크보다 무게가 1.5배 정도 더 나가더군."

의미를 알 수 없는 말에 예진은 눈을 조금 크게 떴다.

"쓰레기통. 유기용매에 젖은 와이퍼 타월과 실험용 마스크, 라텍스 장갑이 있었어."

유기화학실험실의 쓰레기통에 있는 게 지극히 자연스러운 물건들 아닌가.

"폐쇄적인 준비실. 바닥을 살펴보니 까끌까끌한 모래 같은 게 만져졌어. 너도 알다시피. USB도 거기 떨어져 있었지."

그러고 보니 한유성은 준비실에 들어간 직후 의식을 잃었다고 했다. 범인에게 습격당하고 쓰러지면서 USB를 떨어뜨리는 그림이 예진의 머릿속에 떠올랐다.

"한유성은 준비실에 들어갈 때 문을 막고 있던 짐을 직접 치우고 들어갔다고 했지. 확인을 위해 묻겠는데. 그 짐이라는 거, 어제 한유성이 퇴근 전에 둔 게 맞지?"

예진은 유성이 해주었던 말을 그대로 읊었다. 그날 오후, 정시 퇴근 직전에 연구 기자재가 배송되어서 일단 되는 데까지만 정리했었다는 이야기를. 더불어 어차피 다들 퇴근했으니까 상관없다고 생각했었다는 것까지. 수정은 차오른 한숨을 뱉고 말을 이었다.

"연구실과 준비실, 유기화학실험실, 생화학실험실 중 복도와 통하는 문이 있는 곳은 연구실과 생화학실험실뿐. 그리고 두 실험실 사이의 문은 한정된 인원만 드나들 수 있어."

생각해보면 묘하게 복잡한 구조다.

"마지막으로 한유성의 머리에서 가벼운 타박상이 발견된 것. 이로부터 범인의 조건을 결론내릴 수 있었고, 연구실에서 조건에 맞는 사람을 찾아냈어. 그게 최석준이라는 '생물학과' '2학년'이었을 뿐이야."

"그, 잠깐만."

예진이 양손을 들었다.

"문제랑 답만 보여줘봤자 모르니까, 나는."

예진의 머쓱한 눈빛과 수정의 시선이 교차했다.

"한유성이 준비실에서 기억이 끊겼다는 얘기 안 하던가?"

"했어. 뭔가, 준비실에 들어가는 순간 습격당했다고."

"정말 '습격'이라는 표현을 썼어?"

날카로운 목소리에 예진은 흠칫했다. 하지만 습격 말고 달리 표현할 말이 있던가. 예진은 다시 유성의 모습을 떠올렸다.

유성은 '순간 의식을 잃었다'고 말했다.

"습격이라곤 안 했지만…… 의식을 잃었다는 식으로 말했어. 그래서 유리 기구로 머리를 때린 걸까…… 습격을 당했던 걸까 싶어서."

"아니, 준비실은 좁아. 준비실에 막 들어온 한유성의 머리를 가격했다면, 범인은 연구실에 있었다는 거겠지."

확실히 준비실은 원래도 폭이 좁다. 만약 그런 곳에서 습격을 했다면 힘을 실어 머리를 때리는 일은 어려웠으리라.

"한유성은 연구실에 자신의 USB를 찾으러 간 거였어. 누군가 숨어 있었다면 눈치채지 못했을 리가 없지. 반대로 한유성이 연구실에 들어간 뒤 누군가가 들어왔다고 해도, 그걸 몰랐을 거라고 생각하기도 어렵군. 연구실 출입은 카드키로 하니, 누가 드나들 때마다 소리가 나는 건 당연해."

설사 한유성이 연구실에 오기 전부터 몰래 들어와 있던 누군가가 운좋게 들키지 않았다고 해도, 그런 경우엔 한유성이 준비실로 들어간 틈을 타 연구실을 빠져나가야겠다고 판단하는 게 일반적이야. 들키기 전에 몰래 탈출할 수 있는 좋은 기회니까.

안전한 선택을 하지 않고 습격할 가능성도 존재한다, 사실 한유성에게 악감정이 있던 범인일 수도 있으니까…… 같은 반박 가능성은 일단 치워두지. 한유성은 우연히 USB를 잃어버렸고 계획에 없이 연구실을 찾았어. 한유성 본인도 자기가 그때 거기 있을 줄 몰랐던 상황에서 때마침 그 녀석에게 원한을 가진 데다 연구실 출입이 가능한 누군가가 바로 거기 있다가 냉큼 머리를 때려 기절만 시키는 상황이, 심지어 계획되어 실행해 옮겨진다는 걸 상상하긴 힘들군. 확실한 살해 시도가 아니라면 더더욱."

"그렇다면 범인은 어떻게 한유성을 기절시킨 걸까?"

'하우더닛howdunit의 문제가 될 줄이야.'

예진은 저도 모르게 미간을 좁혔다.

"뭐…… 너도 화학실험은 어지간히 해봤을 테니 화학실험실 사람들의 직업병은 잘 알겠지."

"아아, 그거야……"

예진이 미간을 찌푸리며 고개를 끄덕였다.

"아무리 환기를 잘하고 안전 수칙을 지켜도, 몇 시간이고 실험하다보면 두통이 느껴지니까."

수정도 자신의 고등학생 시절을 회상했다. 대학에 와서는 오히려 실험실에서 멀어졌지만 고등학교에서는 실험실에 박혀 있곤 했다. 안전 수칙에 미숙한 학생들이 실험실을 염산 증기로 채워버리거나 독한 유기용매를 실수로 쏟는 안전사고는 몇 년에 한 번은 꼭 일어났다. 1학년 2학기였던가. 사고 현장에 있던 수정도 몇 시간 정도 눈이 따끔거렸던 기억이 있다.

"그래. 그러니까 폐쇄적인 준비실을 독한 휘발성 유기용매 증기로 채우면 사람 하나 기절시키는 건 가능하다고 보는데."

그 말에 실험실에서의 추억을 곱씹던 예진의 몸이 굳었다.

"많이들 아는 클로로포름. 유기화학실험실에 없어서는 안 될 벤젠도 있고. 후자일 가능성이 훨씬 높아. 비커에 적당량의 벤젠을 담는다. 벤젠의 끓는점이 80도쯤이니 그 정도로 온도를 맞춘 핫플레이트를 세팅하고 벤젠을 올린다. 준비실 문을 닫은 뒤 기다린다. 벤젠은 휘발성이니 높은 온도로 가열하지 않았어도 쉽게 증발했겠지만 단시간에 준비실을 벤젠 증기로 채우려면 가열하는 편이 나았겠지. 이 가설을 뒷받침하는 근거는 아까 말한 것들이야…… 쓰레기통에 유기용매를 닦은 듯한 와이퍼 타월과 마스크, 라텍스 장갑이 있던 것."

"하지만 그건 유기화학실험실이라면 없는 게 더 이상한 것들이잖아."

"어제 연구자들은 이른 저녁에 퇴근했을 거야. 그런데 휘발성 유기용매를 닦아냈을 와이퍼 타월이 왜 지금까지도 수분감과 냄새를 가지고 있었을까. 그러니 어제저녁보다는 최근, 심야라고 생각해볼 수 있지 않겠어?"

힐난을 미처 감추지 못한 말투와 달리 수정은 여전히 감흥 없는 표정이다.

"누군가 심야에 벤젠 따위의 유기용매를 사용했다. 한유성은 준비실에서 의식을 잃었다. 이 두 가지를 조합하면 한유성은 유기용매 증기에 실신한 것이라고 추측해볼 수 있어. 물론 여기까지는 단순히 상상의 영역이지만, 그렇게 가정하면 다른 사실들이 자연스럽게 이어지더군."

"혹시, 환풍기?"

수정은 희미하게 고개를 까딱였다. 예진의 눈이 반짝였다.

"범인은 한유성을 죽일 생각까진 없었던 걸로 보여. 애초에 무방비하게 기절한 녀석을 죽이지 않고 내버려두고 갔으니 당연한 거지만……"

'만약 한유성이 진짜로 살해당했다면 어떻게 됐을까.'

수정은 문득 떠오른 생각을 머리 저편으로 밀어두었다.

"범인이 한유성을 그대로 준비실에 방치했다면 폐손상으로 치명적인 문제가 생겼을지도 모르지. 하지만 목적이 단순 실신이었다면, 한유성을 준비실에서 꺼내와야 해. 범인은 실험용 마스크를 끼고 준비실의 문을 연 뒤 쓰러진 한유성을 실험실까지 끌고 나왔어. 그리고 준비실 문을 활짝 연 채 실험실의 환풍기를 가동했지. 유독 증기에 중독된 사람에게 해야 하는 조치를 취한 셈이야. 덧붙이자면, 범인은 자신이 유기화학실험실에 있는 것을 들키고 싶지 않았어…… 그러니 심야에 불을 켜고 나가는 짓은 하지 않았지."

"환풍기만 켜져 있던 이유가 설명되는구나."

"두번째로, 준비실 바닥에서 까글까글한, 모래 같은 무언가가 느껴진 이유도. 준비실에는 캐비닛과 실험복이 걸린 거치대, 허리 높이의 상자 정도만 있었어. 콘센트는 바닥과 가까운 벽에 있었고. 이런 상황에서 벤젠 증기를 효과적으로 방에 채우려면 어떻게 해야 할까. 벤젠 증기의 밀도가 공기보다 낮다는 걸 생각하면 사실 머리 높이 위에 두는 게 더 좋긴 했겠지. 하지만 핫플레이트의 전선이 낮은 위치의 콘센트까지는 닿지 않았을 거야. 그렇다고 아예 바닥에 두면 증기가 바닥에만 깔릴 우려가 있지. 마침 책상과 비슷한 높이의 박스가 있으니 그 위에 핫플레이트와 벤젠이 든 비커를 뒀을 거고.

그럼 어떻게 됐을까…… 여기부터는 범인에게 불행이었을 거라 생각하는데. 벤젠 증기를 들이마신 한유성은 휘청거렸어. 그러다가 자신의 허리 높이쯤에 있던 박스를 건드리며 넘어진 거지. 그때 박스 위에 얹혀 있던 비커가 떨어졌다고 한다면."

"아" 하는 소리가 예진의 입에서 흘러나왔다.

그래, 비커가 깨진 게 준비실이었기 때문이다. 그렇기에 쓰레받기로 파편을 모아 실험실로 옮겼어도 수정은 준비실 바닥에서 까끌까끌한 모래 같은 것…… 실제로는 미세한 유리 파편이었을 것들을 느꼈다.

"비커는 깨졌고, 한유성의 손에도 상처가 남았어. 운 좋게 액체는 닿지 않아서 화상이 없었던 건지, 아니면 범인이 온도를 낮게 설정했던 건지는 정확하게 알 수 없겠군. 아무튼 비커 깨지는 소리를 듣고 범인은 상당히 놀랐을 거야. 그래도 일단 계획대로 기절한 한유성을 끌어내 눕혔겠지. 그러고선 깨진 비커와 한유성 손에 남은 상처를 어떻게 처리할지를 고민해야 했을 거고."

비커가 깨지지 않았다면 범인은 한유성을 끌어내 눕히고 핫플레이트와 비커를 깨끗이 닦아 정리한 뒤 떠나면 그만이다. 하지만 유리 파편에 더해 상처라는 감출 수 없는 증거가 남고 말았다.

"어떻게 하면 그 상처가 자연스러운 것이 될까…… 한유성이 넘어지면서 유리 기구를 떨어트렸고 그 파편에 손이 다쳤다는 상황을 연출하면 되지 않을까. 정도로 판단했던 거겠지, 범인은."

수정은 마치 불확실한 가능성을 이야기하듯 말하며 심드렁한 태도로 주머니에 손을 꽂아넣었다.

"그리고 가능하다면 넘어지면서 머리를 부딪혔다는, 자연스러운 상황으로 만들고 싶었을 거야. 한유성이 확실하게 의식을 잃으면 범인에게 더 좋은 일이었을 거고. 그래서 1리터 부피 플라스크로 머리를 내리친 뒤, 그걸 깨서 적당히 근처에 뒀어. 가격한 부분은 혹시 모르니 닦아냈을지도.

그리고 준비실에 남아 있는 비커의 파편. 그냥 유리 파편을 버리는 곳에 버려도 됐겠지만 현장을 조사할 때 보아하니 최근에 비운 듯 깨끗하더군. 다른 유리 파편에 섞인다면 모를까 이대로 버리면 누군가 이상하게 여길지도 모른다…… 기왕 부피 플라스크를 깬 김에 그쪽 파편에 섞어버리자. 그렇게 판단했어도 이상하지 않아……"

예진은 수정이 구태여 유리 파편들의 무게를 언급한 까닭을 이해했다. 만약 무게가 다른 1리터 부피 플라스크와 유사했다면 이 추리의 확실성은 떨어진다. 하지만 무게가 1.5배나 차이가 났기에, 부피 플라스크 외 다른 유리 기구의 파편이 섞여 있다는 결론이 타당해진다. 수정은 예진이 깨달은 것을 검증해주듯 1리터 부피 플라스크와 500밀리리터 비커를 가져와 함께 저울에 올렸다. 과연 유리파편과 거의 비슷한 무게였다.

"그럼 여기서 살짝 다른 이야기를 해볼까. 범인은 왜 한유성을 기절시켜야만 했을까."

한유성이 어디서, 어떻게 기절했는지는 설명되었다. 그러나 범인은 그것만으로 확정되지 않는다. 그러므로 이제 검증해야 할 것은 동기의 문제다.

"한유성이 퇴근하고 다시 돌아온 그 시간. 그동안 준비실과 연구실 간의 문은 짐으로 막혀 있었어…… 적어도 유기화학실험실 안에 있는 사람의 입장에서."

"하지만 생화학실험실을 통해 밖으로 나가면 다시 연구실로 들어올 수 있…… 앗, 그렇구나."

"생화학실험실에 출입할 수 있는 사람은 한정돼 있지. 해당 연구실을 반드시 이용할 필요가 있는 사람, 신소재공학과 소속. 이 두 개의 실험실과 연구실에 출입할 수 있는 조건은 두 가지가 있어. 생화학실험실 소속. 혹은 신소재공학과 소속."

연구실 소속이어도 인턴으로서 유기화학실험실만을 이용하는 수학과 한유성의 학생증으로는 생화학실험실에 출입할 수 없다.

반대로 신소재공학과인 신예진의 학생증으로는, 연구실 소속이 아니더라도 생화학실험실에 자유롭게 출입할 수 있다.

"심야에 누군가 유기화학실험실에 있었던 이유는, 사실 '갇혀 있었다' 아닐까."

"갇혀 있었다."

예진은 나직하게 수정의 말을 따라했다.

"한유성은 다른 사람들이 모두 퇴근했고 자신이 마지막이었다고 생각했지만, 사실은 누군가 퇴근하는 척하며 유기화학실험실에 숨어 있었다고 하면 어떨까. 당연히 불순한 목적 때문이었겠지. 바람직했다면 자신이 실험실에 있음을 한유성이나 다른 사람들에게 알렸을 테니까."

의도치 않게 갇혔다고 가정하면 이후의 일들이 설명되지 않는다. 거기까지 정리한 수정은 말을 이었다.

"실험실에 아무도 없다고 생각한 한유성은 밀려드는 짐을 적당히 세워두다 준비실 문을 막아버렸어. 그래도 상관없으니까. 하지만 실은 그 시각, 누군가 유기화학실험실에 숨어 있었다…… 그 사람은 모두가 퇴근한 다음을 노려 무언가를 하려 했고, 실제로 실행했을 거야. 문제는 그다음이지. 준비실과 연구실을 잇는 문이 막힌 거야. 연구실 쪽에서는 짐을 쉽게 옮길 수 있었지만 준비실 쪽에서는 문을 열 수 없었겠지. 뭐, 문을 힘껏 열거나 몸을 부딪치면 나올 수 있었을지도 모르지만 그 과정에서 짐이 쓰러져서 안에 있는 물건이 망가진다면? 혹시 그 소음을 듣고 지나가던 누군가가 온다면? 좋지 못한 목적으로 실험실에 남아 있던 범인 입장에선 곤란해.

 남은 선택지는 뭐지? 생화학실험실을 통해서 복도로 나가기? 만약 그게 가능했더라면 진작에 그렇게 했을 테고, 이런 사건은 일어나지 않았을 거야. 앞서 말했지만 범인은 한유성을 노렸던 게 아니야. 한유성은 우연히 그 늦은 시간에 연구실에 갔을 뿐인 불청객. 그러니 만일 다른 방법으로 한유성을 피할 수 있었다면, 구태여 기절시킬 필요는 없었겠지."

하지만 사건은 일어났다.

그러니 범인은, 생화학실험실에 출입할 수 없는 인물일 수밖에 없다.

"만약 범인이, 아직 작업이 끝나지 않은 상태에서 유성이가 왔기에 기절시켜야만 했다면? 으음, 그러니까 내 말은……"

"그 가능성도 완전히 배제할 수는 없겠지."

수정은 의외로 순순히 수긍하며 고개를 끄덕였다.

"생화학실험실에 출입할 수 있는 인물이지만, 아직 계획했던 불순한 작업이 끝나지 않았다. 그런 상태에서 한유성이 침입하려 하기에 들키지 않기 위해서 유기용매 증기로 녀석을 기절시켰다…… 이런 경우라면 범인은 생화학실험실에 출입할 수 있는 인간일 수도 있다는 이야기겠지? 하지만 의문이 드는군. 그럼 범인은 이른 저녁부터 심야 한시가 넘는 긴 시간 동안 대체 무엇을 했다는 거지……?

실험실에 몰래 남아서 해야 하는 일이라면 실험에 준하는 일이라고 보는 게 합리적이야. 누군가의 실험을 망치는 일이든, 뭔가 위험한 물질을 훔치려는 것이든. 한유성이 퇴근 시간인 이른 저녁에 나갔다가 새벽에 연구실로 돌아올 때까지 여섯 시간 이상 지났을 텐데…… 범인이 몰래 하려던 일은 한유성이 돌아올 때까지는 끝났을 것 같지만. 그래도 상상력을 조금 더 발휘해서 반응 시간이 긴 합성 실험을 몰래 할 필요가 있었다고 해볼까. 하지만 나라면 그렇게 오래도록 유기화학실험실에 머무르는 짓은 하지 않을 것 같은데. 출입 인원이 좀더 한정된 생화학실험실로 옮겨서 하는 게 더 안전하지 않겠어? 만약 생화학실험실에서 그 작업을 진행했다면, 한유성이 왔더라도 들키지 않았을 텐데. 혹은 안전하게 실험 재료와 도구를 아예 다른 공간으로 조달하거나."

수정이 가볍게 어깨를 으쓱했다.

"물론 범인이 거기까지 생각하지 못했거나, 내 상상력의 한

계일지도 모르지. 하지만 적어도 이번 일에 대해서는 내 빈약한 상상력이 그다지 문제가 되지는 않은 모양이더군. 난 단순히 범인이 유독물질을 이것저것 훔치려고 했다는 쪽으로 생각해봤어."

수정의 논리를 따라가던 예진은 어느 정도 납득한 듯 고개를 끄덕였다.

"결과적으로 범인은 유기화학실험실에 갇힌 꼴이 됐어. 최후의 수단으로 창문을 이용할 수 있었을지도 모르지만 그 실험실은 4층이니까. 게다가 아무리 밤중이더라도 돌아다니는 대학생은 있어. 누군가의 눈에 띌 위험까지 있지."

이런 것도 일종의 밀실이라고 부를 수 있을까. 예진은 혼자 조용히 웃었다.

"그렇기에 범인은 연구실 쪽에서 인기척이 들렸을 때 위기이자 기회라고 생각했어."

"기회?"

"탈출할 기회."

그대로 있었다면 범인은 평일에 누군가가 출근하고 나서야 실험실에서 나올 수 있게 된다. 그리고 그것은 명백히 수상하다. 기회라면 지금이다. 심야, 혼자 연구실에 온 듯한 누군가. 범인은 즉석에서 계획을 짠 셈이다.

"실험실에서 큰 소리를 낸다. 연구실에 있던 누군가가 이상하다는 생각에 문을 막고 있던 짐을 치우고 들어온다. 정확히 그 순간, 그 누군가가 기절한다면?"

정답.

밀실은 해제된다.

"이렇게 되면 범인이 구태여 유기용매 증기를 이용한다는 복잡한 방식을 선택한 이유도 납득이 돼…… 단지 탈출하기 위해서였다면 범인은 더 온건한 방법을 택할 수도 있었어. 소리를 내고 누군가가 들어오게 한다. 그동안 실험실 탁자 밑이든 어디든 숨어 있다가, 상대가 실험실 안쪽으로 좀더 들어오면 뒤도 돌아보지 않고 줄행랑을 칠 수도 있지. 하지만 범인이 상대에게 자신의 얼굴을 들키지 않는 건 물론이고 자신이 실험실에 침입했다는 사실 자체를 들키고 싶지 않았다면…… 이쪽 분야 종사자로서 화학물질로 기절시킨다는 발상은 충분히 떠올릴 만해. 중독으로 몽롱한 상태라면 적당히 기억이 흐려질 가능성도 있으니까."

"그렇다면 유성이가 들었다는 소리는 범인이 일부러 낸 소리겠네."

예진은 아까 수정이 했던 설명을 상기했다. 준비실에 함정을 준비한 뒤 한유성을 유인하기 위해 범인은 목소리든 발소리든 일부러 냈을 것이다.

한유성은 소리에 유인되어 준비실에 발을 들였고, 유기용매 증기에 현기증을 느끼고 쓰러졌다. 하지만 완전히 기절하지 않은 탓에 범인의 의도와 달리 한유성은 그의 얼굴을 기억하고 그것을 예진에게 증언하고 말았다. 이후 머리를 가볍게 얻어맞은 유성은 다시 기절하고 말았지만, 그 기억은 사라지지 않았다…… 예진은 이 우연이 정말 다행이라고 여기며 가슴을 쓸어내렸다. 설령 한유성이 아무것도 기억하지 못했더라도 수정은 이런 결론까지 도달했겠지만. 예진은 가볍게 미소 지으며 덧붙였다.

"범인의 의도랑 다르게 유성이가 얼굴을 기억한 건 정말 행운이네."

수정은 눈살을 찌푸리더니 고개를 사선으로 내렸다. 굳게 다문 입술은 뭔가 말하려던 것을 참는 듯 보였다. 예진으로서는 처음 보는 반응이었기에 조금 놀랐으나 수정이 딱히 긍정도 부정도 표하지 않았기에 예진은 일단 넘기기로 했다.

"……그럼 이제 범인의 의도도, 조건도 확정됐군."

어쩐지 급작스레 결론을 내는 분위기였지만, 예진은 그러려니 했다.

"연구실과 유기화학실험실에는 출입이 가능하지만 생화학실험실에는 출입이 어려운 사람. 연구실의 대학원생들은 모두 신소재공학과 소속이니 당연히 생화학실험실 출입이 가능해. 그렇다면 남는 건 타과 출신 인턴 학생들이야. 다른 자격이 없는 타과 학생은 애초에 신소재공학과 건물에 출입하는 게 불가능하고, 준비실 문이 박스로 막히기 전에 유기화학실험실에 들어가 있었다는 건 그 연구실 소속이어야 가능한 일이니까. 이 연구실의 인턴은 한유성을 제외하면 둘. 연구실 책상에서 이름과 학번, 소속 학부를 알아냈어. 한 명은 신소재공학과, 다른 한 명은 생물학과 소속이더군. 그 인턴의 이름은 최석준. 만약 둘 다 타과였다면 확정할 수 없었겠지만."

"운이 좋았네."

이번에도 수정은 시선을 바닥에 둔 채였다.

"유성이에게 이 이야기를 해줘도 될까? 아니면 직접 할래?"

수정이 고개를 설레설레 내저었다.

"입 아파."

나직하게 덧붙이는 말에는 희미하게 불만스러운 기색이 어려 있었다. 늘 무감정한 수정에게서는 찾아보기 어려운 반응이다.

예진은 결국 웃고 말았다.

"응, 내가 이야기할게. 너 정말로……"

"탐정이라고는 하지 마."

스스로 양팔을 감싸며 한숨을 내뱉듯 말을 가로막는 모습에 예진은 입술을 일자로 당겨 다물었다.

"이것도 네가 전해줘."

수정이 올린 손에는 USB가 들려 있었다. 예진이 엉거주춤 양손을 내밀자 수정은 가벼운 손짓으로 USB를 던졌다.

USB를 솜씨 좋게 받아낸 예진을 잠시 응시하던 수정은 병실에서 뒤도 돌아보지 않고 나갔던 몇 시간 전처럼 조용히 몸을 돌렸다. 하지만 곧장 문을 열고 나가지는 않았다. 고민하는 것처럼 한쪽 발을 앞으로 조금 내디딘 채 서 있던 수정은 천천히 예진 쪽으로 고개만 돌렸다. 예진은 재촉하지 않고 수정이 말하기를 가만히 기다렸다.

"너 말이야."

"응."

검고 가느다란 머리칼은 안경알에 닿을 정도로 길다. 수정은 앞머리에 살짝 가려진 눈을 가늘게 떴다.

"뭔가 이상한 걸 느껴도…… 굳이 말하지는 마."

"응?"

"그게 나아. 뭐든."

그 말을 끝으로 수정은 급한 일이 있는 사람처럼 서둘러 연구실을 나섰다.

쿵.

문이 닫히고 잠금장치가 삑, 소리를 내며 문을 잠갔다. 예진은 조용한 연구실에 혼자 남겨졌다.

이상함이라니, 뭘 말하는 걸까. 예진은 USB를 쥔 손에 힘을 주었다.

"그랬구나."

예진이 전해준 이야기에 유성은 놀란 체하듯 눈썹을 과장스레 높게 올리더니 입꼬리를 천천히 당겨 웃었다. 밴드가 붙은 유성의 손 위에서 USB가 가볍게 구른다.

"내 기억이 틀리지 않았던 모양이네. 다행이다."

"네가 한 부탁을 들어줄 일도 없게 됐지만 말이야. 어쩐지 도서 미스터리 같았네."

예진은 안도 섞인 한숨을 가볍게 내뱉으며 쓴웃음을 지었다. 둥근 안경알 너머에서 유성의 눈이 가늘게 접혔다. 쿡쿡, 낮은 웃음소리가 들려왔다.

"아, 도서 미스터리라. 그럼 독자는 네가 되는 건가?"

"너는 내게 범행 순간을 제한적으로 묘사해줬고, 범인도 알려줬어. 그리고 나는 그 상황을 알지 못하는 정이가 범인상에

도달하는 모습을 보게 됐지. 확실히 네 말대로 도서 미스터리의 독자 같네. 도서 미스터리 작품에서 종종 등장하는 범인과 탐정의 대립 같은 건 없었지만."

잠시 묘한 침묵이 이어졌다.

'보통은 이쯤 한유성이 대화를 부드럽게 이어주는데……'

미묘한 위화감을 느낀 예진은 가볍게 헛기침했다.

"음, 이제 어떻게 할 거야?"

"솔직히 날 기절시킨 건 별로 상관 없지만, 만약 실험실에서 뭔가를 훔친 거라면…… 역시 신고하는 게 나을 것 같네. 날 기절시킨 일에 대해선 묻지 않을 테니 자수하라고 말해둘까 싶은데, 들키기 싫어서 그런 짓까지 할 정도였으니까 쉽게 자수할 것 같진 않고…… 흐음, 지나가는 길에 봤다고 할까."

"그럼 경찰에서 왜 이제야 신고했냐고 묻지 않겠어? 역시 기절했던 일까지 이야기해야 하지 않을까? 너한테 해코지하려던 사람이랑 앞으로도 같은 학교에 다닌다는 게, 솔직히 좀……"

예진의 말에 유성은 고민하듯 천장을 올려다봤다.

유성은 검사 결과 이상이 없어 금방 퇴원했다. 두 사람이 있는 곳은 사인도의 부실로, 창문 너머에서 늦은 오후의 겨울 햇살이 들이쳤다. 구름이 별로 없어 햇볕이 주는 온기는 충분하지만 공기는 차가운 탓에 창문은 꼭 닫혀 있었다.

"……고민되긴 하네. 어떡할까. 정이가 추리한 대로라면 녀석이 자백하든 말든 증거는 많이 남아 있을 거야. 물론 그 녀석도 유기화학실험실 사용자니까 지문이나 머리카락 같은 게 증거가 되지는 않겠지. 하지만 쓰레기통에서는 범행에 사용한 유리 기구들의 파편이 발견될 테고, 벤젠이나 그 비슷한 유기용매의 양도 현저히 줄어들어 있을 거야. 나를 옮길 때 내 옷에 미세 증거를 남기기도 했겠지. 앗, 지금 입은 옷은 세탁하지 말고 잘 둬야겠다. 아무튼 이런 물적증거가 있는데 굳이 내 증언까지 필요할까 싶은 생각은 드네."

'한유성이 이렇게 말이 많은 적이 있던가.'

꼭 변명을 미리 생각해둔 것처럼 조금의 망설임도 없이 흘러나오는 문장들에 예진은 순간 흠칫했다.

'언제나 남의 이야기를, 고민을 들어주고 해결해주는 사람이었던 것 같은데.'

예진과 유성의 눈이 마주쳤다. 갈색 머리칼 아래 자리한 유성의 눈동자는 둥근 안경알에 햇빛이 반사된 탓에 제대로 보이지 않는다. 그래서인지 예진은 조금 긴장하고 말았다.

곧 유성의 입이 느긋한 미소를 그렸다.

"……뭐, 말이 그렇다는 거고."

평소와 같은 나긋한 어조다.

"기억이 늦게 돌아왔다고 하고 진술하면 그만이겠지. 아니면 지나가는 길에 봤는데, 그 녀석이 맞는지 아닌지 긴가민가했다, 그래서 고민하다 이제 신고했다. 이 정도로만 말해도 되는 거고. 이것 참, 내가 괜히 거짓말을 해서 정이만 수고하게 만들었네."

이어서 약간 힘이 빠진, 격의 없는 웃음소리가 덧붙여졌다.

"정작 정이는 아무 일도 아니라고 여긴 것 같지만 말이야."

예진은 유성과 마주 웃는 동시에 생각했다. 처음에 한유성은 수정이 자신을 걱정하니까 말하지 않겠다는 식으로 얘기했다. 예진은 그것을 반쯤 농담이라고 생각할 정도로 그다지 믿지 않았지만, 실제로 수정은 한유성이 누군가에게 당했다는 것을 누구보다 빨리 알아차리고 범인까지 찾아냈다. 그렇게 다른 사람을 대하는 걸 싫어하고 귀찮아하는 애가. 그러니까 수정이 한유성을 걱정한다는 것은 진실이 아닐까.

예진은 긴 생각을 마무리하며 자리에서 일어났다.

"아무튼 몸조리 잘하고. 검사상 문제는 없었다지만, 멀쩡한 성인 남성이 하룻밤 내내 기절해 있었잖아. 나중에라도 어지럽거나 하면 꼭 다시 병원 가봐."

"응, 꼭 그럴게."

유성은 늘 그렇듯 눈웃음을 지어 보였다. 예진은 가볍게 고개를 까딱여 화답하곤 동아리실 문을 향해 걸어갔다.

'하룻밤 내내 기절해 있었고……'

그렇다. 한유성은 적어도 반나절 넘게 기절해 있었다. 그런 것치고 머리의 타박상은 매우 가벼운 정도였고, 실제로 처음 실신한 것은 유기용매의 증기 탓이다. 그마저도 금방 환풍기가 돌아가는 실험실로 옮겨졌으니, 건강한 성인이라면 사실 그렇게까지 오래 기절해 있을 가능성은 그다지 높지 않을 것이다. 고농도의 유기용매 증기에 노출돼서 아예 의식을 잃었던 것이라면 몰라도, 한유성은 범인을 기억할 정도로 흐릿하게나마 의식을 유지했다.

그렇다면 한유성은, 어째서 그렇게 오래 기절해 있었을까.

예진은 자신이 무슨 가능성을 생각하고 있는 것인지를 점검했다.

'한유성이 스스로 의식을 차리고도 정신을 잃은 척하고 있을 가능성? ……왜?'

"뭐 할말 있어?"

등뒤에서 한유성의 느긋한 목소리가 들려왔다. 예진은 천천히 몸을 돌려 다시 유성을 마주봤다.

수정은 '뭔가 이상한 걸 느껴도 굳이 말하지는 말라'고 했다.

그렇다면 수정은 이상함을 느꼈다는 뜻이다. 수정이 느낀 것과 지금 내가 느낀 것은 같은 것일까.

예진은 입을 열었다.

"저기, 응급실에서 말이야."

"응."

"왜, 실험실을 나가는 최석준의 뒷모습을 봤다고 했잖아."

"그랬던가."

"그랬어."

"그래서?"

"하지만 네가 쓰러져 있던 곳에선……"

'왜 이제껏 지적하지 않았을까, 나는.'

예진은 복잡한 심경으로 말을 이었다.

"실험실을 나가는 사람의 뒷모습은, 볼 수 없잖아."

한유성이 탄식 같은 한숨을 내쉬었다.

'아니, 볼 수 있었다. 실제로 조금 몽롱하긴 했지만 실험실로 옮겨진 뒤엔 슬쩍 일어날 수 있을 정도로 정신을 차렸다. 그래서 몰래 몸을 일으켜 범인의 정체를 확인한 후, 다시 누워 누군가에게 발견될 때까지 기다리기로 했다.'

"그런가?"

"너는 머리를 책상 쪽으로 한 채 쓰러져 있었어. 네 발은 실험실 문 방향에 있었지. 네 시야는 당연히 책상에 가려지게 돼.

그 상태에서 실험실을 나가는 최석준의 모습이 보일 리 없어."

"그럼 내 착각일지도 모르겠네. 나가는 모습을 봤다고 생각했지만 사실은 그냥 개 얼굴을 올려다봤을 뿐일지도. 중독 상태 비슷한 거였으니까."

"그건……" 하며 무언가 말하려던 예진의 말을 가로막듯 유성은 미소 지은 입꼬리에 힘을 주었다.

"무엇보다, 내가 어떻게 목격했는지가 그렇게 중요할까? 네 말대로 내가 범인의 얼굴을 볼 수 없는 상태였다면, 내가 최석준이 범인이라는 걸 아는 것도 이상하잖아?"

틀린 말은 없다. 하지만 대학생 탐정이라고 불리는 한유성이, 신중한 성격인 한유성이 살인미수범에 대한 목격담을 그렇게 무성의하게 이야기했을까.

무엇보다도 가장 이상한 것은 지금 한유성이 보이는 태도다. 예진은 친한 친구의 어지럽혀진 방에 허락 없이 들어간 것 같은, 미묘한 불편함을 느끼며 조심스레 한유성을 마주봤다.

거기엔 자신이 잘 모르는 얼굴이 있었다.

"……그것 외에 다른 이야기가 진실이라면……"

예진은 자신이 왜 이런 의혹을 제기하고 있는지 스스로도 이해할 수 없었다. 유성의 말대로 무의미하다.

그러나.

"너도 정이와 같은 추리를 할 수 있었어."

확실히, 한유성은 모든 걸 알 수 있었다.

예진이 보아온 유성은 분명, 자신에게 조사를 부탁하거나 수정의 추리를 듣지 않고서도 범인을 확정할 수 있었다.

그 가능성만은 무시할 수 없다.

"오, 정말?"

유성은 더 이야기해보라는 듯 가볍게 어깨를 으쓱하더니 혼자 팔짱을 꼈다. 예진은 잠시 입을 다문 채 차분히 머릿속을 정리했다. 전체적인 추리는 수정에게 이미 듣고 왔다. 그러니 예진 자신이 해야 하는 일은 많지 않다.

"네가 한 이야기를 정리해볼게. 너는 연구실에서 USB를 찾던 중, 실험실 쪽에서 소리가 나서 준비실 문을 막고 있던 박스를 치우고 들어갔다고 말했어. 그러고선 뭔가 큰 소리와 함께 순간 의식을 잃었다는 식의 모호한 표현을 썼지. 그러니까…… 너는 네가 머리를 가격당해 기절했다는 이야기는 하지 않았어. 내가 그렇게 생각했을 뿐."

"음."

"그러고서, 또, 인기척을 느꼈다고 했지. 실험실 쪽으로 자신을 옮긴 것 같다고. 그런데 깨어났을 때 네 손에는 유리에 베인 듯한 상처가 남아 있었고, 머리를 가격당했다며 의사에게 진찰받았어. 정이가 조사한 현장과는 조금 다르지만, 너도 이걸 바탕으로 정이와 똑같은 추리를 할 수 있지 않았을까? 너는 랩실 사람들의 신상 정보도 이미 알고 있을 테니까."

"흥미로운걸. 과연 사인도의 주요 부원인가."

"네가 말한 큰 소리라는 건 유리가 깨지는 소리였을 거야. 유기용매 증기를 흡입한 네가 현기증을 느끼면서 쓰러뜨린 비커가 깨지는 소리."

"그랬던 것 같기도 하네."

"그렇다면 너는 정이처럼 현장을 조사하지 않아도 스스로가 준비실에 있던 유기용매 증기에 기절했다는 사실을 알 수 있었어. 문이 상자로 언제부터 언제까지 막혀 있었는지도 알았고. 손에 있는 상처를 보고 그때 났던 큰 소리가 유리 깨지는 소리였다고 확신할 수도 있었을 거야."

"머리를 가격당해 깨진 유리에 긁힌 거라고 생각할 수도 있지 않아?"

"너는 누군가가 너를 실험실로 옮겼다는 걸 알고 있었어. 그리고 우리가 널 발견했을 때, 너는 차렷자세에 가깝게 누워 있었지. 그 상태에선 머리 근처에서 깨진 유리 파편에 손이 긁힐 수 없어. 이 정도면 그 상처는 실험실에 옮겨지기 전에 생긴 거라고 확정할 수 있지 않을까?"

유성은 고민하듯 턱을 쓸더니 "조금 애매하긴 하지만 그런가" 하고 중얼거리며 합격점을 주듯 고개를 끄덕였다.

"인정하는 거라고 생각해도 될까?"

"내가 뭐라고 답하든 네 생각은 별로 바뀌지 않을 것 같네."

유성이 씁쓸한 미소를 지었다.

결백한 사람을 몰아가는 듯한 기분이 들어, 예진은 슬슬 후회하고 있었다. 평소에 신중해왔던 터라, 이번 건은 분명한 실수다. 수정이 그러지 말라고 충고해줬는데도 저질렀다. 물증이 없는 문제로 추궁해봤자 상대가 인정하지 않으면 결과가 좋지 않은 것은 당연하다. 탐정이 추리를 늘어놓으면 증거가 없어도 무릎을 꿇는 범인 따위, 현실에는 없다.

"아까 너는 도서 미스터리 같다고 말했지."

유성의 나긋한 목소리에 예진은 고개를 퍼뜩 들었다.

"응?"

"그럼 탐정은 정이가 되는 거고."

예진은 인회의 부원이 살해당했던 그날, 이미 수정을 탐정 같다고 생각했었다. 대학생 탐정이라고 알려진 것은 유성이었는데, 그는 어쩐지 탐정으로 보이진 않았다. 그렇다면 조수였을까? 추리소설에 흔히 나오는 '버디'처럼.

하지만 그런 것 같지도 않다. 이번에 수정과 유성은 그다지 대화다운 대화를 나누지도 않았으니까.

"네 추리대로라면 작가는 내가 되나?"

항상 단정했던 유성의 입꼬리가 일그러져 있었다.

왜 그런 표정을 하는 것일까.

만족하는 것 같기도 하고, 반대로 아쉬워하는 것 같기도 했다. 유성은 밴드가 붙은 손을 매만지더니 얕은 숨을 길게 내쉬었다.

"재밌는 이야기였어. 하지만 역시 아니야. 의식이 혼미한 상태에서 착각했을 뿐, 그 이상도 이하도 아닌 우연. 추리소설이라면 몰라도 현실에서 그런 우연이 발생하지 말라는 법은 없잖아. ……정이가 뭔가 충고하지 않았어?"

예진은 답하지 못했다. 아까 잠시 보였던 감정이 깨끗이 지워진 유성의 얼굴에 씁쓸함이 묻어나왔다.

"왜 그런 추리를 했는지 대충은 알겠고, 재밌긴 했지만 마냥 유쾌하진 않네."

묘하게 고압적인 목소리다.

"그만 나가줄래?"

명백한 축객령. 예진은 사인도의 동아리실에서 나갈 수밖에 없었다.

하지만 한유성이 보인 반응 덕에 예진은 더욱 확신했다.

언제나 웃는 얼굴로 사람을 대하는 유성이다. 심지어 누군가에게 이유 없이 비난받거나 불쾌한 일을 봐도 동요하지 않던 사람이다. 그런 그가 처음으로 부정적인 감정을 내보였다.

한유성은 분명 거짓말을 했다.

복도에 발소리가 울렸다. 예진은 눈의 초점을 맞춘다. 저 앞에서 검은 머리칼의, 자신보다 키가 약간 작은 누군가가 걸어오고 있다. 수정이다.

'수정아' 하고 부르기 전에 수정이 먼저 예진을 바라봤다. 수정은 예진을 관찰하듯 그 자리에 우뚝 멈춰서 응시했다.

"그러게 아무 말도 하지 말라고 했잖아."

안내음 같은 무미건조한 목소리다. 동시에 어쩐지 어린아이를 타이르는 듯한 어조였다. 왜 그런 모순적인 감상을 느낀 건지, 예진으로서는 알 수 없는 노릇이었다.

"신경쓰지 마. 가끔 변덕을 부려."

"아, 알고 있었어? 그러니까, 유성이가 범인을 일부러 모르는 척하고, 묘한 증언을 나한테……"

수정의 입술 사이로 나직한 한숨이 새어나왔다.

"피해본 사람도 없잖아."

수정의 머리가 예진의 어깨 옆을 스쳐지나갔다. 검은 후드 스웨터를 입은 몸이 굳게 닫힌 사인도 동아리실의 문을 부드럽게 열고서 미끄러지듯 들어간다. 문은 예진을 기다려주지 않고 다시 닫힌다.

그러고 보면 수정은 유성이 사고라고 거짓말한 것을, 더 나아가 예진을 기만한 것을 어떻게 눈치채고 그런 충고를 한 것일까. 예진은 유성의 증언…… 실험실을 나가는 범인의 뒷모습을 보았다는 이야기를 바탕으로 한유성의 거짓말을 눈치챘지만 수정에게 그런 것까지 전하진 않았다. 그런데도 수정은 알아차렸다.

예진은 닫힌 문 앞에서 수정의 새카만 눈을 상기한다. 자신이 USB를 발견했을 때 흔들렸던 눈빛. USB는 왜 정확히 준비실에 떨어져 있었을까. 연구실에서 USB를 찾은 유성이 그대로 손에 쥔 채 실험실로 향하다가 의식을 잃음과 동시에 떨어뜨린 것일까. 하지만 그렇다면 '먼지'는 없었어야 한다. 가볍게 흔든 것만으로도 떨어졌던 그 먼지가 사람의 손에 쥐여진 USB에 묻어 있을 리 없다.

먼지가 붙을 가능성은 단 하나. '주머니에 들어 있던 USB를 금방 꺼냈을 때'뿐.

한유성은 일부러 준비실에서 주머니에 있던 USB를 꺼내 떨어뜨렸을 것이다. 자신이 준비실에서 쓰러졌다는 증거를 남겨주기 위해.

그 USB의 존재는, 달리 말해 한유성이 거짓 증언을 했음을 증명하는 재료가 될 수 있다.

무심코 닫힌 문고리에 손을 뻗으려던 예진은 멈칫했다.

'그렇구나, 한유성은 나에게 '이것까지' 요구한 거구나……'

그리고 이미 동아리실을 나온, 한유성의 반박에 반박하기를 포기한 예진에게 기회는 더이상 없다.

왜인지 예진은 그것을 당연한 사실처럼 깨달았다.

문 너머에서 나직한 두 사람의 목소리가 들려왔다. 둘은 무언가를 주제로 대화하고 있었다.

예진은 책장을 덮듯, 미련 없이 뒤돌기로 했다.

탐정, 제시

"끝이다……"

벌컥 열린 문 안쪽에서 죽어가는 목소리가 울려퍼졌다. 노트북 자판을 두드리던 수정이 흠칫했다. 창가 탁자에 걸터앉아 빈둥거리던 유성의 표정이 느긋하게 풀어졌다. 활짝 젖힌 문틈으로 누군가의 쇼트커트가 보였다. 시원하게 넘겨올린 앞머리칼이 흔들거린다.

"생기부 마감?"

유성이 문 쪽으로 느긋하게 고개를 돌리며 물었다. 거의 동시에 명아현의 입꼬리가 한껏 올라갔다. 과장된 미소다.

"최악이에요. 진작에 마무리하면 될 걸 주말까지 출근해서 피드백을 하시다니."

"주말 출근이 괴로운 건 선생님이지 우리가 아니잖아?"

"저도 나름 주말 계획이란 게 있다고요, 형."

대학 입시란 학생에게나 선생에게나 쉽지 않은 일이다. 더군다나 J고등학교처럼 학생 대부분이 수시를 택하는 경우, 선생님도 학생도 마지막의 마지막까지 서류에 매달리게 된다.

유성이 쓴웃음을 지었다.

"2학년 2학기 생기부가 제일 중요하잖아. 신경써주시는 게 당연하지."

"그건 알지만."

고등학교 3학년이니 몇 달 뒤면 J고등학교를 졸업할 한유성이나 수정과 달리 아현은 2학년으로 이제 막 가장 중요한 학기를 마친 참이다. 3학년 1학기는 입시 준비로 바쁘고 2학기는 어수선하게 지나가는 법. 그렇기에 대학에서도 2학년 2학기 성적을 가장 중요하게 여겼다. 자연히 학생들도 이 시기를 마지막 기회로 여기고 공부에 열을 올린다. 아현의 눈가에서 아직 사라지지 않은 다크서클이 그것을 증명한다.

반면 3학년인 수정과 유성에게서는, 옷차림이 후줄근할지언정 피곤한 기색은 느껴지지 않았다. 십이 년의 대장정이 거의 끝난 지금, 두 사람은 느긋하게 후배들을 관망할 뿐이다. '관망'이라고 표현할 수 있을 정도로 제대로 된 관심이 있는지는 둘째치고.

"선배는 뭐해요?"

불쑥 얼굴을 들이밀어도, 안경 너머의 새카만 눈은 아현을 제대로 봐주지 않았다. 수정은 입을 달싹여 대꾸했다.

"아무것도."

그 말처럼 화면에는 다른 창은 아무것도 없이 바탕화면만 떠 있다. 수정은 언제나처럼 하던 것을 숨겼다는 걸 감추려 하지도 않았다. 아현은 머쓱하게 웃었다.

"그보다, 두 분 다 G대학으로 가신다면서요?"

아현은 수정의 노트북이 놓인 책상에 털썩 걸터앉으며 수정과 유성을 번갈아보았다. 하얀 겨울 햇빛이 유성의 갈색 머리칼에 차분히 비쳤다. 유성은 옆머리를 긁적거리며 고개를 끄덕였다.

"소문이 빠르네. 딱히 여기저기 말하고 다닌 기억은 없는데. 그렇게 됐어. 다른 애들도 몇 명 붙은 모양이던데 최종적으로 선택한 건 우리 둘뿐인 것 같아."

"진석 선배나 우현 선배 말이죠? S대랑 K대에 붙었으니 그런 거겠죠. 물론 전 G대도 꿇리지 않는다고 생각하지만."

"애초에 나랑 정이가 G대학을 선택한 건 종합대학이라서였으니까."

이 학교의 학생들은 보통 과학기술원에 진학한다. G대학도 근처에 협력하는 산업단지가 있어 과학기술 분야 학과에 특화되어 있다곤 하지만, 아무래도 학생 수나 지원금에 차이가 있을 수밖에 없다. 그런데도 두 사람이 G대학을 선택한 건……

"우린 딴짓을 좋아하니까."

"'우리'라고 묶지 마."

수정의 딴지에 유성은 가볍게 웃었다. 하지만 아현은 유성의 말대로라고 생각했다. 유성은 분명 수학에 재능이 있고 좋아한다. 하지만 유성에겐 수학은 수많은 '좋아하는 것들' 중 하나에 불과했다. 아현은 학업으로 바빠야 할 와중에도 도서관에 들락거리는 유성을 몇 번이고 목격했다. 수정도 비슷했다. 유성과 마찬가지로 학교나 입시 같은 일에 매달리는 기색은 전혀 보이지 않는다. 다만 한유성이 즐거운 학교생활을 향유하는 느낌이라면, 수정은 마치 딴 세상에 사는 것 같달까. 실제로 어떤지와는 상관없이 적어도 아현은 그렇게 파악하고 있었다. 수정은 그나마 꾸준히 교류하는 관계로 보이는 유성과도 전혀 붙어다니질 않았고, 조별과제를 할 때에도 조원들과 화목한 사담은 나누지 않았다. 딱 필요한 만큼, 최소한의 교류만 하는 인간…… 그것이 바로 수정이었다. 한 학년 후배인 아현이 보기에도 수정은 늘 고립되어 있었다.

한유성이 없었다면, 수정은 아마도 혼자였으리라.

잠시 생각에 잠겼던 아현은 다시 두 선배를 바라보았다. 여유로운 얼굴들이다. 아현은 문득 속이 쓰렸다. 두 선배와 어느 정도 친해진 뒤로는 느끼지 않게 되었던 감정인데, 이제 막 생활기록부를 보고 온 참이어서일까. 아현은 문득 쓴웃음을 지었다. 딴짓을 좋아하는 저 선배들은 사실 노력파인 아현의 입장에선 마냥 곱게만 보이지는 않는다. 하지만 구경하고 있자면 지루한 학교생활의 재미를 되찾아주는 비일상 그 자체라서, 아현은 새삼스러운 씁쓸함을 밀어내고서 두 선배의 기행만을 즐기기로 했다. 무엇보다 추리소설이나 수수께끼를 이야기 주제로 삼는 것은 이 학교에서 이 두 사람뿐이니 아현의 입장에선 어쩔 수 없는 일이기도 하다.

"그래도 전공은 수학과랑 물리학과라고 하셨죠?"

"……나는 1학년부터 생기부 진로희망란에 '물리학자'라고만 썼으니까."

수정이 지루하다는 듯한 목소리로 답하자 아현이 큰 눈을 깜빡였다.

"실제로 좋아하시잖아요?"

"……익숙해진 것 중 하나일 뿐이야."

그다지 좋아하는 것도 아닌데 잘한다는 말인가. 아현은 한숨

쉬듯 말했다.

"그런 말은 다른 애들 있는 데선 하지 마세요……"

아현이 자신을 집요하게 바라보는 것을 외면하려는 듯, 수정은 스트레칭을 하는 척 고개를 뒤로 젖혔다. 아현은 "흠" 소리를 내며 유성이 앉은 곳과 조금 떨어진 창가에 걸터앉았다. 밝은 색감의 슬랙스에 감싸인 다리가 흔들거렸다.

"좀 아쉽네요."

"우리가 졸업하는 게?"

"졸업 안 하시면 안 돼요?"

"끔찍한 소릴 하네."

유성이 살포시 웃으며 고개를 내저었다.

"선배들 말고는 추리소설 얘기할 애들이 없단 말이에요. 왜 동기 중엔 없지?"

"당연히, 우리가 특이한 거니까."

수정이 단칼에 자르듯 말했다. 딱히 공식적으로 동아리가 있는 건 아니었지만, 세 사람은 종종 같은 시간, 같은 장소에 존재했다. 추리소설을 좋아하는 세 사람, 고작해야 한 달에 한 번 집에 갈 수 있는 폐쇄된 학교. 야구공이 포물선을 그리며 떨어지는 것처럼 자연스러운 흐름이다. 다만 수정은 나머지 둘과 '셋'으로 묶이는 것을 완강히 부인하고 있었고, 실제로도 이들의 관계는 아현이 두 선배에게 일방적으로 찾아오는 양상이다.

"하지만 선배, 저는요."

창밖에 시선을 두는가 싶던 아현의 얼굴에 갑자기 생기 넘치는 미소가 떠올랐다.

"저런 걸 보고 같이 망상하는 게 자연스러운 사람이랑 있는 편이 좋단 말이죠."

아현의 말에 유성이 자리를 조금 옮기며 창문에 얼굴을 바짝 댔다. 유성의 숨결에 창문에 김이 살짝 서렸다. 창밖을 유심히 살피던 유성의 눈썹이 올라갔다.

"아하, 저걸 본 거구나."

"네, 뭘까요?"

아현이 일부러 수정이 있는 쪽을 향해 목소리를 높이며 말했다. 수정은 져주겠다는 듯 천천히 자리에서 일어나 창가 쪽으로 힘없이 걸어갔다. 수정의 발에 비해 약간 큰 슬리퍼가 질질 끌렸다.

"그 집인가."

수정이 낮게 중얼거렸다.

세 사람이 있는 곳은 J고등학교 '탐구관' 4층. 학교 뒤편 공터가 보이는 곳이다. 창밖을 보면 논과 밭 한가운데 자리잡은 학교 주변 풍경을 훤히 살필 수 있다. 그중에서도 탐구관에서

30미터 떨어져 있는 곳에 작은 농가가 있다.

수정은 그 농가를 처음 보았던 날을 떠올린다. 2차 면접시험을 보기 위해 논밭을 빙 두른 도로를 지나 학교로 진입하던 길이었다.

밭 한가운데, 비어 있는 땅. 공터에 우뚝 선 작은 농가는 이층짜리였다. 거실 하나와 방 두 개 정도 있을 만한 크기일까. 특이하게 1층에도 문이 두 개나 있는데, 2층에도 문이 두 개 있고, 그것과 지상을 연결하는 외부 계단도 마찬가지로 두 개였다. 당시 수정은 유성의 부모님이 운전하는 차에 타고 있었는데, 행정공무원인 유성의 아버지가 스쳐지나가듯 말했었다. 다세대주택은 거주자끼리 마주치지 않기 위해 저런 식으로 건축하는 경우가 많다나. 유성도 그 말이 맞는다는 듯 고개를 끄덕였다.

그러나 두 사람이 3학년 가을을 맞았을 즈음, 두 계단 중 하나가 철거됐다. 건조한 날에 계단에 작은 화재가 난 탓이었다. 다행히 화재 규모는 모닥불 정도였고, 집주인이 그 자리에 있어 불은 소방차가 오지 않고도 금방 꺼졌다. 당시 유성과 수정은 탐구관에 있었기에 집주인으로 보이는 사람이 낑낑대며 소화액을 분사하는 모습만 목격할 수 있었다. 실시간으로 지켜본 탓에 선명하게 기억하는 것일 뿐, 특별한 일로 여기고 있지는 않았다.

그로부터 반년이 지났다. 철거된 계단은 재건되지 않았다. 그 문을 사용할 필요가 없어진 것이겠지. 어쩌면 이전부터 필요 없었을지도 모르고. 수정도 유성도 그렇게 생각했다.

공터에는 눈이 잔뜩 쌓였고, 주변에는 어째선지 하얀 베개 같은 물체 아홉 개가 놓여 있었다. 크기도 모양도 배치된 방향에도 일관성이 없어 정체가 도통 가늠이 가질 않았다. '베개 같다'는 것도 멀리서 보이는 대로 해본 추측일 뿐, 정확히 무엇이라고 표현해야 할지 수정조차 감을 잡지 못했다.

아현은 창문에 얼굴을 바짝 붙였다가, 답답하다는 듯 결국 활짝 열어젖혔다. 겨울의 날카로운 공기가 안으로 들이치기 시작했지만 아현은 아랑곳 않고 머리를 창문 너머로 쑥 내밀기까지 했다. 흰 입김이 아현의 시원한 이마 옆으로 흩어졌다.

"오, 발자국까지."

묘하게 청록색이 도는 아현의 눈동자가 반짝 빛났다. 수정은 불길함을 느꼈다.

"나가볼까요?"

'역시나'라고 말하고 싶은 듯 이마를 짚는 수정을 유성은 짐짓 난감하다는 듯한 표정을 하고서 구경했다.

"역시 나가봅시다!"

아현은 선배들의 대답을 기다리지도 않고 냉큼 패딩을 집어 들더니 밖으로 내달렸다. 불만스러운 눈으로 노트북 화면을 쳐다보는 수정을 향해 유성이 어쩔 수 없지 않으냐는 듯 입꼬리를 느슨하게 올렸다.

수정은 한숨과 함께 몸을 일으켰다.

세 사람은 외투를 입고 몰래 학교를 빠져나갔다. 원래는 외출을 하면 안 되는 시간이지만, 세 사람은 주말인데다가 학기 말이기도 하니 들킬 위험은 적겠다고 판단했다.

근처로 다가가자 건물 주변의 모습이 좀더 선명히 보였다. 아홉 개의 물체는 가까이 가도 그 정체를 잘 알 수 없었다. 베개 비슷한 게 맞는 것 같은데, 베개를 잘랐다가 다시 기워둔 듯 기묘한 모양새라 이게 뭐라고 확언하기 어려웠다. 무언가를 흉내내려 한 것 같기도 하고, 아무렇게나 되는대로 만든 것 같기도 했다.

조금 길쭉한 모양의 베개가 하나. 원통형 베개 여섯 개는 방향에 일관성이 없이 흩어져 있고 푹신한 이불을 한 번 잘랐다가 다시 둘둘 말아둔 것 같은 큰 덩어리도 하나 있다. 마지막으로 천으로 한 번 감싼 축구공 같은 것이 30센티미터 정도 굴러간 궤적과 함께 덩그러니 놓여 있다. 궤적은 농가에서 축구공 방향으로 나 있다.

농가의 2층 왼편에 난 문은 계단을 철거한 탓에 벽면에 덜렁 나 있는 문이라 실제로 사용하기 어려워 보였다.

"이건 자전거 바퀴가 지나간 자국 같네요. 음, 저쪽 농가에서 여기까지 자전거를 타고 와서 이 문 앞에 세워두고, 다시 자전거를 타고 돌아간 건가."

정체를 알 수 없는 물체와 바큇자국 근처를 기웃거리며 아현이 말했다.

"그런 것 같네. 한 바퀴 슥 둘러볼까?"

"누가 보면 어떡하려고 어슬렁거리는 거야. 여긴 엄연히 사유지잖아."

"사유지라고 해도 공터 한가운데인걸? 저기 J고등학교 학생인데 길고양이가 보여서 왔다고 하지 뭐. 안으로 들어가지만 않으면 괜찮을 거야."

수정의 지적에 산뜻하게 대응한 유성은 입꼬리를 올리며 아현과 함께 농가의 오른쪽 모서리를 돌아 뒤편으로 향했다. 패딩 주머니에 손을 푹 찔러넣은 수정도 한발 늦게 두 사람을 따라 걸었다.

"이 문도 열린 적 있었나본데, 딱히 드나들기 위해 연 건 아닌 걸까. 발자국도 뭣도 없어."

오른편 1층 문 앞에 선 유성이 중얼거렸다.

1층에 있는 문은 총 두 개다. 정면에 하나, 오른편에 하나. 확실히 문을 여닫은 흔적이 눈밭에 남아 있었다. 유성의 시선이 문 주변을 훑었다. 문 바로 옆에는 희끄무레하게 먼지가 낀 1층 창문이 하나, 문 위로는 마찬가지로 먼지 낀 2층 창문이 하나 있다. 아현은 유성을 지나쳐 건물 뒤편으로 향했다. 뒤편에는 외부 계단이 있다. 또다른 2층 문으로 이어진 계단이다.

"환기를 위해 열었던 걸까요? 여긴 발자국도 있어요. 2층 문에서 내려온 흔적이네요. 내려와서…… 저쪽 산까지 갔고."

발자국 앞에 쭈그려앉은 아현이 중얼거렸다. 하얀색 롱패딩을 입고 그러고 있으니 눈밭 위의 가발 쓴 눈사람 같다고, 수정은 무심코 생각했다.

"뭘까. 원래도 기묘한 곳이었는데 더한층 기묘해졌네."

유성은 말과는 달리 느긋한 얼굴이다.

"기묘하다고 하더라도……"

곧이어 수정의 무감정한 목소리가 들려왔다.

"남의 사유지인데다가 잠겨 있을 확률이 높으니 안에 들어가볼 수는 없어. 이 농가의 주인을 찾아가는 것도 불가능하지. 그럴듯한 가능성을 찾아낼 수는 있어도 제대로 된 추리가 가능할 리 없어."

신랄한 수정의 말에 아현이 불만스럽다는 눈을 했다. 이번엔 수정이 아랑곳하지 않았다.

"네가 현실의 사건을 발굴해내는 걸 좋아한다는 건 알지만 포기해."

아현은 천천히 몸을 돌리려는 수정의 뒷모습을 물끄러미 바라보았다. 청록빛이 도는 눈은 꽤 오랫동안 깜박이지 않았다. 하지만 아현의 시선에 산통을 깨는 말을 한 선배에 대한 불만이 담겨 있는 건 아니었다.

장난기와 즐거움. 수정의 제지에 오히려 도전 의식을 느끼는 듯 천진한 빛을 띤 눈.

유성은 그게 조금 신기했다.

"그래서 선배들한테 한 가지 제안해보려고요."

수정의 걸음이 조금 느려졌다. 검은 머리가 찬찬히 돌아가며 흰 옆얼굴이 드러났다. 아현은 눈을 접어 활짝 웃었다.

"저희끼리 내기를 해보는 거예요. '제시 게임'이라고 할까?"

이 자리에서 급조해낸 듯한 이름을 들은 수정은 일자로 다문 입술을 움직이지 않았다.

"진상은 딱히 중요하지 않아요. 그냥 저희끼리 규칙을 세우고 그 안에서 추리 게임을 하는 거죠."

"'바다거북수프' 같은 거라도 하자는 거야?"

"좀 달라요. 제가 하고 싶은 건, '이상한 것을 설명할 수 있는 가능성'을 말하기예요. 한 명씩 하나의 가설을 내놓는다. 현재 우리가 아는 정보를 토대로 그 가설을 완전히 부정할 수 없다면, 그 가설을 하나의 가능성으로 받아들인다. 그러나 어떤 가설도 내놓지 못하거나 부정당하면 실패."

아현은 긴 손가락을 펼쳐가며 낭랑한 목소리로 열심히 규칙을 설명했다. 유성은 흥미롭다는 듯 고개를 끄덕거려주며 아현의 이야기를 들었다. 셋 중 무표정인 것은 수정뿐이다.

"그럼 제안자인 저부터 해볼까요?"

큼큼, 목소리를 가다듬은 아현이 빙긋 미소했다.

"제 가설은 '거래설'이에요."

'거래라. 무얼 거래한단 말인가.'

수정은 눈을 가늘게 떴다.

"최근 한국에서도 마약 거래량이 늘고 있다는 건 아시죠? 상하수도에서도 필로폰 검출량이 몇 배로 뛰었다고 하고. 마약을 유통할 때는 늘 다른 물건에 숨겨 운반하죠. 저는 이 찢긴 뒤 다시 이어진 것처럼 보이는 기묘한 베개들이 '마약 운반'에 쓰인 게 아닐까, 생각해봤어요."

아현의 검지가 곧게 펴졌다. 아현의 어깨 너머로는 널브러진 이불이며 베개들이 보인다. 유성이 그쪽으로 몇 발자국 다가갔다. 뽀득거리며 발자국이 남았다.

"음, 저 베개에 마약을 숨기고 이 농가 안에서 거래를 했다. 그러고서 거래가 끝나고 쓸모없어진 것들을 그냥 내다버렸다는 이야기인가."

유성은 고개를 들었다. 계단이 없는 2층의 문과 같은 층 창문이 눈에 들어왔다.

"저기로?"

"그런 거죠."

아현이 시원스레 미소했다. 딱히 부정할 구석은 없다. 굳이 쓸모없어진 것을 창문 밖으로 던져서 수상한 점을 만들 이유가 무엇이냐는 질문은 의미가 없었다. 애초에 그런 내기가 아니니까.

하지만.

"그뿐인 가설이라면 시시한데."

"참신하지 않아요? 저 의미 모를 물건들의 정체로도 나쁘지 않은 것 같은데. 마약 거래는 범죄니까 미스터리에도 걸맞고."

그래, 명아현은 추리소설뿐 아니라 수사 드라마도 즐겨봤지. 하지만 분명 허점이 있다.

"글쎄. 설명해낸 요소가 물건들의 정체밖에 없잖아. 그럼 자전거 바큇자국은 누구의 것일까? 네 말대로라면 마약 구매자와 판매자가 모두 있는 상황이 자연스러운데, 바큇자국은 하나뿐이잖아."

유성은 차분하게 반박했다.

"음, 누군가 2층 문으로 나간 흔적이 있잖아요? 둘 중 한 명은 눈이 내리기 전에 농가에 먼저 도착했고, 자전거로 도착한 사람과 모종의 거래를 했다. 그러고서 한 사람은 2층 문으로 가고, 다른 한 사람은 1층에 세워둔 자전거를 타고 돌아간 거죠."

천천히 1층 창문 앞까지 간 유성은 옷소매로 조심스레 창문을 닦았다. 먼지가 껴 부옇던 내부가 조금이나마 선명히 보였다.

"안타깝게 됐네, 아현아. 네 가설은 부정당하게 생겼다."

유성은 어딘지 차가운 목소리로 단정했다. 유성 선배는 늘 유순하지만 왜인지 미스터리 이야기를 할 때면 상당히 엄격해진다는 걸, 아현은 익히 알았다.

창문을 뚫어져라 들여다보는 유성의 눈에 정사각형에 가까운 공간이 비쳤다. 건물 정면에 있는 문과 오른쪽 벽에 난 문을 제외하면 벽에는 아무것도 없다. 천장도 깔끔히 막혀 있고, 내부에 있는 물건이라면 낡은 의자 정도가 전부일까.

"1층에서 2층으로 가는 계단이 없어."

유성의 말에 아현의 어깨가 움찔했다.

"사다리도 없고 천장도 열릴 것 같지 않아. 그렇다면 이 농가에 문과 계단이 필요 이상으로 많아 보인 부분도 자연스러워지지. 다세대인 거야. 각자 다른 층에 사는 사람들끼리 불필요하게 마주치지 않도록 1층과 2층으로 통하는 문을 각각 설계한 집. 이전까지는 당연히 내부에도 계단이 있을 거라고 생각해서, 외부 계단이 두 개나 있는 게 의아했어. 하지만 내부에 계단이 없다면 그것도 크게 부자연스러운 일은 아니지.

아무튼, 네 말대로라면 2층에 간 사람이 판매자고 마약 판매 후 쓰레기나 다름없는 베개들을 문과 창문을 통해 바깥으로 던졌다는 건데…… 그럼 1층의 구매자에게 마약을 어떻게 전달했다는 거지? 그것도 창밖으로 던져 전달했나? 그렇다기엔 구매자가 자전거에서 내린 흔적은 없고 저 물건들 외에 다른 물건이 눈밭에 떨어진 흔적도 없지. 구매자가 아무리 2층 창문에서 몸을 내밀어도 1층 문 앞에 자전거를 세워둔 사람에게 무언가 건네주는 건 거리상 불가능할 것 같네. 별도로 물리적인 트릭이 가해졌으면 가능은 하겠지만…… 설마 그런 억지까지 쓰진 않을 거지?"

한 방 먹었다고 생각한 건지 아현의 입이 딱 벌어졌다. 그걸 보고서 유성은 작게 소리내어 웃었다.

"조금만 더 관찰해보고 가설을 제시하지 그랬어."

"……내부 구조까지 확인할 생각은 못했죠."

"이 농가가 왜 이런 모습으로 설계되었는지에 의문을 가졌다면 당연히 안도 살펴야 하지 않겠어?"

'아니, 내가 왜 혼나기까지 해야 하는 거지?'

생각이 거기에까지 미친 아현이 눈으로 불만스러움을 표하자 유성은 회피하듯 재빠르게 말을 이었다.

"그럼 이번엔 내가 제시해볼까? 나의 가설은…… '범인은 자신이 2층에 드나들었다는 걸 들키고 싶지 않았다'는 거야."

그 말에 눈이 약간 커진 아현은 머리카락이 마구 흔들릴 정도로 격렬하게 두 선배를 번갈아 돌아보았다. 하지만 수정은 시선을 먼 곳으로 돌린 채 후배에게 아무 말도 해주지 않았고 유성은 보기 드물게 장난스러운 웃음을 지어 보였다.

"배경이 눈밭이라면 당연히 이것부터 생각했어야지."

유성은 농가의 벽을 손등으로 가볍게 두드렸다. 다른 손으로는 가지런히 정돈된 갈색 머리칼 끝을 비비꼬면서 느긋한 어조로 말을 이었다.

"내 가설은 이래. 무슨 이유에서인지는 모르겠지만, 범인은 눈이 내린 이후 자신이 2층에 드나들었다는 사실을 들키고 싶지 않았어."

눈이 내린 이후에는 발자국이 남는다. 흔적을 남기지 않고 2층에 드나들기 위해서는 어떻게 해야 하는가?

답은 명확하다. 유성이 판단하기에, 그 정체불명의 물체 아홉 개 중에 실제로 의미가 있는 것은 소수다. 굳이 아홉 개나 흩뿌려둔 것은 미스디렉션 시도일 거고.

"첫째, 눈이 내리기 전에 저 아홉 개의 물건을 가져와 배치하고 2층으로 들어간다. 둘째, 눈이 내린 후 2층 문을 통해 나간다. 이쯤에서 의문을 가질 것도 같은데, 나는 굳이 이렇게 한 데엔 의도가 있다고 생각해. 만약 나가는 발자국조차 없는 '눈 밀실'이었다면, 이 농가에서 어떤 사건이 일어났을 때 '트릭'을 알아내려는 사람들이 생길 거야. 하지만 나가는 발자국이 있다면 누군가 눈이 오기 전에 들어왔다가 나갔다고 생각하겠지. 그러니까 범인은 눈이 온 이후 2층에 들어갔지만 그 사실을 숨기고 싶었던 것 아닐까?"

"조금…… 어려운데요."

"쉽게 생각해볼까? 예를 들어 하나, 범인은 2층에서 특정한 시간에 어떤 행동을 했고, 그것은 분명한 흔적을 남기는 일이었다. 둘, 그것은 눈이 온 이후의 시간대에 2층을 출입했어야만 할 수 있는 일이다. 하고 가정해보면 범인이 실제로 한 게 뭐든, 눈이 오기 전부터 들어가 있어서는 할 수 없는 일이었던 거지.

자, 그럼 셋째. 자전거를 타고 돌아와 발자국이 남지 않도록 저 물체들을 밟고 2층 문에 접근. 창문과 달리 문은 높이가 그다지 높지 않으니 기어 올라가는 건 어렵지 않았을 거야. 마지막으로, 2층에서 들키고 싶지 않았던 어떤 일을 처리한 뒤 다시 물체들을 밟고 세워둔 자전거로 돌아와 자전거를 타고 간다."

발자국을 남기지 않기 위한 징검다리. 그렇게 가정해본다면.

범인은 자전거에서 내린 뒤 가장 가까운 물체부터 2층 문 아래까지, 어림잡아 너덧 개의 물체만을 징검다리로 사용했을 것이다. 당연하지만 물체 위에 발자국이 남으면 지금까지 들인 수고가 허사가 될 테니 덧신 따위를 챙겨서 신었으리라.

'너무 편의주의적 아닌가?'

아현의 미간이 좁아졌지만 유성은 아랑곳하지 않았다.

"하지만 그럴 이유가 뭔데요?"

반론을 제기하는 아현을 향해 유성은 어깨를 으쓱했다.

"가능성이기만 하면 된다며? 네가 그렇게 묻는다면 나도 물어볼 수밖에 없어. 왜 하필 이 농가에서 마약 거래를 해야 했는가? 쓸모없어진 물건들이라고 해서 굳이 밖에 버렸어야 했는가? 등등."

"아, 알겠어요. 알겠어. 진짜 무슨 말을 못 하게 하네."

아현이 넌더리를 내며 입김을 뿜었다.

"그래도 역시 이유를 붙이고 싶어진달까요? 숨기고 싶은 이유라면 역시 범죄일 가능성이 높고. 아니면 불륜이라든가."

"갑자기 너무 K-드라마스러워지는데."

"애초에 한국 맞잖아요. 게다가 세상일 대부분은 추리소설이랑 다르게 세속적이고 '그게 뭐야?' 싶을 정도로 감정적인 일이 원인이 되어 발생한다고요. 저라고 그게 맘에 든다는 건 아니지만."

"하아."

유성과 아현의 대화를 못 들어주겠다는 듯 선명한 한숨 소리가 끼어들었다. 눈치를 보듯 아현의 어깨가 움츠러들었다.

"선배 취향에 안 맞는 얘기긴 하죠?"

"그게 아니라."

검고 긴 앞머리 너머, 음침한 빛을 띤 검은 눈이 좌에서 우로 천천히 움직였다. 수정 특유의 검은색 눈동자는 눈밭에 떨어트린 잉크라기보단 종이에 뚫린 구멍 같다고, 아현은 문득 생각했다.

"규칙을 추가해보면 어때."

뜻밖의 제안에 아현은 눈을 크게 떴다. 수정은 탐탁지 않은 듯 유성을 흘겼지만, 다시 아현을 똑바로 바라보며 입술을 달싹였다.

"모든 의문점을 해소하는 가능성을 제안할 것. 그걸로 규칙을 바꾸면, 아까처럼 바보 같은 대화는 피할 수 있겠지."

바보 같아 보일 정도였나.

"그럼 선배는, 그런 가능성을 떠올리셨어요?"

수정의 입술이 일자로 다물렸다. 그걸 본 유성은 쓴웃음을 지었다. 그래, 아직 수정도 떠올리지 못한 것이다. 그렇다면 이제부터 셋이서 머리를 맞대고 그럴듯한 가설을 도출한 뒤, 재미있는 해프닝이었다고 추억 삼을 수 있다.

그런 식의, 적당한 결말을 가진 이야기가 될 수 있다.

유성이 막 그렇게 생각했을 때, 수정이 입을 열었다.

"있어."

'모든 의문점을 해소하는 가능성'이라는 게 있다고 주장한들 '모든 의문점'이 뭔지를 제시하지 않는다면 대체 무슨 소용일까? 사실 의문점이라는 것도 일종의 가능성이다. 얼핏 보면 무시하고 지나갈 수 있는 문제라고 해도 콕 찍어 의문스럽게 생각하기 시작하면 그 순간 의문점이 되어버리니까.

'그렇다는 걸, 정이가 모르지는 않을 텐데.'

"중요한 의문점은 모두 네 가지."

유성이 품은 의문에 대꾸하듯, 줄곧 주머니에 꽂아놓았던 손을 꺼낸 수정이 중얼거리듯 말했다.

"범인은 왜 번거로운 일을 해야만 했는가?

물체 아홉 개의 용도는 무엇인가?

왜 하필이면 아홉 개인가?

마지막으로 가장 중요한 것. 1층 오른편의 문이 열렸다 닫힌 이유는 무엇인가?"

물이 흐르듯 의문점 네 가지가 제시되었다. 수정은 숨을 작게 들이켰다 내쉬었다.

"의문점도 확정하지 않고 가능성 게임을 하니까 마약 거래 같은 소리가 나오지."

검은 눈은 명백히 아현을 질책하는 기색을 띠었다.

"다시는 너랑 미스터리 얘기를 안 하고 싶어질 뻔했어."

"그렇게 심한 말을!"

수정의 저런 발언은 절교 선언이나 다름없다. 원래도 살짝 벌렸던 아현의 입이 더 크게 벌어졌다. 하지만 아현은 그 말에 수정 나름의 농담이 섞여 있다는 것을 알고 있다. 수정은 그런 아현을 물끄러미 바라보더니, 고개를 천천히 기울였다.

"뭐해?"

"네?"

"할 일이 있잖아."

아, 그런가.

수정은 이미 저 네 가지 의문점을 해결할 수 있는 가능성을 떠올린 것이다. 그러나 그것을 해설하기만 할 뿐이라면, 재미없다. 그러니 어디 한번 맞춰보라는 것이다.

　아현은 턱 밑을 쓸었다.

　"으음, 그런가."

　하지만 아현보다 한발 빠른 사람이 있었다. 유성은 미간을 일그러뜨렸다.

　"네 가설은 '범인의 예행연습설'이라고 불러야겠네."

　수정은 감정이 드러나지 않는 얼굴을 유성에게서 돌렸다. 유성은 심호흡하듯 숨을 내쉬고서 설명하기 시작했다.

　"내가 제시한 가설에서 한 단계 더 나아간 거야. 범인은 2층으로 갔다는 사실을 숨기고 싶었다. 그렇다면 범인은 2층에서 무엇을 한 것인가? 아까 아현이가 말한 대로 모종의 범죄를 저질렀다고 보는 게 맞아. 그럼 그게 살인이라고 가정해보면 어떨까."

　'살인?'

　아현은 반사적으로 2층 창문을 올려다봤다.

　"살인이라면, '특정한 시간대에 행한 일이라고 확실한 증거가 남는 일'이기도 하지."

　유성은 갈색빛이 도는 눈동자가 안 보일 정도로 미소하며 작게 소리내어 웃었다.

"그리고 지금 우리 눈앞에 있는 것은 살인 예행연습. 그렇군. 저 물체들은 '시체 대용품'이라는 거지?"

아현은 물체들을 찬찬히 다시 살폈다. 조금 길쭉한 모양의 베개가 하나. 보디필로를 조각낸 것 같은 원통형의 베개 여섯 개는 일관성 없는 방향으로 흩어져 있었고 푹신한 이불을 한 번 잘랐다가 다시 둘둘 말아둔 것 같은 큰 덩어리도 하나 있었다. 마지막으로 축구공만 한 쿠션까지.

차례대로 팔 혹은 다리 하나. 나머지 여섯 개는 남은 팔다리 셋을 절반씩 절단한 것. 가장 큰 덩어리는 몸통. 쿠션은 인간의 머리라고 생각하면 하나의 인간이 완성된다.

생각의 방향을 그쪽으로 바꿔보니 마약 거래설보다 훨씬 사건다워졌다. 널려 있는 게 진짜 시체가 아닐 뿐.

"범인은 왜 이런 짓을 했는가…… 범인이 2층에서 범행을 저질렀기에, 그걸 들키지 않기 위해서…… 라는 건가요?"

수정은 긍정도 부정도 표하지 않았다. 아현은 관자놀이를 꾹꾹 누르며 생각을 점점 더 빨리 이어갔다.

"아니지, 일단 가정이 좀 필요해요. 범인은 이런 상황을 만듦으로써 용의선상에서 벗어날 수 있어야 해. 그렇다면 피해자는 '눈이 내린 이후의 2층'이라는 밀실에서 사망했겠죠. 검시

결과가 그렇고 현장 상황이 이러했다면, 눈이 내리기 전에 농가 2층에 들어온 누군가가 마찬가지로 눈이 오기 전에 들어온 범인에게 살해당하고 토막났다고 생각해야겠죠. 혹은 피해자를 어디선가 살해하고 그 시신을 2층으로 들고 갔을 수도 있고요. 아무튼 저 농가엔 핏자국이든 뭐든 증거가 남게 될 거예요.

일련의 범행을 저지른 다음 눈이 내렸고 범인은 2층 문을 통해 농가에서 나갔다. 1층을 오고간 자전거의 주인은 사건의 목격자일지언정 범인일 수는 없다. 왜냐하면, 1층에서 2층으로 가는 계단은 없었으니까."

하지만.

"……사실 2층 문으로 나간 발자국과 피해자의 사망 시각이 무관하다면?"

수정이 눈을 지그시 감았다. 긍정의 뜻이다. 아현은 입술을 살짝 축였다.

"설명하기 위해서 시간을 적당히 정해볼게요. 눈이 온 시간을 한시라고 해보죠. 피해자의 사망추정시각은 세시에서 네시라고 할 거예요. 하지만 2층 계단으로 향하는 발자국은 없는 상태. 그렇다면 경찰의 입장에서 범인은 한시 이전에 2층에 들어갔다가 네시 이후에 나온 인물이 돼요. 하지만 2층 문을 통하지 않고도 2층에 출입할 수 있었다면, 범인은 한시 이후에 농가에 들어갔어도 무관했겠죠. **즉, 한시 이전의 알리바이를 만들 수 있게 될 거예요.**"

범인이 번거로운 일을 한 것은 알리바이를 만들기 위함. 고전적이다.

"그럼 문제는 '어떻게 2층에 출입했는가'예요. 여기선 유성 선배의 가설이 등장하죠. 하지만 좀 수정되어야 해. 그렇죠?"

"그렇지. 확실히 순서가 이렇게 되면 좀더 자연스러워지겠네. 나는 범인이, 눈이 내리기 전에 징검다리를 만들었을 거라고 생각했어. 하지만 생각해보니, 너한테 뭐라고 지적했던 내 가설에도 허점이 있었네."

유성이 씁쓸한 듯 웃었다.

"눈이 내리기 전에 징검다리를 만들면 물체 위에 눈이 쌓여서 발자국이 남아. 실은 내 가설도 부정될 가능성이었던 거지."

아현의 가설을 반박하는 것에 집중하느라 놓쳤다. 삼킨 침이 썼다. 하지만 아현은 그런 건 신경쓰지 않고서 말을 이었다.

"달리 말하면 징검다리가 만들어진 건 눈이 내린 이후라는 거죠. 사실 당연해. 징검다리의 재료는, 그러니까 아홉 개의 물체는 살해당한 피해자의 시체니까. 그렇게 생각하면 범인은 징검다리 없이 1층에서 2층으로 올라갔다는 말이 돼요. 2층으로 들어간 방법과 나온 방법이 다르다는 거죠. 그럼, 그건……"

수정이 제시한 의문점이 아현의 머릿속을 스쳐지나갔다.

"그래서 1층 문이 열렸었구나."

출입의 흔적 없이 단지 열렸다가 닫힌 흔적만이 있던 그 오른편의 1층 문. 그 위치는 2층 오른편에 난 창문 아래다.

"열린 1층 문을 딛고, 2층 창문을 통해 2층으로 들어간 거군요. 바닥의 눈은 어차피 1층 문을 열 때 쓸려나가니 그 공간에 의자나 사다리를 둬도 흔적은 남지 않아요. 그것이 2층으로 들어간 방법. 하지만 나갈 땐 피해자를 살해하고 시체를 절단한 뒤 문과 창문을 통해 밖으로 던져서 징검다리를 만들었어요."

'하지만, 왜 꼭 그래야만 했을까?'

시체를 2층에 꽁꽁 숨겨두고 들어올 때와 마찬가지로 문을 밟고 나가는 것이 더 안전할 것이다. 시체를 밖으로 던지는 모습을 누군가에게 목격당할 수도 있으니 너무 위험부담이 크지 않은가.

그런 의문을 제기한 뒤, 아현은 고개를 갸웃했다.

"이유가 없지는 않을 것 같은데."

발끝으로 눈을 지익 그으며, 유성이 읊조리듯 말했다.

"범인에겐 시신이 일찍 발견당해야만 할 이유가 있었어. 그래야 네가 말했던 것처럼 피해자의 사망 시각이 확정될 수 있으니까. 사망 시각이 넓게 잡히면 범인의 알리바이 공작이 무의미해질 가능성이 높아. 그리고 시신이 놓인 위치를 보면, 저 2층 문 바로 아래에 가장 큰 몸통이 놓여 있지. 얇은 문을 밟는 것보단 저걸 밟는 게 좀더 안정적이었을 거야. 어차피 시신을 밖으로 내보여야 한다면, 그게 더 낫다고 생각했을지도 모르지. 그리고 한 가지 더. 범행을 저지른 후에 몸에 피라든지, 관련 흔적이 남았을 수도 있어. 그런 게 오른편 문에서 발견되면 문제가 커지겠지만, 징검다리 역할을 한 시체들은 이미 피투성이겠지. 숲에 나무를 숨기는 거야."

그래도 자전거에 타기 전에 꼼꼼히 확인할 필요 정도는 있었을 것이다. 거기까지 정리한 유성은 찬찬히 주머니에 손을 찔러 넣었다. 슬슬 코가 시큰하고, 전신에 추위가 느껴졌다.

"하필 아홉 개인 이유도 설명할 수 있어요. 징검다리라고 한다면, 단순히 몸과 사지를 절단하는 것만으로는 부족했던 거예요. 다리와 다리 사이 공간이 너무 넓으면 실수해서 발자국을 남기게 될 수도 있죠. 그걸 줄이기 위해 더 조각낼 필요가 있었고, 그렇다고 전부 조각내자니 비효율적이죠. 필요한 만큼만 조각냈기에 아홉 개가 된 거예요."

징검다리에서 중요한 것은 다리를 이루는 디딤돌 각각의 크기가 아니라 디딤돌 사이의 공간이다. 디딤돌과 디딤돌 사이의 빈틈을 적당히 줄이기 위해서는 다리의 개수가 많을 필요가 있다. 동시에 징검다리로 활용했다는 것이 너무 티나지 않도록 하기 위해, 시체를 필요한 만큼만 분산시켜야 한다. 그렇기에 아홉 개, 라는 논리다.

"그러니까 정리하자면."

입술을 혀로 축인 아현이 수정의 앞으로 종종 걸어갔다.

"범인은 왜 번거로운 일을 해야 했는가? 알리바이를 만들기 위해서였어요. 물체 아홉 개의 용도는 무엇인가? 알리바이 트릭을 완성하기 위한 징검다리였고요. 왜 하필이면 아홉 개인가? 그것들의 정체는 토막낸 시체 조각이며, 징검다리를 만들기 가장 적절한 수를 맞추느라 아홉 개로 잘라낸 거니까. 마지막으로 1층 오른편의 문이 열렸다 닫힌 이유. 2층 문을 통하지 않고 1층에서 2층으로 이동하기 위해서였죠."

수정보다 키가 약간 큰 아현이 수정 쪽으로 몸을 기울였다. 빨개진 코 위, 청록빛이 도는 눈이 채점 결과를 기다린다는 것처럼 크게 뜨였다.

"……그래. 이쪽이 조금 더 추리소설스럽잖아."

수정이 그렇게 말하자 아현이 쿡쿡 웃었다. 그게 신호라는 듯 수정이 발을 움직이기 시작했다. 아현은 수정의 바로 옆에 붙어 걸었고, 조금 멀찍이 있던 유성도 어깨를 움츠리며 학교로 향했다.

그렇게 말을 많이 하고도 지치지 않은 건지, 아현은 하얀 입김을 뿜어내며 입을 열었다.

"만약 선배가 말한 그 가능성이 진실이라면요……"

세 사람 모두 진짜 사건을 마주한 듯 진지하게 이야기했지만, 그럴 수 있던 까닭은 가설이 현실이 될 가능성이 현저하게 낮기 때문이다. 그 상황에서 사건성이 약간이라도 보였다면 즉시 당직 선생님을 찾아가 경찰에 알리기를 택했을 것이다. 한유성은 어떨지 몰라도 명아현은 분명 그랬겠지. 수정에게는 그런 확신이 있었다.

아홉 개의 물체는 그저 어떤 사연으로 만들어진 뒤 단순히 용도를 다해 버려진 쓰레기. 발자국은 누군가 오간 흔적 그 이상도 이하도 아닌 것. 열린 문은 단순한 환기 혹은 바람 탓에 열렸다 닫힌 것. 그것도 아니면 자전거를 다른 쪽 문에 세워뒀단 걸 뒤늦게 떠올려서 문을 도로 닫았다는 식으로도 설명할 수 있다.

시시한 진실의 가능성은 이처럼 세 사람이 제시한 특이한 가능성에 비해 무궁무진하다. 따라서 실상은 거의 확실하게 시시할 것이고.

그런데도 아현은 '만약'을 이야기하고 있었다.

"만약 그렇다면, 범인은 금방 밝혀질 수 있을까요?"

"시간 끌기 정도는 되겠지만…… 아마 그렇지 않을까."

제법 단정적으로 이야기하는 수정의 옆얼굴을 아현은 조금 놀란 얼굴로 바라봤다. 안경 너머 새카만 눈이 살짝 움직여 아현을 보았다가 다시 정면으로 돌아갔다. 흠, 내쉬는 숨에 수정의 어깨가 조금 흔들렸다.

"경찰들에게는 '누가 범행을 저지를 수 있었는가'도 중요하지만 '누구에게 동기가 있었는가'도 굉장히 중요하고, 사실 그게 실마리가 될 때가 훨씬 더 많으니까. 유력한 용의자가 존재하는데 그 사람에게 알리바이가 있다면 당연히 현장의 기묘한 점들을 주목하겠지. 그리고 아무리 덧신을 신고서 조심히 움직인대도 토막 시체를 밟으면 흔적이 남을 것 같은데."

수정은 그리드 방식의 미세증거 수집 기법을 떠올렸다. 사건 현장 전역에서 미세증거를 수집하는 방식을 따르면, 덧신의 섬유질이 시체에 남아 있거나 시체가 입고 있던 옷에서 눌린 자국이 발견될 수도 있다. 부검 과정에서 시체에 강한 압력이 가해졌다는 사실도 밝혀질 가능성이 높고.

이어지는 설명을 들은 아현은 천천히 고개를 끄덕였다.

"하지만, 만약……"

이어서 수정이 무언가 덧붙이려다가 말을 흐렸다. 아현이 고개를 갸웃했으나 수정은 입을 다물고 손을 뻗었다. 어느새 탐구동의 뒷문까지 다다른 참이었다. 주변에 선생님이 없는지 슬쩍 확인한 세 사람은 재빠르게 유리문을 열고 들어가 본래 있던 3층 실험실까지 계단을 올랐다.

이야기의 주제는 어느새 '졸업할 때까지 무엇을 하고 지낼까'로 넘어가 있었다. 아까까지만 해도 조금 뒤에서 따라오던 유성은 이야기 주제가 바뀌자 수정의 옆까지 다가왔다. 갈색 머리칼에 살짝 가린 유성의 눈은 종종 따뜻한 빛을 띠었다. 언제나처럼 창백한 얼굴을 한 수정은 무감정하고 새카만 눈을 내리깔았다.

'이제껏 이런 사람 만나본 적 없고 앞으로도 비슷한 사람 만날 일 없을 것 같은, 이상한 선배들. 정말 이 사람들이 졸업하는구나. 같은 대학교를 가지 않는 이상 앞으로 이런 이야기를 할 수 있는 날은 없겠지. 연락하면 만날 수야 있겠지만……'

아현은 어쩐지 그런 예감이 들었다. 수정은 물론이고 교우관계가 원만한 유성마저도 사적인 연락은 거의 하지 않는다고 들었다. 그런 두 사람이 졸업하고서도 귀찮은 후배와 적극적으로 어울려줄 리 없지 않은가.

두 선배의 뒷모습을 바라보던 아현은 씁쓸한 표정을 애써 웃음으로 덮었다.

✕

그로부터 삼 개월 뒤. 수정과 유성의 졸업식으로부터 이 주가 지난 어느 날. 달콤한 겨울방학을 맞이한 아현도 본가에 머물렀다. 이제 곧 3학년이 된다는 현실은 미뤄둔 채, 아현은 포근한 이불에 싸여 뒹굴거리고 있었다. 등을 침대 헤드에 기대고 휴대폰을 무릎에 턱 걸친 채 화면을 두들기고 있으니 방학이라는 것이 실감났다.

인스타에 들어가보니 여행 계획을 잡는 친구들의 소식이나 학사모를 쓴 선배들의 사진이 끝없이 올라와 있었다. 졸업식은 이미 이 주 전에 끝났지만, 아직 그 여운이 남은 듯했다. 중간중간 선생님들의 일상도 알 수 있었다. 선배들의 입시가 마무리되었으니 3학년 담당 선생님들도 한숨 돌릴 수 있으리라.

그때 메신저 알림음이 울렸다. 아현의 동급생이 전부 모인 단체 채팅방이었다. 대수롭지 않은 내용이라 넘기려던 아현은 이어서 떠오른 알림을 확인하고는 손가락을 빠르게 놀렸다. 커스텀 배경화면 위로 채팅 메시지가 빠르게 올라갔다.

야
학교 미쳤음

> 아니 학교가 미친 건 아니고
>
> 뭔데?
>
> 학교 뒤에 공터 알지
>
> ㅇㅇ
>
> 거기서 시체 발견됐다는데;;
>
> ???
>
> 지금 뉴스 뜨고 난리 남

 이불을 휙 걷고 일어난 아현은 곧장 노트북 앞에 앉아 'J고등학교 시체'라는 키워드를 검색했다. 유의미한 결과가 없었다. 그렇다면 이렇게 해보자. 아현은 J고등학교 대신 J고등학교가 있는 지역의 이름을 넣었다. 기사는 어렵지 않게 찾아볼 수 있었다.

XX동 농가 토막 시체 발견돼…… 경찰 수사중

 지난 X일 오후, XX동에 위치한 농가에서 심각하게 훼손되고 토막난 시체가 발견됐다. 최초 발견자는 해당 농가의 소유주로, 시신이 발견된 농가는 실거주자 없이 장기간 방치된 상태였으나, 마침 자전거를 타고 지나가다 농가 근처에서 무언가 붉은 물체를 목격하고 이상하게 여긴 집주인이 시체를 처음 발견한 것으로 알려졌다. 현장에는 토막난 시체가 방치되어 있었으며, 놀란 집주인은 곧장 경찰에 신고한 뒤 현장을 벗어났다고 밝혔다.

  피해자는 같은 날 오전 시간대에 사망한 것으로 추정되며 구타와 고문이 이어졌던 것으로 보인다고 경찰은 전했다. 또한 눈밭에 남은 발자국 등 현장에 남은 증거를 토대로 용의자를 추정하고 있으며, 피해자의 신원은 아직 파악되지 않아……

삼 개월 전, 선배들과 심심풀이로 대화한 끝에 완성했던 가설과 소름끼칠 정도로 닮은 사건이다. 머리카락이 쭈뼛 서는 것만 같아진 탓에 아현은 입술을 깨물었다. 당장이라도 학교를 찾아가고 싶은 충동이 들었지만 이미 현장 감식은 끝났고 발자국도 새로 내린 눈에 덮이거나 녹아 사라졌으리라. 가봤자 유의미한 것은 알 수 없다.

  그리고 설령 그것이 진짜라고 해도, 달라지는 건 없다. 수정이 이미 말하지 않았는가. 범인이 그런 알리바이 트릭을 썼다 할지라도 금방 밝혀질 거라고.

  그러나.

  '수정 선배가 덧붙이려다 그만둔 말은 무엇이었을까.'

  아현은 그것이 못내 불안했다. 역시 이 사실을 두 사람에게도 알려야겠다는 생각에 아현은 채팅창 목록을 내려 두 사람의 이름을 찾았다.

"어?"

아현의 입에서 멍청한 목소리가 흘러나왔다. 수정의 프로필이 '알 수 없음'으로 바뀐 탓이었다. 전화번호 변경 등의 이유로 메신저 계정을 삭제해버린 경우에 일어나는 일이다. 하지만 말도 없이 이렇게?

금방 정신을 차린 아현은 유성의 프로필을 눌렀다. 다행히 계정이 없어지진 않았지만 '해외여행중! 당분간 연락 X'라는 문구가 상태 메시지에 떠올라 있었다. 입술을 잘근 문 아현은 혹시 수정 선배와 연락이 되는지 물어보며 뉴스 링크를 보내두었다. 수정이라면 몰라도 한유성이 대놓고 연락을 무시하리라곤 생각하지 않았으니까.

그러나 이후, 아현이 매일같이 사건에 대해 검색했지만 범인을 잡았다는 소식은 없었다. 어느 날부턴가는 새로운 정보도 갱신되지 않았고, 눈이 모두 녹고 벚꽃이 피도록 유성에게서 답장은 오지 않았다.

'그날의 예감이 맞았어.'

이렇게 될 것 같다고 생각했었는데도, 묘한 허전함이 남는 것은 어쩔 수 없었다.

'그래, 그 기묘한 두 선배가 졸업한 날로부터 미스터리는 끝난 거야……'

고등학교 3학년이 되어 첫 시험을 치기 직전, 아현은 그렇게 결론을 내렸다.

×

"답장 어떻게 할까?"

탁자 위에 놓인 아이스 바닐라라테를 쪽 빨아들인 유성이 싱글 웃었다. 수정은 따뜻한 히비스커스가 담긴 찻잔 테두리를 손가락으로 문지르다가 슬며시 시선을 들었다.

눈앞에는 연갈색 코트를 입은 유성이 앉아 있다. 두 사람은 꼭 필요한 일이 있으면 휴대폰으로 연락하고, 놀기 위해 만나는 일은 없다. 오늘 만난 것은 단순히 유성이 중고가로 십만 원을 훌쩍 넘는 귀한 추리소설을 빌려주겠다고 해서였다.

수정은 눈을 굴려 탁자 위, 유성의 휴대폰 화면과 책 표지를 바라보았다. 아현이 유성에게 보낸 메시지에는 수정에 대해 묻는 것도 있었다.

그런 뉴스 따위야 수정도 올라오자마자 알았다.

"답장하지 마."

"네가 그렇게 말한다면야 당연히 안 할 거지만…… 꽤 아끼는 후배 아니었어?"

"……"

수정은 줄곧 만지작거리기만 하던 잔을 들어 입가에 가져갔다. 산뜻한 향이 코끝을 스쳤다. 뜨거운 찻물을 삼키자 추위에 식었던 몸이 훈훈해졌다.

"현실의 사건을 파헤치는 건 딱히 좋은 일이 아니니까. 애초에 난 그 사건이 정말 우리가 이야기한 내용 그대로일 거라고 생각하지도 않고."

곧이어 "그 작은 학교에서 우리 말곤 미스터리 이야기를 할 상대도 없을 테니까, 관심은 금방 식겠지"라고 덧붙이는 수정을 보며 유성은 눈을 조금 크게 떴다.

"너답지 않게 예민하게 구네."

유성의 말에 아랑곳하지 않고 수정은 책에 손을 뻗었다. 그 순간 유성이 표지를 턱, 눌러 잡았다.

"잠깐, 빌려가기 전에."

"뭐야."

수정이 눈을 가늘게 뜨는 것을 본 유성은 쓰게 웃었다.

"저 사건, 범인이 밝혀지긴 쉽지 않을 것 같아서. 그렇지? 실제로도 사건이 일어나고 시간이 꽤 지났는데 용의자 특정에 대한 기사는 전혀 안 올라오잖아."

수정은 책 끝을 잡은 손에 힘을 빼고 도로 바르게 앉았다. 두툼한 후드 위로 입은 코트 자락이 뺨에 닿아 까슬했다. 카페 창문을 통해 보이는 거리의 풍경으로 자신의 모습이 반투명하게 비쳤다. 수정이 침묵을 지키고 있자 마찬가지로 유리에 비친 유성의 옆얼굴이 조용히 미소를 지었다.

"트릭 자체는 그날 우리가 말한 대로일 가능성이 높아. 하지만 그건 우리가 그때 봤던, 기묘한 광경만을 근거로 재구성해낸 구조지."

하지만 그런 '놀이'는 현실의 사건, 현실의 수사완 다르다.

"피해자의 신원이 밝혀지지 않았다는 걸 보면 피해자의 얼굴을 뭉개고 지문을 지운 모양이지?"

처음으로 나온 기사도 단순히 '토막난 시체'라고만 표현하지 않고 '심각하게 훼손되고'라는 수식어를 붙였다. 당연하겠지만 신원을 특정할 유류품도 없었던 모양이다. 피해자의 신원이 언급되지 않은 것도 그런 탓이리라.

"그리고 최초 발견자는 자전거를 타고 지나가던 집주인이라고 되어 있어. 그렇다면 자전거 바퀴자국이 실제로 언제 만들어졌든, 경찰들은 2층 문으로 나선 발자국에 주목하겠지. 달리 말하면 그 최초 발견자이자 집주인이라는 사람이 범인 아닐까?

물론 이건 결과론적인 이야기지만······"

후후. 명백히 꾸며낸 웃음소리가 들려도 수정은 창문에서 시선을 돌리지 않았다. 카페의 음악이 백색소음처럼 가라앉는다.

본래라면 이 이야기는 의미심장한 뉴스 기사를 마지막 장면으로 해야 한다. 명아현이 주인공인 이야기, 미스터리한 선배 둘은 소리소문없이 잠적하고 아현은 고등학교 시절의 이 사건을 오래도록 찜찜한 기분으로 간직한다······ 수정은 그렇게 끝나기를 원했다.

하지만 유성이 그것을 용인하지 않고 있다.

"너는 의도적으로 한 가지 의문을 누락했어."

수정은 묵묵부답이었지만 유성은 꿋꿋하게 말을 이었다.

"그리고 그걸 고려했다면 집주인이 범인이라는 결론은 결과론적인 이야기가 아니라 연역적인 이야기가 되지. 너는 아현이에게 묻지 않았어. **왜 1층에 벽이 없었는지에 대해.**"

깍지를 낀 유성의 흰 손이 탁자 위에 얹혔다.

"그 농가는 다세대 주택으로 지어진 게 맞을 거야. 그렇다면 1층에 문이 두 개 있던 것도 세대를 분리하기 위해서였어야 해. 그런데 우리가 창문을 통해 1층을 들여다보았을 때 벽은 보이지 않았지. 그렇다면 본래 1층에 있었을 벽들도 언젠가를 기점으로 철거되었다고 봐야해. 그 시점은 언제가 자연스러울까.

……그래, 반년 전이야. 계단이 철거된 반년 전."

거기서 유성은 살짝 숨을 고르고 음료로 목을 축였다.

"우리가 이야기한 트릭이 성립되려면 계단도 하나 없는 편이 좋아. 1층도 뻥 뚫려 있어야 해. 범인은 정면 문으로 들어갔다가 오른편 문을 열어야 했으니까, 세대가 분리되어 있으면 곤란하지.

즉, 범행은 아주 오래전부터 계획되었어. 반년 전 그날부터, 화재도 철거도 의도되어 있던 일이야. 집주인은 그 농가는 빈집이 된 지 오래되었고, 화재 때문에 계단을 철거하는 김에 농가를 창고로라도 쓸까 싶어 내부 벽까지 철거했다고 설명할 수 있겠지. 결론적으로 이 트릭을 사용할 수 있는 범인은 계단과 내부 벽을 철거할 수 있었던 사람, 집주인밖에 없어."

만약 철거된 것이 계단뿐이었다면 누군가 그 농가를 살인에 이용하기 위해 의도적으로 불을 내고 철거되기를 기대했을 가능성도 고려해야 한다. 그러나 내부의 벽만은 집주인이 직접 철거해야 한다.

쪽, 빨대로 음료를 빨아올리자 연갈색 액체에 잠겨 있던 얼음이 드러났다. 유성은 겨울에도 찬 음료를 고집했다.

"마지막으로 네가 말했던 수사법 말이야. 확실히 요즘 과학수사법으론 작은 미세증거도 찾아낼 수 있다지만, '구타당하고 고문당한' 시체에서 과연 '구타당한 흔적'과 '징검다리로 쓰인 흔적'을 구분할 수 있을지는 모르겠네."

유성의 목소리가 한층 날카로워졌다.

그래, 애초에 발에 채이고 구타당한 흔적이 가득하다면 징검다리로 쓰기 위해 밟은 흔적 따위 구분되지 않는다. 그리고 법정에서 제시 게임 같은 탁상공론은 통하지 않는다. 시체에서 나타나는 '밟힌 흔적'은 구타의 결과로도, 징검다리로 쓰인 흔적으로도 해석 가능하다. 더해서 구타의 결과일 수도 있다는 가능성이 존재하는 이상 아무리 후자가 합리적으로 보이더라도 결정적인 증거가 되기는 힘들다.

"피해자의 신원이 파악되지 않는 한 원한 관계를 수사할 수는 없어. 외진 마을의 공터니까 당연히 CCTV 기록이나 새벽의 목격담도 기대할 수 없고. 유일하게 사람이 많은 J고등학교도 방학중이었지.

물론 경찰도 우리와 같은 트릭을 떠올릴 수 있어. 실종 인물을 바탕으로 피해자를 알아낸 뒤 원한 관계를 파악할 수도 있겠지. 하지만 그때쯤이면 범인이 물증을 깨끗하게 치운 뒤일 거라고 해도 무리는 없을 것 같은데…… 어떻게 생각해?"

'이런 사실을 알았을 때, 과연 아현은 가만히 있을까.'

수정은 '그럴 리 없다'고 생각한다. 아현이라면 분명 경찰에 찾아가 자신들의 추리를 이야기하거나 사건을 해결하겠다고 나섰을 것이다. 그렇게 한다면, 어쩌면 예상치 못한 곳에서 물증을 찾아내거나 범인을 추궁해 자백하게 만들 수도 있을 것이다. 명아현이라면 이 이야기의 결말이 그렇게 되도록 노력했을 것이다. 그런 사람이니까.

'한유성이나 나와는 다르게.'

수정은 찻물을 쓰게 삼켰다.

"정아."

나직한 음색으로 급변한 문장이 들려왔다. 수정은 여전히 옆얼굴을 보여줄 뿐이다.

"우리를 아는 사람 중 '탐정 같은 사람'이 생기는 게 싫어?"

유성이 허리를 탁자 쪽으로 기울인 순간, 수정의 손이 재빠르게 책을 낚아채 옆구리에 꼈다. 뻔뻔한 무표정을 한 수정을 향해 유성은 멍한 얼굴로 눈을 깜빡였다.

"무슨 의미야?"

"아니, 그냥 혹시……"

안경 너머의 눈이 바보같이 깜빡였다.

"아직도 네가 그 일을 신경쓰고 있나 해서."

긴 한숨을 내쉬며 수정은 자리에서 일어났다. 찻잔에는 채 반도 마시지 않은 차가 남아 있다. 유성은 빨대를 만지작거리며 일어난 수정을 올려다봤다.

수정은 중학교 2학년 여름을 떠올린다.

그날은 끔찍하게 더웠다. 습도는 찜기 속에 있는 듯 높았고, 머리가 어지러울 정도로 매미 소리가 울려댔다.

'검붉은 얼룩, 한유성. 아예 없던 일로 하고 묻어버렸던 그 여름날.'

그래서 서로 그 일에 대해서는 아무 말도 하지 않았다. 그러니 지금 유성이 그 일을 언급한 것은 무심코가 아니다. 신경쓰여서 견딜 수 없게 되었으니까. 거리를 좁혀온 것이다.

색소 옅은 눈과 새카만 눈이 마주쳤다. 그때처럼. 수정은 다시금 거리를 넓히기로 했다.

"네가 원하는 일은 일어나지 않아, 유성아."

유성은 카페를 나서는 수정의 뒷모습을 응시했다.

'그런 일은 일어나지 않는다……라.'

'네가 그렇게 말하는 것은, 역시 슬픈 일이다.'

유성은 그렇게 생각한다. 누구보다 그런 이야기를 원하는 것은 유성 자신이 아니다. 수정이다. 그런데도……

"……"

유성은 얼음이 녹아 묽어진 바닐라라테를 쭉 들이켰다.

탐정, 서술

찌는 듯한 대기가 아현을 두텁게 에워쌌다. 아현은 숨을 한 번 훅, 내쉬고서 배낭을 고쳐맸다.

지금은 여름방학이지만 8월 중순부터는 공연 동아리 연습이 시작된다. 동아리 공식 인스타에 올라온 일정 공지를 본 아현은 '아, 벌써 그럴 때가 됐지' 하고 생각했다.

방학 내내 본가에서 뒹굴거리다 주에 두 번 나가는 아르바이트를 하던 아현은 슬슬 따가워지기 시작하는 어머니의 눈총을 피할 겸 학교로 향했다. 저렴하다곤 하지만 방학중에도 기숙사비는 나가고 있으니 사용하는 편이 아현의 입장에서도 이득이다.

다행히 버스에는 옆자리가 빈 좌석이 많았다. 주변 사람과

팔이 스치기만 해도 절로 미간이 찌푸려질 정도로 뜨거운 여름이다. 버스 내부는 에어컨 덕에 시원했지만, 이제 막 버스에 오른 아현의 몸은 아직 식지 않았다. 이런 상태에서 누군가 옆에 앉는다면 몸을 창가 쪽으로 바짝 붙이는 수밖에 없다. 아현은 무릎 위에 올리고 있던 배낭을 다리 사이로 내려놓으며 시원하게 식어 있는 등받이에 등을 붙였다.

대학교 1학년이 끝날 때쯤 레드브라운으로 염색한 머리칼은 다시 원래의 검은색으로 돌아가고 있다. 벌써 2학년의 절반이 끝났단 말인가. 돌이켜보면 고등학교 3학년 겨울에는 물 떠다 놓고 빌고 싶은 심정으로 대학 합격 소식을 기다렸고, 대학이 정해지고 나서는 정신 차릴 새 없이 바쁜 나날을 보냈다. 어영부영 방학이 끝나니 신입생, 한 학기가 지나니 심화전공 준비, 2학년이 되고 보니 대학 생활은 더욱 바빠져서······

아현은 새삼스레 탄식하며 얇은 여름용 청바지 주머니에 넣어두었던 휴대폰을 꺼냈다. 습관적으로 잠금을 풀고 화면을 넘겨 메신저 알림을 가볍게 확인한다. 특별히 답장해야 할 메시지는 없다. 동영상 공유 서비스 앱을 켜려다가 에브리타임 인기글 알림이 뜨자 손을 잠시 멈칫했다. 아현은 에브리타임을 딱히 즐겨 사용하진 않지만 각 동아리의 공지나 취미게시판에 올라오는 소식, 반응이 뜨거웠던 게시글 등을 보는 정도로는 나쁘지 않았다. 마침 HOT게시판 알림으로 뜬 글은 취미게시판의 글로 어디선가 퍼온 괴담 비슷한 것에 대한 이야기였다. 닷새 전에 올라온 글인데, 아현도 엊그제 이 글을 보고 '좋아요'를 눌렀다.

  ……그러고 보니 그 괴담인지 썰인지 모를 그 글의 배경이 바로 이 버스가 향하고 있는 기차역이지 않은가. 거기까지 생각한 아현은 알림을 눌렀다. 화면은 잠시 하얗게 멈추다가 게시물을 띄웠다.

제목: O역 괴담 비슷한 거 있음
작성자: 익명
작성일: 2024년 7월 27일
  이거 괴담 카페 같은 데서 캡처로 돌아다니는 어떤 사람 블로그 글인데(지금은 이 블로그 없어진 듯? 검색해도 안 나옴) 일단 읽어봐.

글 아래에 낮은 화질의 이미지가 연달아 첨부되어 있었다. 배경색이나 양쪽으로 보이는 양식을 보아 글 쓴 사람의 말대로 어느 블로그에 업로드되었던 글인 것 같았다. 제목 부분이 잘려 있고 본문만 캡처되어 있는 형태다. 아마 블로그 주인의 일기에서 재밌는 부분만 캡처해온 모양인지 뚝 잘린 문장이 맨 앞을 차지하고 있었다.

 같은 게 유행해서 다 마스크 쓰고 다니잖아요. 아니 솔직히 외국에서 들어오는 거면 공항에서 검역 잘하면 되는 거 아닌가 싶긴 한데 치사율이 어쩌고 하니까 좀 무서워서…… 아무튼 이제 집에 가려고 역에 갔는데 근데 기차가 조금 지연돼서 출발한다고 하더라고요. 시간도 있고 처음 와본 역이니까 신기해서 저쪽 1호차 있는 쪽까지 걸어가서 플랫폼 여기저기 구경했어요, 뭐 구경이라 해도 그냥 다 똑같이 생기긴 했는데. 근데 선로 건너편에 사람 두 명이 마주 보고 서 있는 거예요. 둘 다 마스크 쓰고 있어서 얼굴은 잘 안 보였는데 아마도 성인이었을 듯? 아니 뭐 여기까진 특별할 게 없는데, 제가 있는 쪽으로 기차가 들어왔음. 제가 타는 기차는 아니었어요. 난 KTX 타는데 그건 KTX-산천이어서…… 아 지금 생각해보면 그냥 그거로 잡을걸. 늦을 줄 알고 한 십오 분쯤 뒤로 예매한 건데;
 아무튼 그 기차 들어오기 전까지는 분명 사람이 두 명 서 있었거든요? 근데 그 기차 나가니까 둘 중 한 명이 사라진 거예요. 당연히 기차 타고 사라진 건 아닐 테고, 근데 주변을 둘러봐도 그 한 명이 사라질 곳이 안 보이는 거예요. 아니 난 내가 헛것을 봤나 싶었음. 왜냐면 나머지 한 명이 진짜 아까 그 자리 그대로 서서 몸만 살짝 돌린 상태여서…… 근데 그 사람이 갑자기 정면으로 다시 몸을 돌리더니 어쩌다가 저랑 눈이 마주친 거예요. 괜히 뭐가 좀 꺼림칙해져서 시선을 은근슬쩍 돌렸는데 그쪽은 계속 저 쳐다보는 것 같고. 괜히 불안해져서 기차 기다리고 있는 다른 사람들 쪽으로 가서 기다렸어요. 그리고 한 십 분 지나니까 슬슬 기차 올 때가 돼서 후다닥 탔네…… 기차 출발하면서 아까 그 사람들 있던 델 봤더니 남아 있던 그 사람도 어디 갔는지 없더라고요. 아니 진짜 뭐였을까 그 사람들. 딱히 기차 기다리던 것도 아닌데 왜 그러고 있던 걸까요, 거기서. 알고 보니 귀신 이런 거면 어떡함ㅋㅋㅋ…… 뭐 그런 생각하면서 감. 근데 막상 도착하니까 아까 일 다 까먹고 엄청 신나게 놀아서

이미지는 거기서 끊겼다. 아현은 스크롤을 조금 더 내렸다.

여기까지 읽으면 걍 노잼 일기인데(괴담 잘 쓰는 사람이었으면 더 오싹하게 써줬을 것 같은데 아무래도 누가 썼는지도 모르는 블로그라) 최근에 O역 근처에서 백골 사체 발견됨. 그래서 요즘 괴담 카페에서 O역 근처에서 죽은 사람 귀신 아니냐는 글이 좀 돌고 있음. 이제 막 수사 시작된 거고 신원 파악도 안 돼서 사

건성 있게 다뤄질지는 모르겠는데 아무튼 O역 간 사람 중에 저 사람이랑 비슷한 경험 하는 사람이라도 나오면 진짜 괴담 될 수 있을 듯.

좋아요 192 댓글 27

익명 1: 근데 괴담이라기엔 재미없는데

익명(작성자): 아니 그래서 말했잖아 지금은 좀 노잼인데 저거랑 비슷한 경험하는 사람 더 있으면 그땐 재밌어지는 거라고

익명 1: 아 그런 걸 기대하는……?

익명 2: 아무튼 지금은 그냥 작성자 망상이잖아

익명 3: 난 재밌는데 왜 그래 근데 사실 저 블로그 글보다는 O역 백골 사체가 더 흥미로워 보이긴 함 뉴스 링크 찾았다 https://XXXXXXXXXXXXXXXXXXXXXXXXXXXX

익명 4: 헉;; 나 O역에서 유령 본 적 있음;;

익명 3: 익4는 말투 왜 저러냐

익명 5: ㄹㅇ

익명 6: 근데 나 저 블로그 글 뭔가 익숙한데

익명 7: 출처 뭔 괴담 카페라잖나

익명 6: 나 괴담 카페 같은 거 안 들어간 지 오 년은 넘음

익명 7: 알고 봤더니 저 블로그 주인이랑 서이◆였던 거 아님? ㅋㅋ

익명 6: 가능성 있다ㅋ

익명 8: 괴담보단 범죄의 냄새가 난다

……

아현은 익명 댓글이 달아둔 뉴스 링크를 클릭했다. 잠깐 기다리자 뉴스 제목이 굵은 글씨로 나타났다. 제목은 "O역 근방 저수지에서 백골 발견돼…… 경찰 '사건성 검토중'"이다. 'O역 근방' 저수지라는 건 O역 옆을 지나는 지하 수로와 이어진, O역으로부터 100미터 정도 떨어진 곳에 있는 작은 저수지를 지칭하는 거다. 그렇다면 'O역에서 나온 사체'라고 하기는 무리가 있다. 아현은 쓴웃음을 지으며 뉴스를 훑듯이 읽어내려갔다.

역시 백골인 탓에 사망 시기는 정확히 추정이 어려운 듯했다. 당연하지만 사인도 마찬가지. 더해서 밝혀진 발견 경위는 다음과 같았다. 몇 주 전 해당 지역에서 극한호우가 내려 저수지가 살짝 넘쳤다. 그 탓에 저수지 인근 보도가 진흙으로 더럽혀졌는데, 그 진흙 속에서 백골이 발견됐다는 것이다. 저수지 바닥에

◆ '서로이웃'의 준말. 블로그 서비스에서 서로이웃을 맺으면 공개 범위가 좁은 글도 열람할 수 있다.

가라앉아 있던 것이 떠오른 것이리라. 그렇다면 경찰은, 저수지에 몸을 던진 자살자일 가능성이 높다고 판단하지 않을까.

그보다 그 블로그 글은 언제쯤 작성된 글일까. 손소독제나 마스크, 해외에서 유입. 그런 이야기가 나왔으니 코로나19가 막 유행하기 시작한 2020년도 초 즈음일 거라 생각한 아현은 새삼 시간의 흐름에 놀랐다. 그 일이 벌써 사 년이나 지났단 말인가. 그러고 보면 J고등학교에 합격했다고 기뻐하던 차에 코로나19가 터져 입학 절차가 지연됐었지. 마침 버스가 O역 버스정류장에 도착해 아현은 화들짝 놀라 배낭을 챙겨 내렸다.

—삑, 하차입니다.

기계음을 뒤로 하고 아현은 바닥에 착지했다. 순식간에 꿉꿉한 공기가 아현의 몸을 에워쌌다. 버스의 쾌적함에서 벗어나니 불쾌함이 배가되었다. 아현은 뜨거운 공기에 몸서리치며 O역으로 향하는 인파 끄트머리를 따라 발걸음을 재촉했다.

유리문을 지나 역으로 들어가자 훨씬 쾌적한 공기가 아현을 반겼다. O역의 역명판이 높은 천장에 매달리다시피 걸려 있었다. O역은 아현이 어릴 때부터 살아온 지역의 유일한 기차역이다. 그리고 J고등학교에 다니던 시절, 학교에서 다른 지역으로 갈 때도 가끔 이 기차역을 이용했다.

아현은 문득 지금은 연락이 닿지 않는 두 선배를 떠올렸다.

사실 지금이라도 수소문하면 만날 수는 있겠지만 과연 그래도 될까, 망설여졌다.

'수정 선배는 애초에 의도적으로 모두와 연을 끊은 것 같고, 유성이 형은 딱히 의도가 있던 것 같진 않지만 아무튼 바쁠 것 같지. 나도 정신이 없었고.'

사실 아현은 연락이 끊긴 당시에는 상당히 섭섭해했지만, 세상이 넓어진 지금은 그다지 신경쓸 일이 아니었다. 물론 그 두 선배만큼은 아니지만, 아현이 지금 다니는 학교의 문학 동아리에서 추리소설을 좋아하는 친구 몇을 만난 것도 영향을 끼쳤으리라.

아현이 탈 기차는 전광판에 아직 표시되지 않은 상태였다. 버스를 타야 해서 여유 있게 출발했더니 너무 일찍 도착한 탓이었다. 한 시간 조금 덜 남았는데, 대체 어디서 때워야 하나. 카페라도 갈까 싶었지만 기차 출발 십오 분 전에는 플랫폼에 가고 싶으니 커피값이 아까웠다. 그렇다면 플랫폼에서 휴대폰이라도 할까. 마음을 굳힌 아현은 등과 배낭 사이에 찬 열기를 빼려는 듯 가방을 흔들며 플랫폼으로 향했다.

아현이 타야 하는 기차는 6번 플랫폼으로 들어온다. 그렇다면 '5'와 '6'이 적힌 표지판이 세워진 에스컬레이터를 타면 된다. 에스컬레이터를 타고 내려가자 다시금 실외의 후덥지근한 공기가 훅 끼쳐왔다. 플랫폼 양옆으로 선로가 나 있다. 왼쪽이 5번, 오른쪽이 6번 플랫폼이다. 에어컨이 있는 대기실로 곧장 들어가야겠다고 생각한 아현은 발을 재게 놀렸다. 하지만 다른 사람들도 모두 비슷한 생각을 한 건지 통유리로 된 대기실 의자는 이미 다 찼고, 서 있는 사람도 몇 있었다. 그래도 저 안이 더운 밖보다는 낫다. 아현은 자동문을 지나 대기실로 들어갔다. 에어컨 바람이 열기를 식혀주었다.

그제야 여유가 생긴 아현은 주변을 조금 둘러봤다. 여기는 서울로 향하는 기차가 들어서는 플랫폼이다. 아현이 조금 전까지 훑고 있던 게시물 속 이야기의 배경이기도 하다. O역에서 서울 쪽으로 출발하는 고속열차 플랫폼은 5번에서 8번까지다. 1번에서 4번까지는 무궁화호 등 일반 열차용이고, 9번부터 12번까지는 5번에서 8번까지의 플랫폼과는 반대로 목포로 향하는 고속열차용이다.

대기실이 있는 곳은 에스컬레이터를 타고 내려오면 거의 바로 앞에 있는 7, 8호차 근처에서 조금 더 앞으로 가면 나오는 5호차 부근이다. 아현이 예약한 좌석은 4호차에 있으니 대기실에서 느긋하게 쉬다가 나가면 된다.

아현은 O역에 대한 글을 다시 떠올렸다. 그 글에서 언급된 위치는 '1호차 부근'이긴 하지만 몇십 미터 정도 차이일 테니 비슷한가. 아현은 선로 너머를 바라봤다. 6번 선로 바로 옆에 7번 선로가 붙어 있고, 그 다음에 사람들이 돌아다닐 수 있는 플랫폼이 있다. 그리고 다시 8번 선로와 9번 선로, 다시 플랫폼…… 대강 그런 순서다. 고개를 반대로 돌리면 5번 선로와 그 바로 옆에 붙어 있는 4번 선로, 플랫폼, 3번 선로와 2번 선로가 눈에 들어온다. 두 거울이 마주보고 있는 것처럼 같은 패턴이 반복되는 것이다. 그 질서정연한 모습을 잠시 멍하니 바라보던 아현은 고개를 가볍게 흔들고선 6번 선로 쪽으로 몸을 돌렸다. 플랫폼에는 천장이 있지만 선로 쪽은 뚫려 있다. 그곳으로 한낮의 여름 햇볕이 뜨겁게 내리쬐고 있다. 금속으로 된 선로는 지금쯤 뜨겁게 달궈졌을 것이다.

반대편 플랫폼으로 시선을 올리자 기차를 기다리는 사람들이 보였다. 캐리어를 든 사람, 가벼운 핸드백만 든 사람, 아이의 손을 잡고 있는 어른, 끼리끼리 모여 여행이라도 가는지 각자 에코백을 사선으로 걸쳐 매고 재잘거리는 아이들. 많다고도 적다고도 하기 어려운 수의 사람들이 있었다. 그들에 더해, 자신과 동년배로 보이는 한 사람……

"어!"

아현의 입에서 절로 탄성이 튀어나왔다. 잘못 본 걸까? 아니, 제대로 봤다. 저런 표정을 하고 그런 책을 들고 있는 건 아마 이 세상에 한 사람밖에 없을 것이다. 아현이 낸 소리에 벤치에 앉아 있던 사람이 의아하다는 듯 아현을 힐끗 바라봤다. 아현은 주변의 시선에 개의치 않고 황급히 대기실을 나섰다. 그러면서도 고개는 자꾸만 반대쪽 플랫폼으로 돌아갔다.

'여기서 이렇게 우연히?'

하지만 생각해보면 아현이 생각하고 있는 그 사람도 본가는 이 지역에 있다.

'그도 그럴 게, 같은 고등학교를 나왔으니까…… 그렇다고는 해도, 몇 년 동안 단 한 번도 마주친 적이 없는데.'

의아스러워하는 와중에도 아현의 발은 바쁘게 움직였다.

"죄송합니다!"

아현은 가볍게 양해를 구하며 에스컬레이터 왼쪽 손잡이에 붙다시피 뛰어올라갔다.

위층에 도달하자마자 몸을 확 돌리면 7번과 8번 플랫폼이 있는 에스컬레이터가 눈에 들어온다. 5번과 6번 플랫폼 입구의 회색 기둥보다 훨씬 덜 낡은 기둥이 내려가는 에스컬레이터를 반쯤 가리고 있다. 아현은 기둥을 짚고서 속도를 더했다. 내려가는 에스컬레이터에 사람이 많은 것을 확인한 아현은 망설임 없이 계단으로 달려가 한 걸음에 네 칸씩 뛰어내렸다. 퉁, 푹신한 운동화 밑창이 바닥과 크게 충돌한다. 계단의 끝에서 몇 걸음 더 뛰어가자 아까 아현이 머물던 곳과 똑같이 생긴 대기실이 나타났다. 이 분 뒤 열차가 도착해서인지 인파의 대부분이 플랫폼에 나와 있어서, 대기실 안에 있는 건 한 사람뿐이다. 아현은 기차를 타기 위해 줄을 서 있는 사람들 사이를 날렵하게 지나쳐 대기실의 자동문 안으로 들어갔다.

다시금 시원한 공기가 폐에 들어찼다. 대기실 바깥에서 들려오는 사람들의 웅성거림도 흐려진다. 대기실 가장 안쪽 벤치에 앉아 있는 사람은 새카만 머리카락을 목이 살짝 덮일 정도로만 기른 여자다. 검은 슬랙스에 감싸인 다리를 꼬아 앉은 채 허벅지 위에 최근 출판된 신작 추리소설 한 권을 얹고, 구부정하게 허리를 웅크린 채 시선을 책에 고정하고 있다. 얇다 못해 안에 입은 흰 티셔츠가 비치는 하늘색 셔츠는 눈에 띄는 구김 없이 몸 선에 딱 맞는다. 여자는 소매 바깥으로 살짝 튀어나온 손가락 끝으로 가볍게 안경을 고쳐 쓰고 있다.

아현의 얼굴에 안도 비슷한 미소가 떠올랐다.

'그 사람이 틀림없다.'

"수정 선배."

그러니 부르는 목소리에 조심성은 없다.

검은 눈동자가 천천히 아현 쪽으로 움직였다.

"……"

"진짜 오랜만이네요. 저 명아현이에요. 설마 모르는 척하실 건 아니죠?"

아현은 어렴풋하게 수정이라면 뻔뻔하게 모르는 척하는 것도 가능할 거라고 생각했다. 하지만 수정은 의외로 순순히 책을 덮고 허리를 폈다.

"그래."

"옆에 앉아도 되죠?"

침묵. 하지만 그건 긍정의 응답이다. 아현은 수정의 옆자리에서 한 칸을 띄워 앉았다. 배낭은 자신의 발 옆에 내려뒀다.

"아직 본가는 이 지역인가 보네요."

"응."

"그동안 잘 지냈어요?"

"왜 연락을 끊었는지는 묻지 않는군."

"저랑 말고도 다 끊으신 것 같던데요, 특별취급해달라고 할 생각은 없어서. 그리고 선배는 어쩐지 졸업하면 휙 사라질 것 같은 이미지라, 어느 정도 예상이 됐다고 할까…… 아, 물론 서운하고 아쉽기도 했지만요. 특히나, 뭐였지? 그때쯤에 저희 학교 근처에서 무슨, 사건도 있었잖아요. 그거 관련해서도 얘기하고 싶었는데, 하필 딱 그때 사라지셔서……"

"여전히 말이 많네."

수정 특유의 농담 비슷한 대사다. 수정은 고등학교 시절 셋이서 잡담거리 삼았던 '그 사건'이 주제가 되고서야 겨우 말을 끊고 끼어들기로 했다.

아현은 느릿하게 고개를 까딱였다.

"알던 사람을 몇 년 만에 다시 만나면 누구라도 말이 많아질걸요?"

수정은 문득, '이 녀석은 몇 년 전에도 뻔뻔한 타입이었지만 더 여유가 생겼다'고 생각했다.

"서울 가세요?"

"수서역까지. 사십 분 뒤 SRT."

"저는 용산역인데, 아깝다."

수정은 '뭐가?'라고 되묻지는 않았다.

"방학인데 무슨 일로요?"

"……이것저것."

"유성이 형은 잘 지내요?"

"대충. 그 녀석은 아마 네가 연락하면 좋아할걸."

수정의 미간이 희미하게 좁아졌다.

'수정 선배는 유성이 형 얘기를 할 때는 종종 그러지.'

아현은 떠올린 김에 조만간 유성에게 연락해보기로 마음먹었다.

"중간에 휴학 안 하셨으면 지금 3학년이시죠? 전공은 여전히 물리예요?"

수정은 말대꾸 없이 주억거린다.

'내가 이렇게 반응이 없어도 녀석은 용케도 대화를 이어나간다. 한유성과는 다른 의미로 제멋대로다.'

수정은 아현의 이런 면에 '좋다' '싫다' 같은 가치판단은 하지 않았다.

"전 뇌과학 쪽으로 갔어요. 실험 수업이 진짜 힘들다니까요, 래트◆ 잡아야 해서…… 아, 그래. 추리소설도 계속 읽고 있어요. 저희 학교 문학 동아리에 나름 추리, 미스터리 장르 좋아하는 애들도 있고. 선배는 요즘도 써요?"

"딱히 달라진 게 없어, 나는."

수정은 대기실의 유리벽을 응시했다. 조금 옆에 앉은 아현은 그런 수정의 옆얼굴을 곁눈질로 쳐다봤다. 정말로 옛날과 다름없는, 섬뜩해 보일 정도의 무표정이다. 아현은 슬쩍 미소했다.

"그럼 여전히 이런 이야기도 좋아하시겠네요? O역에서요, 사람이 순식간에 소실된 적 있대요."

수정의 입은 굳게 닫혀 있다. 아현은 잠시 휴대폰을 두드리

◆ 실험용으로 사용하는 흰쥐.

다가 화면을 수정 쪽으로 내밀었다. 검은 눈동자가 슬쩍 움직였다.

"저희 학교 에타에 올라온 건데, 보실래요? 작성자는 괴담스러우면 좋겠다 싶어서 올린 것 같지만 그쪽보다는 저희 전공 같아서."

수정은 읽는 속도가 빠르다. 그것을 기억하는 아현은 적당히 속도를 맞춰 스크롤을 내려줬다. 올려달라거나 더 빠르게 내려달라는 등의 요청은 돌아오지 않는다. 스크롤이 마지막까지 내려갔을 때에서야 수정은 "음" 하고 입술을 달싹였다.

"그때의 네 마약설이나 다름없는 수준 같은데."

"아니, 저기, 부끄러운 과거를."

"이런 건에 '소실'이라고 하면 너무 거창하지 않나."

"그렇게 말 안 했으면 애초에 안 읽어줬을 거잖아요……"

맞는 말이니 부정은 하지 않는다. 수정은 습관적으로 침묵을 지켰다. 몇 초간 숨만 쉬다가 다시 입을 열었다.

"그래서 네 견해는?"

"또 신랄하게 비난하지 않는다고 하면 말할게요."

"노력해보지."

"아, 진짜."

아현은 조금 불만스러운 표정을 지었다.

"일단 사건의 배경이라고 할까. 문제의 두 사람이 서 있던 곳이 바로 이 부근이죠. 목격자는 저쪽에 서 있던 거고요."

아현은 방금 전까지 자신이 서 있던 6번 플랫폼을 가리켰다.

"기차가 지나가는 찰나에 두 사람 중 한 사람이 온데간데없이 사라졌다, 라는 게 목격자의 증언이에요. 플랫폼과 플랫폼 사이에는 시야를 가릴 만한 게 거의 없으니까 증언의 신빙성도 상당하죠. 이쪽에서 저쪽 끝까지…… 1호차 부근에서 12호차 부근까지 전속력으로 달린다고 해도 눈을 피하기란 쉽지 않을 거예요. 그리고 대기실은 통유리니까, 대기실에 들어갔다면 그것도 보였을 거고. 그럼 이제 가능성을 줄여볼 수 있죠."

거기까지 말한 아현은 손가락을 가볍게 펴보였다.

"첫째, 플랫폼 중간중간 서 있는 기둥 뒤에 숨는다. 둘째, 선로로 내려간다. 하지만 후자는 제외할 수 있어요. 누군가 선로 아래로 내려갔다면 기차를 기다리던 사람들이 비명을 지르고 난리가 났을 테니까요. 역무원이 금방 발견했을 거고요. 목격자가 말한 것처럼 고요한 상황은 되지 않았을 거예요."

"운 좋게 다른 승객들이 없었고 역무원도 없었다. 그 시점에 두 사람 중 하나가 다른 한 사람을 선로로 밀어버렸을 가능성은 생각하지 않는 건가?"

줄곧 정면을 보던 수정이 아현을 향해 얼굴을 살짝 돌렸다.

"목격자는 남아 있던 한 명과 눈이 마주쳤다고 했어. 그렇다는 건 '목격할 만한 사람'을 신경쓰고 있었다는 말이 되지. 달리 말하면 그쪽 플랫폼에는 자신을 목격할 만한 사람이 없었고, 선로 너머, 6번 플랫폼에만 목격할 만한 사람이 있었다는 뜻이야."

"음."

"지칭하기 편하게 그 사람을 '범인'이라고 해볼까. 범인은 무언가 목격되어서는 곤란한 일을 했다. 그래서 목격자 후보인 6번 플랫폼 사람들의 눈을 가릴 수 있는 기차가 지나가는 시점에 무언가를 저질렀다······"

"하지만 그랬다면······ 뉴스 기사 같은 게 안 날 수가 없잖아요. 누군가 사람을 선로로 밀쳤다. 설령 운 좋게 몇십 분간 기차가 들어오지 않았고 떠밀렸던 사람은 뒤늦게 기어 올라와 죽지 않았다. 그랬다면 그 사람은 경찰에 신고했을 거예요. 신고할 수 없는 이유가 있었다면 또 모르겠지만, 이러면 이야기가 너무 방대해진다고요."

"뉴스에 날 만한 사건이 없었다고 단정할 수 있나?"

아현은 입술을 툭 내밀더니 휴대폰 화면 위로 손가락을 놀렸다. 'O역 사고' 'O역 살인미수' 등으로 검색해봤지만 적절한 기사는 찾아볼 수 없었다. O역 인근 도로에서 교통사고가 났다는 기사, O역 선로를 증설하면서 인부가 사고를 당했다든가 기차 고장으로 운행이 지연되었다는 사건 정도는 있었지만 그마저도 대체로 2019년 이전의 기사들이었다. 적어도 그때 이후부터 지금까지는 그럴듯한 뉴스거리가 없었다. '이것 보세요'라고 말하고픈 듯 아현은 화면을 수정의 뺨 거의 바로 근처까지 들이댔다.

수정은 몸을 비스듬히 기울여 피하면서 한숨을 살짝 쉬었다.

"아니, 그렇게까지 할 필요 없이…… 6번 플랫폼 사람들의 눈을 피할 수 있다고 해도, 기차에 탄 승객들의 눈을 피할 수는 없잖아. 창문으로 플랫폼이 다 보이니까. 6번 플랫폼의 사람들을 경계했다면 당연히 기차 승객들도 경계했어야 해. 그러니 적어도 빤히 보이는 곳에서 무언가를 쉽게 저지르지는 못했을 거라고 해도 되잖아."

"아."

"계속해봐."

"일단 두번째 가능성을 제외하는 건 동의해주시는 거죠?"

다시 침묵. 아현은 익숙하다는 듯 말을 이었다.

"자, 그럼 아까 이야기했던 기둥 뒤에 숨었을 가능성이에요. 기차 승객들에게 목격되지 않아야 할 뿐만이 아니라, CCTV도 피해야 하죠. 선배는 목격자의 눈에 띈 사람을 범인이라고 불렀지만 저는 숨은 쪽을 범인이라고 부를까 싶네요. 아니, 눈에 띈 쪽도 결국은 그 범인의 공범이긴 하겠지만."

"눈에 띄어선 안 될 어떤 일을 하기 위해 기차 승객들과 6번 플랫폼 목격자의 눈에도 보이지 않고, CCTV의 사각지대인 기둥 뒤로 숨었다는 이야기인가."

"네. 자기가 어디에 숨는지 들키지 않기 위해 일부러 기차가 지나갈 때를 택해 숨은 거죠. 기차가 정차하기 전까진 승객들도 플랫폼에서 누가 어떻게 움직이는지 보기 힘드니까 어렵지는 않았을 거예요. 한 명이 먼저 사각지대에 숨는다, 무언가 비밀스러운 행동을 한다, 얼마 안 있어 나머지 한 명도 거기에 합류하거나 플랫폼을 떠난다."

"그래서 그 비밀스러운 행동이 뭔데?"

"거기부터는 저도 이런저런 가설을 세워봤는데요."

잠시 눈동자를 이리저리 굴리던 아현은 머리를 한 번 긁적이고 입을 열었다.

"유괴사건이라고 해보면 어떨까요? 그 두 사람은 사실 두 명의 유괴범. 그들은 아이의 몸값을 플랫폼 어딘가에 둘 것을 요구하죠. 자신들이 가져가는 게 찍히면 안 되니까 CCTV 사각지대에. 그리고 주변에 아이 부모로 보이는 사람이나 경찰이 없는지 확인하기 위해 주변을 잘 살핀 다음, 누군가의 눈에 띄지 않게 돈을 회수해서 역을 벗어난 거예요."

나쁜 이야기는 아니다. 수정은 여전히 무릎에 올려뒀던 책을 덮어 앉은 자리 옆에 내려두곤 꼬고 있던 다리를 풀었다. 캐주얼한 운동화 앞코가 화강암 타일로 마감된 바닥에 닿았다.

"굳이 역이어야 하는 이유는?"

"돈을 들고 바로 기차를 타고 떠나기 위해서죠."

"그렇다면 플랫폼에서 사라질 이유가 없지 않나."

"다른 플랫폼으로 이동한 거예요. 돈을 받은 그 플랫폼에서 바로 기차를 기다리다 타면 목적지가 너무 쉽게 밝혀질지도 모른다고 생각하지 않았을까요? 예를 들어 여기 5번부터 8번까지는 북쪽으로 달리는 고속열차죠. 하지만 9번부터 12번은 반대 방향, 1번부터 4번은 무궁화호…… 그럼 그 유괴범들은 목포 쪽으로 가지 않았을까 싶네요."

"마약거래설보다는 낫네."

이 정도 반응이라면 수정 선배치고 좋게 평가해준 것이니 나름 합격점이다. 아현은 아주 약간 뿌듯해졌다.

"하지만…… 백골 시체에 대해선 아무 견해가 없나?"

'근처 저수지에서 발견된 백골 시체 말인가.'

아현은 순간적으로 수정 선배가 왜 그 얘기를 하는 것일지, 머리를 굴렸다. 일반적으로 시체가 백골화되는 데 걸리는 시간은, 땅속에서라면 평균적으로 칠 년에서 십 년 정도다. 노출되어 있다면 훨씬 빠른 일 년, 조건만 맞으면 몇 주나 몇 달 내로도 백골화가 가능하다. 하지만 백골은 저수지 바닥에 가라앉아 있다가 극한호우 탓에 떠올라 발견된 것이다. 물에 몸을 던진 사람의 시체일 가능성이 높다. 그 백골이 지금 이 이야기와 관련이 있으려면 그 백골 주인이 죽은 것은 2020년 전후가 되어야 하지 않나? 그런 생각을 하며 아현은 더욱 아리송해졌다. 설령 운이 좋아서—여기에 '운이 좋다'는 표현을 써도 될지는 모르겠지만—빨리 백골화가 되었다 한들 저수지에서 발견된 시체와 이 이야기를 어떻게 엮을 수 있을까.

"어, 음, 그들은 유괴한 아이를 사실 이미 죽여서 저수지에 던진 뒤였다?"

"그랬으면 어린애 백골이라고 더 화젯거리가 됐겠지. 평범하게 성인의 백골이었을 것 같은데."

"유괴 대상이 어른?"

"그것도 아예 불가능한 이야기는 아니지만, 글을 다시 읽어보는 걸 추천해."

내가 뭔가 놓치고 있다는 건가? 의아해진 아현은 다시금 에타에 올라왔던 글을 읽어봤다. 화질이 떨어지는 블로그 게시글 캡처본. 게시글 작성자의 사족. 뉴스 링크 따위를 끌어오며 이야기하던 댓글들.

"그리고 아까 네가 검색했던 기사도."

O역 인근 도로에서 삼중 추돌 사고…… 사상자 여섯 명
xx일보 2018. 8. 17.

지난 16일 새벽 O역 인근 도로에서 삼중 추돌 사고가 발생했다. 출동한 소방서 측은 사상자가 여섯 명이라고……

선로 증설 공사중 인부 추락, 산재 인정 공방
xx뉴스 2012. 5. 2.

O역 선로 증설 공사중 인부가 추락하는 사고가 일어났다. 건설 노조 측은 O역 옆에 흐르던 Y천을 콘크리트로 덮는 과정에서……

O역 열차 지연, 고장이 원인?
xx미디어 2011. 11. 29.

지난 20일 O역을 지나가는 목포행 고속열차가 세 시간 지연돼 승객들이 불편을 겪었다……

"……분명 별 내용 없었는데요. 혹시 제가 대충 봤나요?"
"아니, 제대로 봤어. 다만 한 가지, 뭔가를 생각지 못했을 뿐이지. 너무 당연하다고 생각한 건가."

아현은 미간을 좁혔다.

'내가 너무 당연하다고 생각하고 있던 것?'

"너, 그 두 사람이 목격된 때가 2020년 연초라고 생각했지?"

"어?"

순간 소스라친 아현의 입이 반사적으로 벌어졌다.

"목격자가 글을 작성한 시기를 추측할 수 있는 건 초반부의 두 문장뿐이지. 앞부분이 살짝 잘려 있어. 그 앞에는 원래 무엇이 적혀 있었을까."

같은 게 유행해서 다 마스크 쓰고 다니잖아요. 아니 솔직히 외국에서 들어오는 거면 공항에서 검역 잘하면 되는 거 아닌가 싶긴 한데 치사율이 어쩌고 하니까 좀 무서워서……

"작성자는…… '독감 같은 게'라고 쓰지 않았을까요? 전 그래서 코로나19 유행 초기일 거라고……"

"그래. 하지만 이걸 생각했어야지. 체계적으로 시행된 사회적 거리두기 정책이나 마스크 착용 의무화 정책은 코로나19 때 시행되긴 했지만, 그 이전에도 전염병이 돌면 손 잘 씻고 마스크 쓰라는 이야기 정도는 꾸준히 나왔어. 해외에서 시작되어

국내로 전파된 독감 비슷한 질병은 코로나19만이 아니니까. 2009년 미국에서 첫 감염자가 발견됐던 신종 인플루엔자 A나, 2012년 사우디아라비아에서 처음 발견된 신종 베타코로나 바이러스 감염증인 메르스 등등."

그러고 보면 국내에 메르스가 퍼진 게 2014년이었던가. 2024년인 지금으로부터는 벌써 십 년 전이다.

"당연히, 메르스나 신종 플루 때도 치사율 이야기는 있었어. 특히나 메르스 때는 낙타를 만지고 오면 걸린다더라는 이야기도 돌아서, 해외에서 들어오는 사람들을 제대로 검역해야 한다고 계속 강조됐지."

"초등학교 저학년 때 일이긴 한데, 음, 아주 조금 기억나는 것 같기도요. ······잠깐만, 그럼 그 블로그 글이 최소 십 년 전에 올린 것일 수도 있다고요? 심하면 신종 플루 때 글일 수도 있고요?"

"글쎄. 나는 신종 플루 유행 당시일 쪽이 가장 가능성 높다고 생각하는데."

"왜요?"

"그쪽이 자연스러우니까."

거기까지 말한 수정은 천천히 자리에서 일어났다. 앉아서 책을 읽느라 살짝 말려 올라갔던 여름용 셔츠의 소매가 손목까지 툭 내려왔다.

"애초에 그 글에는 부자연스러운 부분들이 있었어…… 크게 의식할 만한 건 아니지만."

"하지만 그 글이 쓰인 게 신종 플루가 유행하던 2009년쯤이라고 생각하면 자연스러워진다는 거네요. 으음……"

이대로 설명을 다 듣기만 하면 면이 서질 않는다. 아현은 다시 휴대폰으로 시선을 돌렸다.

'2020년이 아니라 2009년이라고 하면 글 내용이 더 자연스러워진다는 거지……'

아현은 2020년과 2009년의 차이부터 생각해보기로 했다.

'휴대폰?'

확실히 2009년이면 아직 스마트폰이 대중화되기 이전이다. 하지만 글 속에서 폴더폰 이야기 같은 건 등장하지 않는다.

'고속열차는 어떨까?'

십 년 넘는 격차가 있으니 차이점이야 많겠지만, KTX 자체는 2004년에 운행을 시작했다.

'사회적 거리두기?'

아닐 것이다. 코로나19도 유행 극초기에는 일전의 독감과 크게 다르지 않은 느낌으로 대처했었다.

'……막혔다.'

다른 방향으로 접근할 필요가 생겼다. 아현은 조금 전 보았던 뉴스 기사들을 다시 떠올렸다.

'2018년, 삼중 추돌 사고.'

'2012년, 선로 증설중 사고.'

'2011년, 열차 사고로 출발 지연.'

이중에서 2009년 역에서 일어났을 사건과 관련되어 있을 법한 이슈는……

"……아."

문득 직전의 기억이 아현의 머릿속을 스쳤다. 수정을 발견하고서 황급히 에스컬레이터를 타고 뛰어오른 다음, 7번과 8번 플랫폼 쪽을 향하기 위해 거기 있던 기둥을 짚고 계단으로 뛰어내렸던 순간. 묘하게 더 깨끗하고 새것 같던 그곳의 기둥……

"2009년에 6번 이후의 플랫폼은 존재하지 않았다?"

검은 머리칼이 조용히 흔들렸다. 아현은 가볍게 턱을 짚었다.

"저 사고 기사 내용대로라면 선로가 증설된 건 2012년이에요. 2009년 당시 정확히 선로가 어디까지 있었는지는 알 수 없지만…… 아, 잠시만요. 한번 찾아볼게요."

아현은 잠시 말없이 손가락만 놀렸다. 수정은 묵묵히 아현이 다시 입을 열 때까지 기다렸다.

"……있다. 애초에 O역을 지을 때부터 순차적인 증설이 예정되어 있었다나봐요. 일반열차 선로를 지은 건 고속열차가 도입되기도 전이고, 그뒤로 고속열차 선로 증설이 두 번 있었다는 것 같은데요. 두번째 증설은 2011년에 착수했대요. 이게 기사에 나온 그 공사겠죠."

수정의 손이 대기실의 통유리 벽을 짚었다. 유리 너머로는 선로와 플랫폼이 번갈아 이어져 있다.

"그밖에도 시대적 배경을 찾아볼 수 있는 이야기는 몇 가지 더 있어. 간접적이긴 하지만, 기차 이야기를 할 때 KTX-산천은 언급되는데 SRT는 언급되지 않는 거라든지. KTX-산천은 2008년쯤에 도입되기 시작했지만, SRT는 2016년부터 도입됐어. 그러니 그 글에선 SRT가 언급될 수 없었다…… 고 한다면."

아현은 경악하며 물었다.

"선배, 그런 걸 외우고 다녀요?"

"상식이라고 생각하는데."

"어, 아뇨. 아닐걸요."

예전부터 '잡지식'이나 '상식' 따위에 대한 수정의 감각은 조금 이상한 구석이 있었다. 아현은 고개를 가볍게 흔들고는 수정을 따라 일어났다. 그리고 그 시선을 따라 지금 자신들이 있는 7번과 8번 플랫폼을 둘러봤다.

한 기차가 떠나가고 다음 기차가 오기까지는 아직 시간이 제법 남아 있었다. 그래도 몇몇 사람이 대기실로 들어오기 시작해서, 두 사람은 좀더 구석으로 물러났다.

"아무튼 선배 말대로 그 캡처 속 글이 2009년, 그러니까 6번 플랫폼까지만 있었을 때의 일이라면…… 문제의 두 사람이 서 있던 곳은 '플랫폼이 아니다'라는 거네요."

"애초에 서술이 좀 묘하지 않았나?"

수정이 가볍게 손짓했다. 잠시 멈춰 있던 아현은 금방 수정의 의사를 알아듣고 휴대폰을 내밀었다. 수정은 캡처본의 중간을 확대했다. 그걸 확인한 아현은 탄식했다.

시간도 있고 처음 와본 역이니까 신기해서 저쪽 1호차 있는 쪽까지 걸어가서 플랫폼 여기저기 구경했어요, 뭐 구경이라 해도 그냥 다 똑같이 생기긴 했는데. 근데 선로 건너편에 사람 두 명이 마주 보고 서 있는 거예요.

"'맞은편 플랫폼'이라고 하지 않고 '선로 건너편'이라고 했구나."

"가장 끝에 있는 선로는 한 줄뿐. 그리고 그 선로 건너편은 보통 그냥 땅이야. 구역을 구분 지을 겸 안전을 위해 울타리를 두긴 하지만 보통 1미터보다 조금 높은 정도니까 넘는 것도 어렵지 않지. 선로 옆 땅에 사람이 서 있는 게 아주 이상한 일은 아니야. 조금 위험하긴 하지만……"

아무튼 그 기차 들어오기 전까지는 분명 사람이 두 명 서 있었거든요? 근데 그 기차 나가니까 둘 중 한 명이 사라진 거예요. 당연히 기차 타고 사라진 건 아닐 테고, 근데 주변을 둘러봐도 그 한 명이 사라질 곳이 안 보이는 거예요.

"이 부분도 그렇네요."
이번엔 아현이 손가락을 움직였다.
"'당연히' 기차 타고 사라진 건 아니다…… 라고 이야기하는 부분. 그렇겠죠. 애초에 그 두 사람이 서 있던 곳은 플랫폼이 아니니까 그쪽 방향으로 기차 문이 열릴 이유는 없어요. 목격자 쪽으로 들어온 기차 외에 다른 기차가 거기까지 갈 리도 없고. 그리고 주변을 둘러봐도 사라질 곳은 안 보였다……"
그렇게 말하던 아현의 미간이 찌푸려졌다.
"아니, 잠깐. 아니지. 선배, 방금 울타리 얘기는 왜 하신 거예요? 울타리는 없었을 가능성이 높지 않나요?"
수정은 잠시 침묵했다.
"아까 본 뉴스 기사에, 선로를 증설하면서 'O역 옆에 흐르던

Y천을 콘크리트로 덮었다'라는 식으로 쓰여 있었어요. 그렇다면 문제의 두 사람은 선로와 Y천이라는 하천 사이 땅에 서 있었다는 거잖아요? 하천이 기준선이 된다면 구분을 위한 울타리도 있을 필요가 없죠. 그러니 글 속에는 '울타리'라는 단어가 등장하지 않아요. 만약 울타리가 있었다면 울타리를 넘어 사라진 건 아닐까, 같은 추측이 서술됐겠죠. 하지만 그 글에 있는 건 '사라질 곳이 안 보였다'는 표현뿐이었어요.

목격자는 이곳이 초행이에요. 선로 너머 땅 뒤에 하천이 있다는 사실을 몰랐다면 목격자가 그렇게 생각한 것도 이상하지 않아요."

검은 눈이 먼 곳만 보고 있다. 수정이 일부러 그랬으리라는 데까지 생각이 미친 아현은 눈을 더욱 가늘게 떴다.

"저한테 그런 미스디렉션을……"

"아무튼, 그래서?"

"사라진 사람은, 사실 하천으로…… 떠밀렸다."

아현의 손이 허공에서 무언가를 미는 시늉을 했다. 문득 아현은 자신의 손에 누군가 밀려 넘어지는 상상을 했다. 그것만으로도 손등에 살짝 소름이 돋았다.

"목격자의 진술을 보면 기차가 지나간 뒤 남아 있는 한 사람은 목격자에게 등을 보이고 있었어요. 달리 말하면 하천 쪽을 보고 있던 거죠. 기차가 지나가는 틈에 상대를 하천으로 넘어뜨린 직후였던 거예요. 그렇게 생각하면 선배가 왜 백골 사체를 언급했는지도 알겠어요. 2009년, O역 옆 Y천으로 추락해 죽은 사람의 시체가 저수지까지 흘러들어간 거예요. 십오 년이면 백골화되기에는 아주 충분한 시간이고요."

거기까지 말한 뒤, 아현은 입술을 슬쩍 축였다. 안 그래도 더워서 온몸의 수분이 많이 빠진데다 말까지 많이 한 탓이었다.

가만히 듣고 있던 수정은 손을 올려 앞머리카락의 끝을 만지작거렸다.

"하천으로 빠진 상대는, 왜 아무 비명도 지르지 않았을까."

"네?"

"두 사람은 원래 하천을 자신들의 옆에 두고 마주본 상태였어. 그런 상태에서 한 사람이 다른 사람을 하천으로 떠밀어야 한다면…… 너라면 어떻게 할래?"

아직 이야기는 끝나지 않았다는 걸까. 아현은 끙, 소리를 내며 혼자 팔짱을 꼈다. 다리 옆에 세워둔 배낭이 스르르 쓰러져 아현의 무릎에 닿았다.

그나저나 이제 수정이 타야 하는 기차가 오기까지 이십 분도 채 남지 않았다. 아현에게는 그게 수정이 제시한 제한 시간처럼 느껴졌다.

"한 발자국 옆으로 움직인 다음, 상대의 팔이나 옆구리를 확 밀치겠죠?"

"기차가 정지한 짧은 시간을 틈타 밀쳐야 했어. 그 과정에서 몸싸움 같은 게 없었다고?"

"기습적이었다면."

"두 사람은 체격차가 크지 않은, 평범한 성인 둘이었어. 설령 기습적이라 한들 반항 한번 못했을까. 심지어 마주보고 있던 상태에서 달려들 낌새를 보였다면 기습이라는 것도 성립할 수 없어."

"예, 예를 들어서요. 두 사람은 말싸움을 하고 있었고 그것에 질린 피해자가 그 자리를 떠나기 위해 등을 돌렸다면요?"

"마침 기차가 지나가는 그 타이밍에? 애초에 아현아……"

수정은 안경의 다리를 집어 벗고는 셔츠 주머니에서 안경닦이를 꺼내 닦고선 재빠르게 다시 코 위에 올렸다. 동작을 마무리하는 데는 십 초도 채 걸리지 않았다.

"누군가 사람을 떠미는 광경을…… 6번 플랫폼의 목격자는 보지 못했다고 치자. 그걸 기차에 탄 사람들까지 못 봤다고 말하고 싶은 거야?"

수정의 말대로, 이대로라면 논리는 아까 이야기했던 곳으로 돌아간다. 이미 아현은 그 논리를 사용해서 자신의 주장을 내

세웠었다. 이제 와서 그것을 부정할 수는 없었다.

"하지만 추리소설과 달리 현실은 그런 식으로, 운 좋고 운 나쁜 일도 일어나잖아요."

"그런 식으로 말할 거라면 애초에 그 글을 내게 보여주면 안 됐지……"

자그맣게 내쉰 한숨이 수정과 아현 사이를 떠돈다. 수정은 안경알 아랫부분을 톡 두드려 수평을 맞췄다.

"애초에 지금까지 우리가 한 이야기와 그 사건이 실제로 얼마나 연관이 있을지는 몰라. 전혀 없을 수도 있지. 전부 우연의 일치고 끼워맞추기일 뿐. 그렇다면, 이제 와서 현실성 운운해서는 안 되는 거야. 설마 지금까지 한 추리가 정말로 현실에 꼭 맞을 거라고 생각하는 건 아니겠지."

고저차 없는 무감정한 목소리가 나직하게 이어졌다.

"생각해봐. 이 전제에서 그럴듯한 이야기를 제시할 방법은 분명 있어."

그렇게까지 말한다면 도망칠 수도 없다.

'그러고 보면, 수정 선배는 늘 그런 식이었지……'

아현은 문득 다시금 떠올린다. 수정에게는 항상 이미 자신이 생각해둔 가장 바람직한 이야기가 있다는 걸. 그쪽으로 상대를 유도하기도 하고, 일부러 함정에 빠뜨리기도 한다. 상대가 제시하는 이야기는 하나하나 반박하거나 쓸모없는 것으로 만들어 버린다. 물론 아현은 수정의 그런 점을 좋아하는 거지만, 가끔은 치사하다고 생각하게 되는 것도 어쩔 수 없는 일이다.

아현은 숨을 조금 길게 들이마셨다.

"……사실, 생각해보면."

아현은 잘 안다. 이 무뚝뚝한 선배는 분명 치사하지만, 불공평한 문제를 내지도 않는다는 것을.

"신경쓰이는 묘사가 하나 더 있어요. 기차가 지나갔을 때, 남은 한 사람은 원래 자리에서 등만 보였을 뿐 거의 똑같은 자리에 서 있었다는 거요."

수정의 등이 대기실의 유리벽에 비스듬히 닿았다.

"만약 상대를 떠밀어야 했다면 적어도 그 자리에 가만히 서 있을 수는 없어요. 상대가 날 떠밀어요, 하는 식으로 자리를 잡아주지 않는 이상 말이죠. 그렇다면 이렇게 생각해보면 어떨까 싶네요. '사실 범인은 아무것도 하지 않았다'고."

"그럼 백골 사체는?"

"자살."

두 사람 사이에 잠시 침묵이 흘렀다.

"백골이 된 그 사람은 하천에 빠졌을 때 비명을 지르지 않았어요. 자살한 거니까. ……이걸 이야기하려던 거죠, 선배?"

수정은 계속하라는 듯 눈짓했다. 아현은 큼, 소리를 내며 목을 가다듬었다.

결론은 이미 머릿속에 있다. 남은 과정은 그것을 다른 사람들이 납득하기 쉽게, 과정에 대한 설명을 붙이는 작업뿐이다.

"그렇다면 목격자 문제도 해결돼요. 두 사람이 몸싸움하다 한 사람을 하천으로 떠밀었다면 기차 승객들에게 목격되고 신고됐을 가능성이 매우 높죠. 하지만 한 사람이 제 발로 하천 쪽으로 내려갔다면?

그 땅과 하천 사이에는 높낮이차가 존재해요. 실제로는 둔덕을 내려가 하천에 몸을 던진 것이었어도, 기차를 타고 지나가던 승객 입장에서는 단순히 누군가 둔덕을 내려가는 모습처럼 보였겠죠. 이렇게 생각하면, 나머지 한 사람은 하천으로 죽으러 가는 상대를 바라보기 위해 하천 쪽으로 몸을 돌렸다고 볼 수 있어요. 두 사람이 어떤 관계였는지, 왜 한 사람이 자살하는 걸 가만히 두고 보기만 했는지는 알 수 없지만…… 이유는 다양하겠죠. 사고사로 위장해 보험금을 타야 할 정도로 심각한 금전적 문제에 빠져 있던 부부. 뒤틀린 사랑을 하던 연인 혹은 친구. 한쪽이 다른 한쪽을 협박하고 있던 상하관계……

이중 가장 처음 예시로 든 경우였다면, 시체가 발견되지 않았으니 곤란했을 것 같네요. 실종 처리만으론 보험금을 수령할 수 없으니까…… 지금의 저희로썬 알 수 없는 일이지만요."

전부 추리소설이나 수사 드라마에 으레 나올 법한 동기들이다. 수정은 별다른 말없이 희미하게 고개를 까딱였다.

아현의 말대로, 두 사람의 정체를 알아낼 수 없는 지금은 정확한 동기를 알아낼 수 없다. 다만 수정은 두 사람이 부부나 가족 같은, 비교적 소중한 관계가 아니었을까 짐작해보았다. 만일 협박하고 당하는 관계였다가 한쪽이 궁지에 몰린 끝에 자살을 택한 거라면 나머지 한 사람은 황급히 자리를 뜨는 것이 보통일 것이다. 목격자의 눈을 신경쓰고 있었다곤 해도 상대가 하천에 몸을 던지는 모습을 끝까지 바라보고 사라졌다면. 하필 기차가 지나갈 때 몸을 던진 것도 그래서는 아닐까. 두 사람이 이미 그들 중 한 명이 하천에 몸을 던지기로 합의를 마친 상태였기에.

거기까지 생각한 수정은 자그맣게 한숨을 쉬었다. 누군가를 소중히 여길 줄 아는 사람의 마음을 자신이 지레짐작하고 있다는 것이 우스워져서였다.

"기차가 다가오는 순간, 한 사람이 제 발로 하천으로 내려가 몸을 던진다. 다른 한 사람은 마지막을 지켜본다. 기차가 지나가자 6번 플랫폼에 있던 목격자의 눈에는 한 사람이 감쪽같이 사라진 것처럼 보인다. 'O역 사람 소실과 백골 사체의 미스터리' 해결! 땅땅땅."

아현이 짝, 손뼉을 쳤다. 소리는 작았지만 대기실에 있던 사람 몇몇이 수정과 아현 쪽을 힐끗거렸다. 수정의 미간이 희미하게 찌푸려졌다. 아현은 머쓱한 표정을 지으며 슬쩍 화제를 돌렸다.

"아, 근데 저 조금 신경쓰이는 게 있긴 했어요……"

출발 시간까지는 이제 십오 분 정도 남았다. 전광판에 수정이 탈 기차의 차량번호와 출발 시각, 목적지가 떴다.

"추리하다보니 든 생각인데, 그 게시물…… 뭐랄까, 엄청 절묘하긴 하네요."

아현의 말에 수정의 어깨가 흠칫, 흔들렸다.

"시작 부분 말이에요. 저는 블로그 글이 잘려 있는 이유가 단순히 O역에 대한 이야기만을 공유하기 위한 거라고 생각했어요. 하지만 단순히 그랬을 뿐이라고 확신하기엔 앞부분이 너무 많이 포함되어 있지 않아요?"

같은 게 유행해서 다 마스크 쓰고 다니잖아요. 아니 솔직히 외국에서 들어오는 거면 공항에서 검역 잘하면 되는 거 아닌가 싶긴 한데 치사율이 어쩌고 하니까 좀 무서워서…… 아무튼 이제 집에 가려고 역에 갔는데 근데 기차가 조금 지연돼서 출발한다고 하더라고요.

"여기서 한두 줄 정도는 더 잘려 있어도 무방할 텐데. 아니, 그편이 더 깔끔하죠. O역에 대한 이야기를 하려면 '아무튼' 즈음부터 공유했어도 문제없어요."

"단순히 캡처한 사람의 습관이나 판단 때문에 일어난 우연…… 으로 취급하지는 않겠다는 거군."

"네, 선배가 그러지 말라면서요."

아현이 장난스레 입꼬리를 올렸다.

"그럼 이 부분은 왜 포함됐을까요? 에타에 게시글을 쓴 사람은 이 캡처를 괴담 카페 같은 곳에서 퍼왔다고 했어요. 이게 진실인지 거짓인지 알 수 있는 방법은 간단하죠. 검색해보면 돼요. O역에 대해 이런 글을 공유한 괴담 카페가 진짜 있는지."

아현은 검색창 세부 항목에서 '카페'를 선택한 다음 'O역 괴담'이나 'O역 귀신' 따위의 단어들을 검색했다. 검색어가 포함된 글이 몇 가지 있기는 했지만 이런 블로그 글을 공유하거나 비슷한 내용의 게시물은 찾아볼 수 없었다.

"뒤늦게 게시물이 삭제됐을 가능성을 부정할 수는 없죠. 하지만 비슷한 이야기조차 안 보인다는 건 이상하네요. 그렇다면 에타 게시물 작성자는 거짓말을 했던 건 아닐까요?"

"무엇을 위해서?"

"작성자는 이 이야기가 괴담스러운 이야기가 되기를 기대한다고 했지만, 사실은 추리소설 같은 이야기가 되기를 기대했던 건 아닐까, 싶어서요."

그 순간 아현은 바쁘게 움직이던 입을 멈칫했다. 수정의 표정이 변한 탓이었다. 늘상 무감하던 얼굴에 희미하게 동요가 일어나 있었다. 그래봤자 입술을 살짝 깨문 정도였지만.

"억측인가요?"

"딱히."

"아무튼, 만약 작성자가 그런 것을 기대하고 올린 거라면 자연스러워요. 일부러 블로그 글을 딱 저 지점에서 잘라서 읽는 쪽이 저 정보를 바탕으로 작성 시기를 추측하게 하죠.

저 글을 업로드한 플랫폼이 대학생 커뮤니티라는 점도 중요하다고 생각해요. 대학생은 대부분 이십대 초반이잖아요? 저희에게 코로나19는 중고등학교 시절에 일어난 일이라 임팩트가 강해요. 마스크, 손소독, 거리두기, 방역, 독감, 감염. 이런 키워드가 들어간 이야기를 들으면 곧장 '코로나'가 생각날 정도로요. 반면 메르스나 신종 플루의 기억은 비교적 약하죠. 초등학생 때나 유치원생이던 시절의 일. 직접 걸려봤거나 주변인이 걸리지 않았다면 그때쯤에 그런 일이 있었지, 정도 이상으로 크게 체감되지는 않아요. 그러니 이 시점의 대학생이란, '캡처본의 초반부를 보고 코로나19를 떠올릴 가능성이 가장 높은 집단'이에요. 작성자가 일부러 캡처본을 거기서 끊어 미스디렉션을 유도했다고 생각하면……"

아현은 "흥미로운데" 하고 중얼거리듯 덧붙이며 눈을 꾹 감았다 떴다.

"애초에 그 블로그 글부터 작성자가 썼다?"

수정의 말에 아현이 고개를 저었다.

"그건 모르겠지만, 그러지는 않았을 것 같아요. 물론 어디서도 찾아볼 수 없으니 작성자가 직접 썼을 가능성도 있겠지만, 여기 댓글을 보세요."

익명 6: 근데 나 저 블로그 글 뭔가 익숙한데

익명 7: 출처 뭔 괴담 카페라잖나

익명 6: 나 괴담 카페 같은 거 안 들어간 지 오 년은 넘음

익명 7: 알고 봤더니 저 블로그 주인이랑 서이였던 거 아님? ㅋㅋ

익명 6: 가능성 있다ㅋ

아현은 익명 6과 익명 7의 대화를 휴대폰에 띄웠다. 수정은 이미 그 댓글 내용을 기억하고 있는지 눈길은 주지 않았다.

"만약 블로그 글도 작성자가 직접 썼다면 익명 6의 반응이 설명되지 않아요. 단지 뉘앙스가 비슷한 글을 어디선가 본 것일 수도 있죠. 하지만 솔직히 말해서, 그 블로그 글은 그다지 임팩트가 강하지 않아요. 그런데도 익숙하다고 반응했다면…… 익명 6은 블로그 글을 정말로 어디선가 봤던 게 아닐까요? 게다가 캡처본은 화질 저하가 일어난 상태였어요. 이것도 작성자가 혼자 캡처를 반복하면 충분히 조작할 수 있는 부분이긴 하지만, 그렇게까지 했을까 싶기도 하네요."

"지금은 검색해도 안 나오는 2009년 글을?"

"제 예상인데, 어쩌면 작성자는 이걸 처음 시도한 게 아닐지도 몰라요. 아까 선배가 말했잖아요. 코로나19뿐 아니라 신종플루, 메르스도 있었다고. 그렇다면 작성자는 사실 메르스 사태 이후에도 비슷한 시도를 했던 게 아닐까요? 이번에는 코로나19였지만, 이 일이 메르스 사태 즈음에 일어났다고 착각하게 만드는 미스디렉션을."

수정이 고개를 조금 뒤로 젖혔다. 안경 너머의 눈이 천장을 헤맸다.

"메르스 사태는 2014년쯤 일이죠. 그럼 적당히…… 2017년 정도면 어떨까요. 그땐 익명 6도 대학생이 아니었을 테니 다른 플랫폼에서 봤을 거예요. 블로그라든지. 익명 6은 캡처본 속 블로그 글의 주인이 아니라 이 게시물 작성자와 서로이웃이었을 수도 있다는 거죠. 작성자는 2017년도에 자신의 블로그에 저 캡처글을 올리며 비슷한 일이 일어나기를 기대했을지도 몰라요."

"하지만 그때는 저수지에서 백골 사체가 발견되기 전이야."

"그래서 화제성이 없었고, 익명 6 말고는 본 사람이 나타나지 않은 것 아닐까요? 만약 화제성이 있었다면 이렇게 어디에서도 찾아볼 수 없을 리가 없어요. 여기저기 퍼날라졌겠죠. 하지만 2024년도에 백골 사체가 발견됐으니 괴담이나 사건 같은 분위기가 풍기는 거지, 저 캡처본만 있으면 이런 미스터리를 좋아하는 사람의 흥미를 끌기도 애매하죠. 그러니까 2017년도의 작성자도 얼마 안 있어 글을 삭제했을 거라고 생각해요. 후일을 도모하기 위해서. 하지만 지금은…… 적어도 저희 학교 에타 내에서는 제법 화젯거리가 됐거든요. 조만간 캡처돼서 인터넷에도 돌아다니지 않을까 싶고. 그렇게 화제가 되면 저희 같은 추리를 하는 사람이 더 생길 수도 있겠고요."

아현이 거기까지 말했을 때, 수정은 왼손 손목을 들더니 차고 있던 손목시계에 힐끗 눈길을 줬다. 앞으로 이 분 뒤에 수정이 탈 기차가 올 예정이었다. 수정의 행동에 아현도 "앗" 하고 작은 소리를 냈다.

수정은 시간을 크게 신경쓰지 않는 태도로 입을 열었다.

"만약 그렇다면, 작성자는 대단한 집념의 소유자네. 2009년에 올라온 글을 절묘하게 캡처해서 가지고 있다가 2017년에 한 번, 그리고 백골 사체가 발견된 2024년에 다시 업로드해 누군가 추리해주길 기다리고 있다니. 본인은 누가 답에 도달했는지 못했는지 영영 모를 가능성도 있는데."

"그건 그렇네요…… 저라면 조금 더 추리해보라고 부추겼을 것 같기도 한데."

대기실의 자동문을 통과하는 수정의 뒤를 따라 아현은 걸음을 재촉했다. 수정은 3호차 방향으로 걸어가고 있었다. 사십 분이 이렇게 짧았던가? 아현은 초조한 심정으로 수정의 뒷모습을 바라봤다.

"어, 음. 선배."

"오늘 어디 가는 길이었어?"

갑작스러운 질문에 아현은 화들짝 놀라며 반사적으로 되물었다.

"네?"

3호차가 올 위치에 선 채, 수정은 선로 방향을 응시했다.

"……동아리 일이 있어서, 학교에……"

"갑자기 생긴 일정?"

"딱…… 히요. 공연 동아리라 슬슬 이쯤 되면 연습할 시즌이고, 일주일 전에 인스타로 전체 공지 때리길래……"

잠시 후 수서행 기차가 들어온다는 안내방송이 울려퍼졌다.

"그런가."

"그건 왜요?"

"그냥."

"선배가 쓸데없는 근황 같은 거 안 물어보는 사람인 건 제가 제일 잘 아는데."

두쿵.

육중한 무언가가 덜컹이는 소리가 멀리서부터 가까워졌다. 저 멀리서 기차가 얼굴을 들이밀고 있었다. 곧 속도를 줄이는 소리와 함께 강한 바람이 두 사람을 덮쳤다. 수정의 긴 앞머리가 휘날렸다. 더욱 높은 금속음이 울리며 기차가 정지했다.

삐, 삐, 삐.

신호음이 들린 직후 문이 열리고 대여섯 명쯤이 내렸다.

"선배."

"한유성 지금 연락처는 우리 기수 학생회장이 알아. 그 녀석이랑 연락하는 사이지? 물어봐."

아현의 두 눈이 살짝 커졌다.

'그 말은!'

"그럼, 유성이 형한테 선배 연락처도 받아도 돼요?"

수정은 침묵한 채 발판에 발을 올렸다. 잠시 멈칫했던 몸은 곧 훌쩍 기차에 올랐다.

아현은 안다. 수정의 침묵은 긍정이다.

수정은 탑승구가 닫힐 때까지 아현을 향해 인사도, 대답도, 시선도 주지 않았다. 하지만 아현은 미소 지었다.

수정은 자리에 앉자마자 긴 한숨을 내쉬었다. 창문을 내다보면 아현의 모습을 발견할 수 있을지도 모르지만 굳이 그런 짓을 할 이유는 찾을 수 없었다. 애초에 수정의 머릿속을 채운 것은 명아현이 아니라 한유성이다.

수정이 아는 한유성은 신중하면서도 즉흥적이고, 참을성 없는 어린애처럼 굴면서도 무서운 끈기가 있다. 도달하고 싶은 답이 멀리 있을수록 시간과 노력을 오래 들인다. 실패하는 것은 상관없다. 언젠가 성공하면 그것으로 그만이니까. 한유성은 필요하다면 모든 경우의 수를 계산하는 지지부진한 일도 마다하지 않을 것이다. 그것이 수학적으로 그다지 아름답지 않더라도.

그런 면에서 그 글의 작성자는 한유성과 매우 닮았다. 아니, 역시 한유성이다. 아현의 추측을 부정하지 않고 다만 침묵한 것은 그래서였다. 사인도에서 미스터리 모음집을 운영했던 것처럼 한유성은 중학교, 그러니까 2017년부터 꾸준히 그런 작업을 해왔다. 수정이 그다지 관심을 주지 않았을 뿐. 그러니 한유성이 실제로 2017년쯤 자신의 블로그에 그런 글을 올렸다고 해도 놀랍지는 않다. 다만 2017년의 한유성은 운이 나빴다. 그땐 백골 사체도 발견되지 않았고, 누군가 관심을 주지도 않았으니까. 결국 그 시도는 의미 없는 기록으로 사라진 셈이다.

덜컹이는 감각과 함께 기차가 출발했다. 가속이 느껴지는 것도 잠시, 곧이어 작은 흔들림도 사라졌다. 주변 풍경이 빠르게 지나갔다.

하지만 이번엔 운이 좋았다. 아마 이번 일은 한유성이 바라던 최상의 결과였을 것이다. 수정은 다시금 한숨을 쉬었다. 옆자리에 앉은 사람은 수정이 신경쓰였는지 자세를 고쳐 앉았다. 수정은 창가로 몸을 돌린 뒤 자신의 목적지에 대해 생각했다.

수정은 현재 S대 계절학기를 수강중인 한유성과 만나기로 약속했다. 한유성은 좋은 독립서점을 발견했으니 오지 않겠느냐고 제안했다. 약속 시간은 지금으로부터 두 시간 뒤.

'나와 한유성이 약속을 확정한 것은 사흘 전.'

수정은 생각을 정리하듯 입속말을 읊조렸다.

명아현이 참여하는 공연 동아리의 연습 일정은 일주일 전에 공지됐다.

명아현이 다니는 대학 에타에 그 글이 올라온 것은 닷새 전이다.

자신이 그 학교 재학생이 아니어도, 남의 계정을 사서 그 학교의 에타 게시판에 글을 쓰는 것은 가능하다.

고등학교 후배의 대학 진학이나 근황을 알아내는 것도 어려운 일이 아니다.

그 노력이 가상하니까, 명아현에게 연락해도 좋다고 허락했다. 어차피 자신이 아무런 말을 하지 않아도 아현은 유성에게 연락했을 것이다. 그렇게 되면 오늘 나눈 대화를 한유성도 알게 된다. 그렇다면 차라리…… 자신도 명아현의 근황 전반을 파악하고 있는 편이 낫다.

수정은 역에서 자신을 마중나올 한유성을 떠올린다. 그는 여느 때와 같은 미소를 짓고, 아니, 여느 때보다 기분좋아 보이는 얼굴로 자신의 짐을 넘겨받을 것이다. 수정은 그에게 아무것도 묻지 않을 것이다. 한유성도 그럴 테니까.

'아무튼 아직은 괜찮다.'

'아직은 내가 정한 선을 넘지 않았어.'

'딱히 누굴 죽인 것도 아니니까……'

거기까지 생각한 수정은 조용히 눈을 감고 잠을 청했다.

작가 후기

 데뷔작 「탐정, 수정」을 쓴 것은 스무 살 여름이었고, 이 작품이 《미스테리아》에 수록된 것은 다음 해인 2024년 봄입니다. 그땐 물리학도였지만 올해는 진로를 약간 틀어 공학 쪽 공부를 하고 있습니다. 이공계가 아닌 사람에겐 큰 차이가 없어 보인다는 이야기를 들었습니다만, 초등학생 때부터 물리학과 진학을 생각했던 제게는 꽤 결심이 필요한 변화였습니다. 그러니 마음의 준비도 없이 추리소설가가 되어버린 이 '사건'도 의미가 커서, 그 이야기를 조금 해볼까 합니다.

 제 주변엔 글을 쓰는 사람은 물론 소설을 즐겨 읽는 사람도 많지 않습니다. 저도 중학교 3학년 때 히가시노 게이고의 '탐정 갈릴레오 시리즈'로 추리소설을 접하기 전까지는 교양과학 서

적 위주로 읽었으니까요. 물리학자가 등장해 멋진 추리를 하는 게 좋아서 정말 재밌게 읽었어요. 이후 아야쓰지 유키토의 『십각관의 살인』으로 본격 미스터리라는 장르를 알게 된 뒤로는 걷잡을 수 없게 됐습니다. 특히 고등학생일 때 가장 많이 읽고 쓴 것 같네요. 당시에는 스트레스를 해소하기 위해 몰두했던, 단순하지만 절실한 취미였습니다.

대학 입시가 끝나고 대학교에 입학하기 직전, 고등학교 선생님과 친구들을 만났습니다. 그때 만나뵌 선생님께서 지금까지 해왔던 것이나 공부 등과 관계없는, 새로운 목표를 세워보는 것도 좋다는 이야기를 하셨죠. 그때 저는 별생각 없이 공모전에 작품을 내보고 싶다고 말씀드렸습니다. 하지만 막상 대학에 입학하니 바빠서 정신이 없었어요. 결국 미루고 미루다 8월이 되어서야 '에라 모르겠다, 설마 뽑히겠어?' 하는 마음으로 하루 동안 인물과 추리를 구상했습니다. 이후로는 이틀간 단편을 써서 제출하고는 잊고 지냈습니다.

수정과 유성은 이런 식으로 냅다 튀어나온 인물들입니다. 그런 친구들로 다시 몇 편의 단편을 쓰고, 이렇게 후기까지 싣고 있으니 새삼 놀랍네요.

그런 이유로 꽤나 서툰 소설입니다만, 완성까지 함께 힘써주신 편집자님과 읽어주신 분들, 제가 별생각 없이 엘릭시르 미스터리 대상에 도전하는 계기가 되어준 선생님께 감사를 전합니다.

2025년 가을

배연우

추천의 글

미스터리라면 닥치는 대로 읽어온 독자로서, 한국 추리소설에 두 가지 근거 없는 믿음을 품고 있었다. 하나는 소위 '이공계 출신 작가'들이 본격 추리소설을 써주면 본인도 독자도 즐겁지 않을까(합리적 가능성의 트릭을 고안하는 것이 그들에게 적성이 아닐까 하는 생각으로, 물론 일종의 편견이란 걸 잘 안다), 다른 하나는 대학마다 추리소설 감상 동아리가 생기고 거기서 읽다 보니 쓰게 된 사람이 나오는 날이 바로 나 같은 독자들이 행복해지는 날이 아닐까, 하는 생각이었다. 그러던 중 『탐정, 수정』을 받아들고서 이것이 사실상 두 가지 조건을 다 만족시키는 작품임을 깨달았을 때, 이것이 내가 기다려온 시작임을 감각했을 때, 얼마나 놀라고 행복했던지!

『탐정, 수정』을 읽으면서 과학 실험실과 대학 동아리를 배경으로 설정된 본격 추리 특유의 트릭을 음미하던 독자는, 문제의 '대학생 탐정'과 '조수'의 역할이 기묘하게 뒤바뀌는 반전을 보며 추리란 무엇인가를 새삼 다시 생각하게 된다. 그렇구나, 추리라는 건 문제의 해결로 질서를 보위하는 행위에만 국한되는 게 아니라 거짓 단서와 오도로 문제를 일으키는 심리적 조작 행위일 수도 있구나! 본격 추리의 문법을 거울에 비추듯 반전시켜 긴장을 증폭시킨 설정에서, 미스터리의 가능성은 무궁무진하고 언제나 조금 더 새로운 것은 가능하다는 사실을 다시 깨닫는다. 근거 없는 믿음을 품고 오래 기다린 보람이 있다.
  배연우 작가가 한국의 아야쓰지 유키토가 되길 바라는 마음이다.

김명남(번역가)

『탐정, 수정』은 일종의 연작 단편 형식의 추리소설인데, 첫 번째 이야기를 읽은 후 다시 맨 앞으로 돌아가 차례를 확인하고 안도의 한숨을 내쉬었다. 다행이다. 아직 읽을 이야기가 네 편이나 남아 있어서.

『탐정, 수정』에는 자극적인 소재나 장황한 감정 묘사, 혹은 독특하기만 한 캐릭터로 밀어붙이는 소설이 아닌, 논리로 중무장한 본격 미스터리 소설들이 모여 있다. 도서 미스터리, 다중 추리, 클로즈드 서클에 이르기까지 추리소설 마니아를 설레게 할 설정들이 빼곡하게 담겨 있다. 각각의 이야기는 흥미로운 설정을 효과적으로 살리며 독자에게 심은 호기심을 끝까지 잘 간직한 채 달려간다. 읽는 내내 빠르게 페이지를 넘기고 싶은 마음과 줄어가는 페이지를 아쉬워하는 마음이 동시에 들었다.

감정이 배제된 듯 전개되지만 사건의 이면에 숨겨진 감정이 은은하게 배어나오고, 결과적으로 캐릭터에 충분히 몰입할 수 있다. 작가는 판을 깔고 뒤집는 데도 능숙하고, 복잡하지 않은 퍼즐로 매력적인 그림을 만들어내는 능력도 탁월하다. 추리소설을 많이 읽지 않은 독자라면 술술 읽어나가다 뒤통수를 맞는 느낌을 받을 것이고, 추리소설 마니아라면 작가의 치밀한 노림수에 감탄할 수도 있을 것이다. 그만큼 누가 읽어도 재미있을 만한 책이다.

모든 이야기가 논리적이라는 공통점은 있지만, 그 논리의 형태가 달라서 쉽게 익숙해지지 않기 때문에 지루할 틈도 없다. 서로 다른 형태의 논리를 맛깔나게 쌓아올린 다섯 편의 이야기에서 철저한 이과형 미스터리의 매력이 극한으로 느껴진다. 『탐정, 수정』은 본격 미스터리에 목마른 팬들에게 오아시스와도 같은 책이 되어줄 것이다.

김은모(번역가)

'이제까지 이런 탐정은 없었다!'라는 상투적인 호들갑으로 시작해야겠습니다. 원래 미스터리는 로망의 장르이고 장르에 대해 떠드는 장르입니다. 그런데 한국의 독자들은 그동안 이렇게 뻔뻔한 이야기로부터 조금 동떨어져 있었다고 생각합니다. 그렇기에 이 작품의 등장은 단비와도 같습니다. 미스터리 독자라면 가짜 진상과 진짜 진상, 탐정과 조수, 연극적인 세계 바깥에 있는 독자, 서술 트릭 등 미스터리에 대한 테마로 가득한 이 책을 연 순간, 환호성을 지르지 않을 수 없을 것입니다.

이 소설은 사회적인 문제, 선과 악에 대한 고찰, 촘촘하게 채워진 다양한 인생사 따위에는 관심 없습니다. 추리소설로서 '무언가'를 증명하려 애쓰지 않습니다. 그것들은 장르의 일부가 될 수는 있지만 장르의 본질이라고 할 수는 없거든요. 미스터리는 유희하는 장르입니다. 무엇보다 장르적으로 유희할 줄 알고 곧바로 그 속으로 직진할 줄 알 때, 그 소설은 오히려 장르의 미덕을 충실히 따르고 있다고 할 수 있겠습니다.

이 작품은 뻔뻔합니다. 대학생들이 뻔뻔하게 탐정을 논하고 트릭을 논합니다. 우리의 세상을 비현실적인 연극적 공간으로 바꿔놓습니다. 구체적인 년도와 지명이 거론되는 한국이 배경이지만 비현실적으로 느껴지고 거리감을 자아냅니다. 이런 모습이 우리에겐 매우 낯설어 보이죠. 하지만 그러한 '낯섦'이 반갑습니다. 더 과감해지고 더 뻔뻔해져야 합니다. 다시 상투적으로 말해서, '낯섦'은 우리의 문화적 토양을 비옥하게 할 테고, 좀더 현실적인 측면에서 보자면 우리가 가진 '장르'의 미완이었던 부분을 채워줄 테니까요.

박하루(작가)

탐정, 수정

초판 인쇄 2025년 10월 16일
초판 발행 2025년 10월 29일

지은이 배연우

책임편집 박을진 | 편집 김유진 한나래
표지디자인 엄자영 | 본문디자인 유현아 | 표지일러스트 Chimo
저작권 박지영 형소진 주은수 오서영 조경은
마케팅 정민호 서지화 한민아 이민경 왕지경 정유진 정경주 김혜원 김예진 이서진
브랜딩 함유지 박민재 이송이 박다솔 조다현 김하연 이준희
제작 강신은 김동욱 이순호 | 제작처 천광인쇄사

펴낸곳 (주)문학동네 | 펴낸이 김소영
출판등록 1993년 10월 22일 제2003-000045호

주소 10881 경기도 파주시 회동길 210
대표전화 031-955-8888 | 팩스 031-955-8855 | 전자우편 elixir@munhak.com
인스타그램 @elixir_mystery | X(트위터) @elixir_mystery

ISBN 979-11-416-1027-2 03810

엘릭시르는 출판그룹 문학동네의 장르문학 브랜드입니다.
이 책의 판권은 지은이와 엘릭시르에 있습니다.
이 책 내용의 전부 또는 일부를 재사용하려면 반드시 양측의 서면 동의를 받아야 합니다.

잘못된 책은 구입하신 서점에서 교환해드립니다.
기타 교환 문의 031) 955-2661, 3580

www.munhak.com